AF399487

Claire Edwards ist das Pseudonym einer deutschen Schriftstellerin, die im ländlichen Schwaben zuhause ist. Schon seit der frühen Kindheit erfindet die dreifache Mutter Geschichten verschiedener Genres und schreibt diese nieder. Lovestorys mit Happy End sind ihre große Passion; das bevorzugte Setting ist dabei Großbritannien, inspiriert durch einen mehrwöchigen Roadtrip. Berufserfahrung hat die verheiratete Autorin im Bürobetrieb, sowie in der Animation und im Gesundheitswesen.

Claire Edwards

Das kleine Bed & Breakfast der Träume

Ein Cornwall-Liebesroman

Erstausgabe August 2024

Copyright © 2024 dp Verlag, ein Imprint der
dp DIGITAL PUBLISHERS GmbH
Made in Stuttgart with ♥
Alle Rechte vorbehalten

Das kleine Bed & Breakfast der Träume

ISBN 978-3-98998-180-5
E-Book-ISBN 978-3-98998-161-4

Covergestaltung: Verena Kern
Umschlaggestaltung: ARTC.ore Design
Unter Verwendung von Abbildungen von
shutterstock.com: © J Need, © Here, © Svechkova Olena,
© RUNGSAN NANTAPHUM, © 1000 Words, © Ben Charme,
© VLADKOTLIS, © singh srilom, © Andrey_Kuzmin, © Muzhik,
© Konmac
Lektorat: Stephanie Schilling
Satz: dp DIGITAL PUBLISHERS GmbH
Druck und Bindung: Books on Demand GmbH, Norderstedt

❤ Für all die Träumer da draußen – greift nach den Sternen ❤

Kapitel 1

Bardowie, Schottland

„Whisky, mein lieber Bruder, ist mehr als flüssiges Gold. Es ist eine Lebensphilosophie, eine Kunst." Ich fuhr mir grinsend durch mein wild gelocktes Haar und sog den holzigen Duft der Fässer ein, in denen unser Whisky seit Jahren lagerte. Ed und ich befanden uns im Lagerraum neben der Destillerie, der einem Kellergewölbe ähnlich ist. Die Mauern waren robust, die Luftfeuchtigkeit und Temperatur konstant, und die Luftzirkulation einwandfrei – wichtig für den Reifungsprozess. Die Fässer waren ordentlich gestapelt, um den Platz sinnvoll zu nutzen. Seit ich denken konnte, vergötterte ich diesen Ort, auch wenn es die Frage aufwarf, ob es toxisch war, sein Herz an Whisky zu verlieren. Aber das hier war ein echter Familienschatz.

Schon als kleines Mädchen hatte ich mich heimlich in diesen Lagerraum geschlichen, wenn alle anderen beschäftigt waren. Ich hatte meine kleinen Hände auf das Holz gelegt und die Augen geschlossen, um die Geschichten zu erträumen, die jeder einzelne Tropfen erzählen könnte. Meine Mum hatte mich oft erwischt und mir schmunzelnd erklärt, wie wichtig die Lagerung und Pflege der Fässer seien. Diese Erlebnisse meiner Kindheit und Jugend hatten in mir eine unermessliche Leidenschaft für Whisky entfacht, die nie wieder erlosch.

Bis heute endete jeder Abend vor dem Laptop, wo ich klammheimlich die neuesten Berichte über Whiskyproduktion durchforstete. Fermentationstechniken, Destillationsmethoden, neue Rezepturen, aber auch Statistiken und Verkaufszahlen. Die Cloud in meinem Kopf war voll mit Ideen, Skizzen und Formeln, die ich ausprobieren wollte und Fakten, über die ich Infos sammelte. Ich war ganz und gar ein Workaholic.

Ed lachte und tätschelte mir freundschaftlich die Schulter. „Du hast schon immer eine besondere Beziehung zu diesem Ort gehabt. Erinnerst du dich noch, wie du mir in der Grundschule erzählt hast, dass du eines Tages die beste Whiskyfrau Schottlands werden würdest?"

Ich nickte kichernd. „Und das habe ich immer noch vor. Jeden Abend verbringe ich Stunden damit, nach Möglichkeiten zu suchen, unsere Methoden zu verbessern und neue Aromen zu kreieren."

Er schüttelte den Kopf und ein verwegenes Grinsen huschte über seine Lippen.

„Debbie, du und deine Experimente. Hast du überhaupt irgendwann mal Zeit für etwas anderes?"

„Wenn es darum geht, den besten Whisky zu kreieren, ist keine Anstrengung zu groß."

„Ich stimme dir zu, mit jedem Wort. Whisky ist ein Geschenk Gottes. Und schottischer Whisky ist ein Geschenk der Schotten an die Welt." Wir lachten, während wir die Fässer auf Lecks und Schäden prüften.

Jede noch so kleine Delle konnte den Geschmack unseres Whiskys verändern – und unsere Eltern, Mathew und Ivy Gregory, duldeten keine mangelhafte Qualität. Die Destillerie namens Bruadarach, was „visionär" bedeutet, hatte sich einen guten Namen gemacht. Die Anlage lag an einem Flussufer, nicht weit von Glasgow entfernt. Meine Eltern stammten aus den schottischen Highlands. Als die Destillerie vor über 40 Jahren zum Verkauf angeboten wurde, schlugen sie zu, ohne Destillateure zu sein. Sie sehnten sich danach, etwas aufzubauen, das ihre eigene Zeit überdauern würde. Ein Lebenswerk. Die beiden liebten Whisky, was für Schotten beileibe nicht ungewöhnlich war, und so kam eines zum anderen, was ich sehr bewunderte. Mum stammte aus einer Bauernfamilie auf der Insel Skye, und Dad war Metzger aus Dundee. Ihre Wandlung faszinierte mich immer wieder. Sie gaben ihr altes Leben für einen gemeinsamen Traum auf, unwissend, ob sie es schaffen würden. Bereut hatten sie es nie. Ich strich gedankenverloren über eines der Fässer und fühlte das raue Holz unter meinen Fingerspitzen. „Dieses Fass ist in Ordnung", murmelte ich. „Es fühlt sich fest und stabil an."

„Ist es feucht?", wollte Ed wissen. „Dad meinte, wir sollen darauf achten." Ich zuckte die Achseln. „Vielleicht minimal feucht", erwiderte ich. „Ich werde es aber auf jeden Fall notieren und weitergeben, je früher wir schwarze Schafe aufspüren, desto besser, oder?"

Ed nickte. Er war ein kräftiger Mann mit breiten Schultern und einem sympathischen Lächeln, das seine Augen zum Leuchten brachte. Sein rötliches Haar war meist leicht zerzaust, als wäre er gerade erst aus

dem Bett gestiegen und er hatte ein paar Sommerspros-
sen auf der Nase. „Du wärst eine gute Destillateurin,
Debbie", bemerkte mein Zwillingsbruder stolz. Damit
hatte er natürlich recht. Ich lebte für diese Passion sowie das damit verbundene Handwerk und Lebensge-
fühl, welches die Freude an der Arbeit in mir auslösten.
Doch auch wenn ich überzeugt davon war, einen guten
Job zu machen, so hatte alles im Leben seine Schatten-
seiten. Mit zusammengepressten Lippen dachte ich an
eine Aktion zurück, die noch nicht allzu lange her war
und mich beinahe den Job gekostet hätte. Ich half an
besagtem Tag meinem Bruder mit der Gerste, als dieser
einen Anruf bekam und ganz plötzlich wegen eines
Wasserschadens zu seiner Wohnung musste. Wenig
später holperte und polterte die Anlage und ich ahnte,
dass sie die gesamte Produktion stilllegen würde, wenn
ich nicht sofort handelte. Ich hätte abwarten, oder zumindest Michael, der im Nebengebäude war, um Hilfe
bitten sollen. Aber das schreckliche Geräusch, knir-
schend und absolut nichts Gutes verheißend, zwang
mich regelrecht dazu, auf eigene Faust zu handeln. Ich
dachte, mich auszukennen, schließlich hatte ich bei Michael und Ed dutzende Male zugesehen. Vor meinem
inneren Auge malte ich mir bereits aus, wie ich die Anlage im Alleingang wuppen und als Dank und Anerkennung einen festen Job in der Produktion – und weg vom
Papierkram – ergattern würde, während ich dort her-
umschraubte und diverse Knöpfe drückte ... ein fataler
Fehler! Ich hatte nämlich alles falsch gemacht, was
man nur falsch machen konnte und richtete dadurch

nur noch mehr Schaden an. Scheinbar hatte ich wichtige Verbindungen gekappt, die sich nicht mehr herstellen ließen. Es war ein Fiasko.

Ed, mit dem mich eine Art Telepathie verband, die nur wir beide verstanden, schien mal wieder meine Gedanken zu lesen und holte mich in die Gegenwart zurück: „Aber nach der Sache mit der Anlage hege ich meine Zweifel, dass man dich im Augenblick dort gerne sieht." Ich schnaubte. Die Anlage ... eine Angelegenheit, die ich lieber wieder verdrängte. Denn in der Tat war ich die geborene Whiskyfrau. Wenn dieser Begriff kein Berufstitel war, konnte ich nur hoffen, dass er eines Tages maßgebend für alle Frauen sein würde, die diesen Beruf ausüben wollten. Ich hatte das Gespür, den richtigen Riecher und das notwendige Geschick, mich eine Kennerin und somit eine Whiskyfrau zu nennen. Das Destillieren war bis heute eine Männerdomäne, doch den Kerlen stand ich in nichts nach.

„Ich kann das echt nicht mehr hören," sagte ich schließlich. „Ich weiß, dass ich einen Fehler gemacht habe, aber ich habe daraus gelernt. Ich liebe die Produktion, und ich bin mir sicher, dass ich dorthin gehöre."

„Ich weiß, Debbie."

Während ich bei einem der Fässer eine Geruchsprobe durchführte, entnahm Ed ein paar Reihen weiter Geschmacksproben und übertrieb es dabei mal wieder. Er hatte ein Faible für Whisky und trank lieber zu viel als zu wenig. Aber wer konnte es ihm verübeln? Es war unsere Passion. Wir hatten das Aroma quasi mit der Muttermilch aufgesogen. Während Ed von einem Fass zum nächsten tingelte, konzentrierte ich mich auf den intensiven Geruch unseres Hauswhiskys, der in den Fässern seit elf Jahren reifte und bald in Flaschen abgefüllt würde. Der Duft war warm und erdig. Leichte Rauchnoten vermischten sich mit gesägtem Holz, dann folgten Muskatnuss und Nelke. Ich hielt inne. Da waren noch mehr Aromen: süße Äpfel, fruchtige Birnen und ein Hauch Lavendel. Das Lavendelaroma, für das unser Whisky bekannt war, zauberte mir ein Lächeln ins Gesicht. Ich schnupperte weiter und vernahm Honig, Vanille und Karamell. Obwohl unser Whisky vollkommen war, ließ mich der Gedanke nicht los, dass noch mehr möglich wäre.

„Und? Bist du zufrieden, Ed?", fragte ich und sah über die Schulter. Er bejahte und grinste schief. Das gedimmte Licht des Lagerhauses ließ sein rötliches Haar sanft schimmern. Ed war mehr als nur mein Bruder. Er war mein Seelenverwandter. Ich liebte ihn, wie man nur seine Geschwister lieben konnte.

„Hmm, ... ich habe noch einige Fässer vor mir. Wie sieht es bei dir aus? Kannst du überhaupt noch etwas verkosten? Du wackelst ja jetzt schon wie ein Kuhschwanz", scherzte ich.

„Vergiss bitte eines nicht, Schwesterherz – ich bin ein echter Schotte. Und echte Schotten trinken nie zu viel Whisky."

„Aye, das würde ich nie vergessen."

Später am Abend trafen wir uns zum Teammeeting im Büro meines Dads – eine Tradition vor Feierabend. An diesem Donnerstag waren neben meinen Eltern und Ed auch Michael, ein langjähriger Angestellter, anwesend. Wir zwei verstanden uns prima und waren auf derselben Wellenlänge.

In den Meetings ging es stets um die Themen Tagesrückblick, Qualitätskontrolle und Sicherheit. Diese Aspekte waren notwendig, aber gähnend langweilig. In zweiter Linie brach meistens ein Streit zwischen meinen Eltern und mir aus – zur Belustigung von Michael und Ed, die es mochten, dass ich meine eigene Meinung vertrat. Doch sie ergriffen nie das Wort für mich.

„Wie oft wollt ihr das noch durchkauen?", fragte ich und versuchte, nett zu klingen, was mir jedoch nicht gelang. „Jeden Tag die gleichen Dinge zu besprechen ist doch sinnlos."

„So läuft das nun mal in einem Unternehmen, Debbie. Wir stehen für gleichbleibende Qualität, ohne Überraschungen ..." Da war mein Stichwort!

„Ihr steht dafür ein, das verstehe ich. Aber was spricht gegen neue Geschmacksrichtungen, Führungen, eine Revolution?"

„Geht diese Diskussion schon wieder los?" Mum verdrehte die Augen und ihr streng gebundener Pferdeschwanz unterstrich ihre abwehrende Haltung. Sie hatte grüne Augen, schmale Lippen und eine hohe Stirn.

„Ehrlich, ich verstehe euer Problem nicht ..."

„Debbie!", unterbrach mich mein Dad harsch. „Keine Diskussionen! Wir machen nicht bei Trends mit, nur weil halb Schottland plötzlich Sirup in Whiskys kippt. Wir stehen für *echte* Qualität. Wenn du eines Tages Destillateurin sein möchtest, solltest du das verinnerlichen! Keine Experimente!"

„Halb Schottland? Sirup? Du hast ja keine Ahnung, Dad. Du hörst mir nicht mal zu! Das ist keine Schnapsidee. Das ist eine Revolution. Wir müssen mit der Zeit gehen. Es geht mir nicht darum, das Sortiment zu verändern, sondern es zu erweitern.“

„Es reicht!“ Dad schrie mich nun an, weil ich mal wieder meine Meinung vertrat, und Mum lächelte freundlich, als wäre nichts geschehen. Zwischen meinem Vater und mir gab es in letzter Zeit immer häufiger Reibereien. Wir stritten uns auf Teufel komm raus, oftmals wegen Nichtigkeiten. Inzwischen brauchte es nicht mehr viel, um ihn auf die Palme zu bringen. Vielleicht war ich nicht gerade nachgiebig, aber ich war es leid, wie abwertend sie meiner Meinung gegenüberstanden. Ich hatte nichts gegen Traditionen, es war schließlich ihr Betrieb. Aber was sprach gegen eine Anpassung an den Zeitgeist? Michael blinzelte mir friedfertig zu.

„Nun, kommen wir zurück zum Thema. Unsere Sicherheitsstandards übertreffen ...“ Als Dad anfing, von Sicherheit zu predigen, schalteten meine Ohren auf Durchzug. Es war ja doch immer wieder dieselbe Leier. Und wie er da so stand, mit einer gewissen Eleganz, dem grauen Bart und den kräftigen Schultern, nahm ich ihm seine Einstellung zum Einhalten alter Traditionen zwar ab, doch es ärgerte mich, wie verbissen er war. Und genau das strahlte er auch aus. Stocksteif lehnte er an seinem Schreibtisch, die Arme vor der Brust verschränkt. Und der war mal Metzger? Und Mum? Sie lauschte jedem seiner Worte wie ein kleiner Hund. Wir waren grundverschieden, bis auf die Hände und die weichen Gesichtszüge, die sie mir vererbt hatte.

Es dauerte noch etwa dreißig Minuten, bis meine Eltern das Büro verließen. Zurück blieben Ed, Michael und ich. Die Jungs sahen mir an, dass ich nicht zu Scherzen aufgelegt war, weshalb jeder stoisch seine Arbeit verrichtete, ohne mich anzusprechen. Trotz Feierabend waren wir oft noch stundenlang im Büro beschäftigt. Personalmangel. Ed sortierte müde Etiketten, Michael warf einen Blick auf die Bestellungen, und ich saß auf dem Beistelltisch vor der Ledercouch, beobachtete die Jungs und fragte mich, wie lange ich es hier noch aushalten würde. Wie könnte ich meinen Wunsch, Whiskyfrau zu werden, weiterverfolgen, wenn ich mich nicht einbringen durfte? Ich hatte meine Lehre zur Buchhalterin abgeschlossen, aber inzwischen war ich 22 Jahre alt und eine erwachsene Frau! Ganz abgesehen davon nervte die schlechte Stimmung. Ich hätte nur zu gerne erfahren, was in Dad vor sich ging.

Das Büro der Destillerie mochte ich. Die massiven Eichenmöbel, die meine Eltern mit dem Kauf übernommen hatten, waren altmodisch, aber sie spiegelten die Geschichte des Unternehmens wider. Ein massiver Schreibtisch stand im Mittelpunkt des Raumes, übersät mit Unterlagen, dahinter ein protziger Chefsessel – der Platz meines Dads. Ich sah mich nicht an diesem Tisch sitzen. Obwohl ich meinen Job in der Destillerie liebte, der eine Mischung aus Büroarbeiten und Whiskyfrau war, hatte ich kein Interesse daran, die Firma eines Tages weiterzuführen. Ed würde das bestimmt ganz wunderbar machen.

Vielleicht sollte ich aufhören, meine Ideen einzubringen, wenn es sowieso aussichtslos war, etwas zu bewirken. Ich dachte hin und wieder daran, den Job zu wechseln – niemand konnte mich zwingen, hierzubleiben. Aber dieser Gedanke fühlte sich wie Verrat an. Von Anfang an war ich involviert. Mein halbes Leben hatte ich in der Destillerie verbracht, hegte zahlreiche Erinnerungen und Erfahrungen. Und auch, wenn meine Eltern die Tonangebenden waren, so war es keine Frage, dass dieses Gebäude zu mir gehörte, wie das Salz ins Meer. Ich stand zwischen den Stühlen. Wie würde mein Weg aussehen? Meinen Kindheitstraum, Floristin zu werden, hatte ich längst begraben. Aber die Erinnerung daran zauberte mir ein Lächeln auf die Lippen. Obwohl ich ein rauer Typ war, konnte ich gut mit Blumen umgehen, hübsche Gestecke binden und auf diese Weise meiner Fantasie freien Lauf lassen. Das wusste ich, weil ich mich oft darin versucht hatte.

„Ich gehe jetzt nach Hause", sagte ich mit Blick auf meine Smartwatch, die 22:13 Uhr anzeigte.

„Ähm ... soll ich dich vielleicht nach draußen begleiten?", fragte Michael und lächelte zaghaft. „Ich bin für heute auch fertig", fügte er rasch hinzu.

Stumm hob ich die Schultern. Warum nicht? Er war zwar ein paar Jahre älter als ich, aber wir verstanden uns sehr gut und begegneten uns auf Augenhöhe. Er hatte diese natürliche, sympathische Art, die es einfach machte, ihn zu mögen. Manchmal war ich mir nicht sicher, ob da mehr zwischen uns war. Ein Kribbeln im Bauch, ein Funkenflug, wenn wir uns ansahen. Eine gewisse Sommernacht im Vorjahr bestärkte meine Vermutung. Aber ich würde ihn wahrscheinlich nie daten. Ich hätte Angst, unsere Freundschaft zu riskieren.

Michaels Haar war für einen Schotten ziemlich dunkel. Er trug es verwuschelt, was ihm schmeichelte. Seine grünen Augen zogen mich in ihren Bann, weshalb ich Augenkontakt mied, um mich nicht darin zu verlieren. Noch nicht einmal mein Cousin Charlie aus Cornwall hatte eine solche Augenfarbe, und dieser war bekannt dafür, den Ladys weiche Knie zu bescheren. Und obwohl sogar Ed meinte, dass zwischen Michael und mir ein unsichtbares Band bestand, war ich nicht daran interessiert, unsere Freundschaft wegen einer Beziehung aufs Spiel zu setzen. Never. Abgesehen davon waren nicht genug Gefühle vorhanden, außer vielleicht Bewunderung und Hochachtung für seine Arbeit. Kollegial eben. Ich streckte mich ausgiebig, ehe ich meine Sachen packte und mich von meinem Bruder verabschiedete.

„Okay, dann bis morgen, Ed. Mach nicht mehr so lang, aye?" Er nickte abwesend. Wahrscheinlich würde Ed wieder auf seinem Feldbett im Büro übernachten und noch bis spät in die Nacht arbeiten. Draußen war es bis auf die Notbeleuchtung stockdunkel. Ich konnte lediglich Michaels Umrisse wahrnehmen, dafür hörte ich seinen sanften Atem und roch sein Deo, eine Mischung aus Wald und Gletschereis, die mich irgendwie beruhigte.

„Ich finde es mutig, wie du deine Meinung vertrittst, Debbie. Immer und immer wieder."

„Dann kannst du dich ja künftig dafür einsetzen, dass meine Ideen endlich umgesetzt werden." Ohne sein Gesicht zu sehen, wusste ich, dass er lächelte.

„Du weißt doch, dass ich mich ungern einmische. Ich arbeite schon so lange für deine Eltern …"

„Du traust dich nur nicht, eine Meinung zu haben, weil du Angst hast, sie könnten dich genauso angehen wie mich, stimmts?", beendete ich seinen Satz.

„Hmm … aber das alleine ist es nicht. Ich werde anständig bezahlt, und es gehört nicht zu meinen Aufgaben, meine Chefs infrage zu stellen. Das gibt nur Ärger."

„Du bist also ihr Fähnchen im Wind?" Ich grinste.

„Nein, Debbie. Ich bin ihr Angestellter. Und als solcher halte ich mich aus gewissen Dingen raus. Auch wenn ich mich gerne einmischen würde. Ich finde deine Ideen nämlich inspirierend." Wir kamen am Parkplatz vor unseren Autos zum Stehen.

„Hast wahrscheinlich recht. Es wäre nur schön, wenn jemand hinter mir stehen würde. Von Ed brauche ich das nicht zu erwarten. Er mag es zwar, dass ich sage, was ich denke, aber in dieser Sache kommt er ganz nach meinem Dad."

„Ich stehe hinter dir, Debbie. Immer. Wahrscheinlich könnte ich mich sogar für dich einsetzen, ohne Angst zu haben, den Job zu verlieren. Aber ich bin nicht in der Position, mich aufzuspielen. Versteh das nicht falsch, okay?" Ich sah seine weißen Zähne im Scheinwerferlicht aufblitzen, als ich meinen Wagen öffnete.

„Ohne dich wäre der Laden aufgeschmissen. Sie kündigen dich nie im Leben." Ich räusperte mich. „Aber du hast recht. Das ist mein Ding, und du musst dich nicht auf meine Seite stellen. Ich schaff das schon."

„Sicher, dass es nicht zwischen uns steht?"

„Na klar", murmelte ich.

„Und darum bitte ich dich – bleib so, wie du bist. Denn genau das mag ich an dir, Deborah Gregory." Danke für das Kompliment. Aber vermutlich waren es genau diese Eigenschaften, die mich immer wieder in Schwierigkeiten brachten.

Kapitel 2

St. Ives, Cornwall, 2010

Cornwall, an der südwestlichen Spitze Englands, war eine Region von beeindruckender Schönheit. Die dramatischen Klippen, die aus dem Atlantik aufstiegen und von rauschenden Wellen umspült wurden, waren ebenso sehenswert wie die Sandstrände, eingebettet in felsigen Buchten. Doch es war nicht nur die Küste, in die ich mich in jungen Jahren schockverliebt hatte. Der Stiefbruder meines Dads, Gilbert O'Sullvian, bewohnte mit seiner Familie ein edles Anwesen auf einem Hügel nahe der Stadt. Das Herrenhaus war einst Teil seines Erbes gewesen und in St. Ives einzigartig. Dieses Gebäude war bei jedem Cornwall-Besuch mein Höhepunkt, was nicht zuletzt an seinen Bewohnern lag. Obwohl es der Familie O'Sullivan an nichts fehlte, waren sie bodenständige Menschen geblieben, was ich schätzte. Gilbert plante, einen Laden in St. Ives zu eröffnen, der sich auf Handarbeiten aus angeschwemmtem Treibgut spezialisieren sollte. Die Idee, Müll weiterzuverwenden, fand ich interessant. Aber ob sich das je umsetzen ließ?

„Willkommen, Willkommen. Wir hoffen, ihr hattet eine gute Anreise …", flötete Onkel Gilbert bei unserer

Ankunft überschwänglich. Während meine Eltern gemeinsam mit Ed das Herrenhaus betraten und sich von den O'Sullivans kulinarisch verwöhnen ließen, wollte ich lieber draußen mit meinem Cousin Charlie spielen. Wir verstanden uns blendend. Er hatte es nämlich, ebenso wie ich, faustdick hinter den Ohren und war ein echter Lausbub. Die Sonne hing tief am Horizont, als Charlie und ich uns in einer versteckten Ecke des Gartens trafen, weit weg von den wachsamen Augen unserer Eltern. Unsere Geheimtreffen waren mittlerweile eine liebgewonnene Tradition geworden, jedes Mal mit einem Plan oder einem weiteren Streich, der nur darauf wartete, von uns ausgeführt zu werden.

„Weißt du, was wir brauchen, Debbie? Einen Geheimcode!", schlug Charlie euphorisch vor. „Für den Fall, dass wir uns schnell verständigen müssen, ohne dass die Großen uns verstehen."

Ich nickte begeistert. Die Idee eines Geheimcodes klang aufregend. „Und vielleicht auch ein Versteck", fügte ich hinzu, „ein richtiges Hauptquartier für unsere Operationen."

Charlie kicherte. „Operationen klingt so topsecret. Ich mag's! Wir könnten vielleicht den alten Schuppen hinter dem Haus nutzen. Niemand geht dort hin."

Wir sammelten Decken und einige Kisten, die wir als Tische und Stühle benutzen konnten. In unserer Zuflucht, die nur von Spinnweben und dem gelegentlichen Besuch einer Katze gestört wurde, fühlten wir uns wie die Anführer einer geheimen Welt. „Okay, unser erstes großes Ziel", flüsterte Charlie, als wir uns auf unseren provisorischen Möbeln niederließen, „wir müssen die Mauer hinter dem Haus erkunden. Es gibt Gerüchte über versteckte Gänge und wertvolle Schätze." Seine Worte ließen mein Herz schneller schlagen.

„Schätze?", hauchte ich, mein Geist gefangen von Bildern glitzernder Münzen und Artefakte. „Obwohl es Onkel Gilbert verboten hat?"

Charlie nickte eifrig. „Genau das macht es doch so spannend. Sie ist alt und gefährlich, sagen die Erwachsenen. Doch ich sage, sie steckt voller Geheimnisse und Möglichkeiten."

„Du hast recht", flüsterte ich zurück. „Wir müssen herausfinden, wo der Schatz versteckt ist." Unsere Verschwörung wurde mit einem Handschlag und Spucke besiegelt, was unser gegenseitiges Vertrauen bekräftigte. Jeder von uns beiden wusste, dass wir auf den anderen zählen konnten, egal was passieren würde. „Wollen wir sofort los?", fragte mich der Wuschelkopf mit den grünen Augen. Er war einen Kopf größer als ich, aber das bedeutete nicht, dass er mir intellektuell überlegen war. Wir beide waren das sogenannte „Duo infernale" und für unsere Eltern ein wahrlich gefürchtetes Gespann, das für Unfug und Ärger stand. Das lag daran, dass wir am liebsten gegen jede uns auferlegte Regel verstießen. Denn wenn etwas verboten wurde, zog es Charlie und mich wie magnetisch an und wir wollten es erst recht ausprobieren. Verboten war auch die Steinmauer hinter dem Anwesen der O'Sullivans, welche bestimmt Unmengen von Schätzen verbarg. Die Mauer war wahrscheinlich noch älter als das Anwesen selbst, aber längst nicht so intakt und instandgehalten. Einige der Steine waren lose und wackelten wie Milchzähne. Moos und anderes glitschiges Gewächs wucherten wie eine Decke über den hohen Steinwall und verliehen ihm eine mystische Aura. Und wer wären Charlie und ich gewesen, wenn wir nicht darauf herumgeklettert wären? Das hatten wir natürlich zuvor schon einige Male getan und wir ließen uns auch an diesem Tag, dem Tag der Schatzsuche, nicht davon abhalten. „Aye, ab zur Mauer!", entgegnete ich kühn und ehe ich mich versah, rannten wir schon hinter das Haus und kamen keuchend vor der Steinwand, die mich um mindestens zwei Meter überragte, zum Stehen. Es war ein Anblick, der uns einen Nervenkitzel bescherte. Mit aufgeregten Augen und pochenden Herzen blickten wir auf das alte Gestein, das ein Wäldchen hinter sich verbarg. Ob dort der Schatz vergraben lag? Die Erde unter meinen Füßen und der Geruch des Mooses vermittelten mir ein Gefühl von einem Abenteuer, das laut rufend nach mir verlangte. „Bist du bereit?" Noch während er mich das fragte, erklomm Charlie mutig die ersten Steine. Ich nickte eifrig. „Es ist verdammt rutschig, pass auf", hörte ich ihn ächzen, doch das hielt mich nicht davon ab, ihm schnellstmöglich zu folgen. Mein 8-jähriges Ich war einfach viel zu neugierig gewesen. Das feuchte Moos unter meinen Händen machte es schwierig, Halt zu finden, weshalb ich meine Finger tief hineinkrallen musste, um nicht zu fallen. „Du hast es gleich geschafft", ermutigte mich Charlie, der mit überkreuzten Beinen lässig auf der Mauer saß. Ich hangelte mich geschickt zu ihm nach oben und zog mich – völlig aus der Puste – das letzte Stück hoch. Dort angekommen gaben wir uns grinsend ein High five. Der Ausblick von der Mauer war fantastisch. Wir sahen nicht nur das Wäldchen hinter und die Rückwand des Hauses vor uns, sondern auch St. Ives und in der Ferne sogar das Meer. „Ich bin oft hier oben. Es ist mein absoluter Lieblingsort." Charlie hob die Beine an und machte sich auf der Mauer lang. Sein Blick galt den Baumkronen auf der anderen Seite. Was er wohl schon wieder ausheckte? Ob er eine Ahnung hatte, wo der Schatz vergraben lag?

„Ich weiß. Aber nach dem Schatz hast du noch nie gesucht?" Er schüttelte den Kopf. Vor meinem inneren Auge sah ich plötzlich meinen Onkel toben, als er uns im Vorjahr auf der Mauer sitzen sah, die angeblich viel zu unsicher und deshalb lebensgefährlich war. Wir mussten ihm versprechen, nicht mehr hinaufzuklettern, aber die Sache mit dem Schatz hatte unsere Meinung geändert. „Dad meinte, wenn er mich nur noch ein einziges Mal hier oben sieht, sorgt er dafür, dass die Mauer wegkommt. Es ist aber bestimmt nicht so einfach, wie er sich das vorstellt. Denkmalschutz und so."

Ich legte den Kopf schief. „Denkmal, was?"

„Ach, vergiss es, Debbie-Baby."

„Ich bin kein Baby!" Ich schmollte. „Ich bin schon 8!"

„Na und? Ich bin 11. Du weißt ja nicht mal, was Denkmalschutz bedeutet."

„Tzz", murrte ich und ohne weiter nachzudenken, boxte ich Charlie in die Seite. Dann geschah etwas, das ich nicht beabsichtigt hatte. Er versuchte zwar, das Gleichgewicht zu halten, doch es war zu spät. Charlie stürzte von der Mauer und purzelte in das dichte Gestrüpp unterhalb der Steine, das direkt an eine Baumgruppe grenzte. Zum Glück landete er einigermaßen weich, trotzdem brach er sich ein Bein. Einen Schatz fanden wir an diesem Tag nicht, dafür musste Charlie nach dem Sturz stationär ins Krankenhaus und sogar operiert werden. Dass es anschließend eine Menge Ärger gab, erklärt sich von allein. Ich pflückte ihm als Entschuldigung einige Tage später ein paar Blumen, die ich in irgendeinem Vorgarten fand. Es handelte sich um Kamelien, Margeriten, Lupinen und Fuchsien, wie ich im Nachhinein von meiner Mum erfuhr, während sie mich lautstark ausschimpfte und verbittert darauf hinwies, dass ich die Blumen unerlaubt aus einem fremden Garten gerupft hatte. All das blieb mir lebhaft in Erinnerung, denn an diesem Tag band ich meinen ersten Strauß und spürte tief in meinem Herzen, dass ich nicht nur Talent, sondern Leidenschaft dafür hatte. Ich weiß noch, dass ich mich damals fragte, ob ich jemals eine Blumenfrau werden würde. Mit dem Alter wurde mir klar, dass es eigentlich „Floristin" heißt, aber wie hübsch ist bitte die Bezeichnung Blumenfrau? Ich konnte ja nicht ahnen, dass aus der kleinen Blumenliebhaberin einmal eine Whiskyfrau werden würde ... oder aber nicht einmal das.

Kapitel 3

Ich stöhnte auf, als mich der Handywecker am Morgen lautstark weckte. Mit müden Augen schaute ich aufs Display, überflog die ersten Benachrichtigungen des Tages, doch spätestens als ich die Wettermeldung las – starker Regen und Sturmböen – war ich schon wieder raus und legte das Ding murrend beiseite. Mein Handy surrte von da an gefühlt im Minutentakt, weshalb ich es irgendwann genervt unter mein Kissen schob. *Manchmal*, dachte ich, *könnte ich echt eine Auszeit von allem gebrauchen.* Nachdem ich mich noch eine Weile hin und her gewälzt hatte, entschied ich mich schweren Herzens, mein Bett zu verlassen, um pünktlich zur Arbeit zu erscheinen. Ich quälte mich aus den Laken und faltete meine Blümchenbettwäsche ordentlich zusammen, ehe ich die Fenster kippte, um zu lüften. Kalte Luft schlug mir entgegen und ich schlang meine Arme um den Oberkörper. Wenigstens regnete es nicht hinein. Dann tapste ich verschlafen aus der Tür, ließ meinen Blick kurz über die Fotos an der Wand schweifen, die meine Freunde und mich zeigten, und verschwand im Bad. Nach einer ausgiebigen Dusche, einem Pott Kaffee und einem belegten Bagel zog ich mich um, schloss Fenster und Türen und verließ zügig die Wohnung. Ich eilte zum Parkplatz und stieg in meinen Wagen. Erst als ich mit meinem Auto an einer Kreuzung hielt, bemerkte ich, dass ich mein Handy unter dem Kissen vergessen hatte. Was mich anfangs noch ärgerte, konnte vielleicht auch ein Segen sein, wie ich mir einredete. Immerhin war eine digitale Pause etwas, das von Gesundheitsinstituten weltweit empfohlen wurde. Warum also nicht? Ich entschied mich, die Situation anzunehmen und mein Handy an diesem Mittwoch nicht mal eine Sekunde lang zu vermissen.

Auf dem Weg durch die Vorstadt passierte ich Cafés, schillernde Schaufenster und eine Parkanlage. Mein Apartment war nicht weit von Glasgow entfernt und die Ausläufer der Großstadt überall spürbar. Da waren zahllose Menschen, die sich den Gehsteig entlang drängten, Autos, die hupend über Straßen bretterten und Schulkinder, die ohne zu schauen die Straßenseite wechselten. Diese Hektik jeden Morgen, das Gedränge, die überfüllten Straßen ... hach, mein Verlangen nach Ruhe und Erholung wurde mit jedem Atemzug größer. Was war bloß los mit mir? Die Großstadtdynamik, die einst so aufregend war, fing an, mir auf den Keks zu gehen. Lag das nur an meiner Tagesform? Dem Regen, der gegen die Windschutzscheibe prasselte? Den Böen, die mein Auto seitwärts erfassten und mich zum Gegenlenken zwangen? Ich war geradezu erleichtert, als ich nach der ruckeligen Fahrt die Destillerie erreichte, mit dem Wissen, dass mich die Arbeit von meinen düsteren Gedanken ablenken würde.

Das Loch, das an diesem Tag aufgrund der Witterung kaum zu sehen war, verlieh dem Grundstück seine ganz besondere Atmosphäre. Grüne Wiesen und unberührte Hügelketten nahmen die Anlage sanft in ihre Mitte. Auch wenn der Anblick an diesem grauen Tag nicht ganz so malerisch war, so wusste ich doch, dass die Natur in dieser Gegend zweifelsohne zu den schönsten Großbritanniens zählte. Als ich aus dem Wagen stieg, preschte mir die Gischt entgegen. Ich senkte den Kopf und huschte so schnell wie möglich über den Parkplatz, der längst von großflächigen Pfützen übersät war.

„Oh, guten Morgen! Da bist du ja wieder." Michael strahlte mich an, als ich patschnass in den Eingangsbereich stolperte.

Ich zog hektisch den Mantel aus und hing ihn an die Garderobe neben der Tür. „Guten Morgen! Ich werde jetzt erst einmal meine Haare trocknen", antwortete ich kurz angebunden und schenkte ihm ein Lächeln, das er zögernd erwiderte. Die Geräusche des Sturms wurden gedämpft, als ich Richtung Toilette eilte, die sich im hintersten Teil des Gebäudes befanden. Nachdem ich mich abgetrocknet und neu frisiert hatte, war ich bereit für die anstehende Arbeit. Auf dem Weg zu Ed kam ich an großen kupfernen Destillationsapparaturen vorbei, deren matte Patina stolze Zeitzeugen waren. Zweifellos Meisterwerke handwerklicher Ingenieurskunst.

„Guten Morgen, Ed!" Ich gab ihm einen freundschaftlichen Klaps auf die Schulter, als wir uns im Büro begegneten. Er hatte Augenringe und eine fahle Haut, zwang sich aber, zu grinsen. „Wieder auf dem Feldbett gepennt?"

„Du kennst mich doch, Debbie."

Ed war sehr fleißig, ein Arbeitstier, doch manchmal war ich mir nicht sicher, ob sein Ehrgeiz noch gesund war. Natürlich wollte er unsere Eltern beeindrucken und ihnen zeigen, dass er der richtige Nachfolger für die Destillerie war, aber da er als Einziger dafür infrage kam, erschien mir sein Verhalten übertrieben.

Er gähnte herzhaft. „Ich werde mal Druck und Temperaturen checken, Michael ist für die neuen Chargen verantwortlich. Machst du bitte das Büro?" Ich presste die Zähne zusammen. Obwohl ich eine kaufmännische Ausbildung hatte, war ich doch eher eine Macherin. Selbsternannte Whiskyfrau eben.

An diesem Tag standen im Büro vor allem Bestellungen und deren Lieferfristen an. Aber ich wäre nicht ich gewesen, wenn ich nicht neben all den Telefonaten, die ich nur halbherzig verfolgte, heimlich im Internet herumgestöbert hätte. Was war auf dem Markt aktuell in Mode? Welche Whisky-Variationen waren derzeit gefragt? Ich fand rauchigen Ahornsirup-Whisky, Ingwer-Zitrone, Vanille-Kaffee, Kokosnuss-Mandel, Holunderblüten-Honig ... es gab beinahe unendliche Möglichkeiten, Whisky zu verfeinern. Das war natürlich nicht das erste Mal, dass ich nach der Konkurrenz googelte, aber es war das erste Mal von meinem Arbeitsplatz aus und es fühlte sich gut an, etwas Verbotenes zu tun. Ich wusste, dass unser Hauswhisky qualitativ hochwertig und von einwandfreier Qualität war – somit die perfekte Basis. Wieso sollte ich nicht einfach ein paar Zutaten bestellen und mir selbst einen Sirup herstellen? Das war nicht schwer und auch nicht mein erster Versuch. Mit Zucker und Vanilleschoten konnte ich beispielsweise Vanillesirup produzieren. Anschließend könnte ich etwas herumexperimentieren. Natürlich würde es einige Wochen in Anspruch nehmen und ich müsste den Whisky gut versteckt lagern. Bei der Vorstellung, Produkte in der Destillerie vor meinen Eltern zu verbergen, grinste ich diabolisch. Kurzerhand entschied ich mich, es einfach zu tun. Ich legte die Arbeit beiseite, suchte im Netz nach den unterschiedlichsten Aromen, wie Zitronenschalen und getrockneter Chilischote, aber auch Kakaobohnen und exotischen Gewürzen und fing an, diese in meinem Kopf miteinander zu kombinieren. Was würde passen? Was würde für den gewissen Kick sorgen? Dann bestellte ich ätherische Öle, Zucker, Honig und Agavendicksaft. Verschiedene Glasbehälter wanderten ebenso in den Warenkorb, wie ein Sieb und Flaschen. Zum Schluss fertigte ich am PC Etiketten an, die ich ausdruckte und in meiner Ablage verschwinden ließ. Mein Plan war perfekt!

„Was tust du denn da?" Ich zuckte zusammen, als Ed plötzlich hinter mir stand. Hektisch klickte ich den Bestellverlauf weg. Warum war er schon wieder hier? Ich liebte und respektierte meinen Bruder, aber ich wusste, dass er meine Ambitionen nicht gutheißen würde. Das Letzte, was ich wollte, war eine ellenlange Diskussion über das Für und Wider meiner Ansichten.

„Du googelst nach Destillerien in den Highlands? Möchte man dich etwa abwerben?" Ich schüttelte den Kopf. Verdammt! Ich hatte zwar den Bestellverlauf weggeklickt, aber immer noch die Seiten anderer Destillationen geöffnet, die ihm natürlich sofort ins Auge sprangen. „Warum treibst du dich dann auf diesen Seiten herum? Ich dachte, du hättest genügend zu tun?"

„Entschuldige mal, Chef? Es spricht wohl nichts dagegen, wenn ich zwischendurch die Produkte anderer Hersteller abchecke ... außerdem hast du auch etwas zu tun, wenn ich mich nicht irre.“

„Ah, geht es schon wieder um deine Ideen? Dad wird vor Freude ausflippen.“ Ed hob skeptisch die Augenbrauen.

„Machst du jetzt einen auf Klugscheißer, oder was? Ich dachte, du hältst es für ach so toll, wenn ich gegen die Regeln verstoße. Genauer genommen ist das hier ohnehin mein persönliches Anliegen ...“

„Aber nicht dein persönlicher Bereich, Schwesterherz. Das ist nämlich der Geschäfts-PC!“ Ich blinzelte ungläubig. Lehnte sich Ed soeben gegen mich auf?

„Wow, was geht denn jetzt ab? Warst du bisher nicht begeistert von meiner Initiative?“

Er seufzte und massierte sich die Schläfen, ehe er gegenüber von mir Platz nahm und mich starr ansah. „Vielleicht bin ich nicht ausgeschlafen. Es tut mir leid.“

„Aye“, ich rang nach Luft, um mich zu beruhigen, „bist du wohl nicht.“

„Da ist allerdings noch was ...“ Er hielt inne und mir wurde auf der Stelle klar, dass hier etwas faul war. Der eigentliche Grund für seine Rückkehr ins Büro?

„Was?“ Er zögerte. „Ed?! Wir haben uns versprochen, immer ehrlich zueinander zu sein. Jetzt sprich!“

„Dad meinte, nach deiner Aktion mit der Anlage solle ich dir künftig lieber etwas auf die Finger schauen. Ich wollte das nicht. Aber nachdem ich dich gerade dabei erwischt habe, wie du deine Fühler ausstreckst ... kann das vielleicht gar nicht schaden.“

„Wie bitte!? Sag mal, spinnst du?“

„Er meinte, du ... solltest mal einen Gang herunterschalten. Also mehrere Gänge. Außerdem sagte er, es wäre vorerst besser, wenn du dich nur noch um den Bürokram kümmerst, und zwar wirklich darum kümmerst." Ich schüttelte ungläubig den Kopf, während er stoisch fortfuhr: „Die Tatsache, dass du neulich die Anlage kaputt gemacht hast, unter dem Vorwand, diese zu reparieren, ohne, dass du die nötige Ausbildung dafür besitzt, hat das Fass wohl zum Überlaufen gebracht, Debbie. Der Schaden ging in die Tausende. Nicht dein erster Ausreißer, aber wohl der Teuerste! Hinzu kommt deine schlampig bearbeitete Ablage, du lässt dir damit einfach zu viel Zeit. Hör zu, du musst das wieder in den Griff kriegen. Der Whisky scheint dein Gehirn zu vernebeln. Ach, und außerdem geht es ihm tierisch auf den Sack, dass du immer wieder mit neuen Ideen um dich wirfst, anstatt einfach deine Arbeit zu erledigen. Ende der Durchsage."

„Willst du mich verarschen?"

„Nein."

„Warum?", war alles, was ich herausbrachte, dabei kannte ich die Antwort bereits. Weil ich Dad zu wissbegierig war. Weil ich besessen versuchte, meine Visionen zum Leben zu erwecken und ihn davon zu überzeugen – und das seit Jahren. Weil ich dem Unternehmen ein zweites, sicheres Standbein bescheren wollte und – natürlich –, weil ich immer und überall meine Finger im Spiel haben musste. Aye, ich handelte entgegen den Warnungen meines Vaters. So sagte er mir einst ausdrücklich, ich solle im Fall der Fälle um Himmels Willen die Hände von einer ausgefallenen Anlage lassen, doch ich tat das Gegenteil. Obwohl ich mich unzählige Male dafür entschuldigt und angeboten hatte, einen Teil der Kosten zu übernehmen, behandelte man mich seither wie eine Aussätzige. Dabei wollte ich doch nur helfen. Es war allgemein bekannt, dass ich eine Vorliebe für Verbotenes hegte. Nichtsdestotrotz war mir inzwischen bewusst, dass ich an diesem Tag etwas zu weit gegangen war.

„Weißt du, Dad macht sich eben Sorgen um die Zukunft der Destillerie. Er befürchtet, dass wir uns zu sehr von den altbewährten Methoden entfernen könnten, wenn wir deine Visionen umsetzen. Er glaubt, es sei erst mal besser für dich und alle anderen, wenn du dich eine Zeit lang auf die Geschäftsseite konzentrierst." Ich ballte die Fäuste.

„Aber die Destillation ist meine Leidenschaft – ich will nicht im Büro eingesperrt sein. Ich mache den Papierkram – aber eben nicht ausschließlich!"

„Ich weiß... Ähm, sag mal, was hältst du eigentlich von Charlies Angebot?"

„Wovon sprichst du?" Ich blickte verwirrt auf und spürte, wie meine Schläfen zuckten. Er versuchte abzulenken.

„Du hast seine Nachricht nicht gelesen?"

„Ich habe mein Handy nicht dabei."

Ed runzelte die Stirn. „Das hast du nicht freiwillig getan", stellte er schmunzelnd fest.

„Nein, habe ich nicht. Ich habe es vergessen. Was will Charlie?"

„Seine Freundin, Ashley, möchte das ehemalige Cottage ihrer Granny zu einem B&B umfunktionieren. Es liegt in Cornwall, Zennor, unmittelbar an einer Steilküste in Alleinlage. Sie haben es erst vor Kurzem ein wenig umgebaut und ... "

„Na und?" Meine Laune war auf dem Tiefpunkt angelangt. Was interessierten mich da die Pläne der Freundin meines Cousins in England?

„Sie möchten uns gerne als eine Art Probegäste einladen. Du könntest doch Urlaub einreichen ..."

„Was für eine blöde Idee. Ich möchte meinen Urlaub lieber auf Ibiza verbringen als in Cornwall. Wenn ich Regen will, kann ich gleich hier bleiben!"

„Früher warst du immer sehr gerne dort."

„Früher. Früher hatte ich auch noch ein Leben und durfte selbst Entscheidungen treffen. Und mir wurde nicht andauernd vorgehalten, ich würde mich nicht an die Regeln halten. Wobei ... doch, das hat man früher auch schon über mich gesagt. "

„Debbie, Dad meint es nicht so. Er ist momentan einfach angefressen. Das ändert sich bald wieder."

„Tzz", ächzte ich. „Und? Fährst du zu Charlie?"

„Aye, das habe ich vor. Vielleicht bleibe ich sogar etwas länger dort. Ich würde anschließend gerne noch ein paar Tage Onkel Gilbert und Tante Mary besuchen. Bist du dabei?" Ich zuckte die Achseln. Eine Auszeit konnte nicht schaden. Vielleicht würde der Abstand zur Destillerie guttun, und meine Eltern würden endlich bemerken, was sie an ihrer innovativen Tochter hatten.

„Ich glaube aber nicht, dass wir gleichzeitig Urlaub bekommen. Personalmangel", fiel ich ein. „Zudem ich ja jetzt für das Büro zuständig bin", warf ich scharf hinterher.

„Dad hat eine Auszubildende eingestellt. Daisy Macbeth, die Tochter von Angus und Fiona. Gemeinsam mit Michael werden sie den Laden schon wuppen."

„Eine Auszubildende?" Mir stand der Mund offen. „Erfahre ich hier überhaupt noch etwas aus erster Hand?"

„Ich denke nicht, dass davon die Welt untergeht. Daisy macht nur eine kaufmännische Ausbildung."

„Aha. Und wer wird sie einlernen und ausbilden? Etwa ich?"

„Vorerst Mum. Also, wenn du willst, dann rede ich mit Dad. Vielleicht ist er bereit, uns beiden zeitgleich Urlaub zu genehmigen. Möglicherweise erkennt er ja den Mehrwert dahinter."

„Ach ja? Damit du in meinem Urlaub auch noch ein Auge auf mich werfen kannst? Weißt du was, Ed?" Ich sprang auf und spürte, wie meine Halsschlagader heftig pulsierte. „Ich habe dermaßen die Schnauze voll. Ich muss nicht in diesem verdammten Laden arbeiten, okay? In Zeiten des Personalmangels sind ausgebildete Fachkräfte überall gefragt!" Als plötzlich die Tür aufging und Michael das Büro betrat, stürmte ich an ihm vorbei.

„Hey, Debbie, warte", rief er, doch ich dachte nicht daran, noch eine Sekunde länger in diesem Gebäude zu bleiben. Es war nicht nur die unleugbare Tatsache, dass ich mich nicht miteinbringen durfte. Ich wurde zurück ins Büro verbannt und mein Dad schickte ausgerechnet Ed, um mir seine selbstgefällige Entscheidung zu übermitteln. Obendrauf erfuhr ich ganz nebenbei, dass Daisy Macbeth eine Ausbildung bei uns absolvieren und von meiner Mum eingelernt werden würde, weil ich zu „unzuverlässig" war. Wenn man meine Arbeit und mich nicht wertschätzte, warum sollte ich dann noch hier bleiben wollen? Es gab nur eine Möglichkeit, dies herauszufinden: direkte Konfrontation. Also fuhr ich – außer mir vor Wut – zu meinen Eltern nach Hause, die an diesem Mittwoch einen freien Tag in ihrem Stadthäuschen, unweit des Rivers Clyde, genossen. Es regnete noch immer in Strömen und die Tatsache, dass ich tropfnass im Auto saß, entspannte meine Lage keineswegs. Britney Spears und ihr 90er Pop im Radio gaben mir den Rest. Als ich dort ankam, konnte ich schon spüren, dass das Gespräch, welches vor mir lag, eskalieren würde. Mein Magen zog sich zusammen. *Du bist dem gewachsen, stehe für dich ein, Debbie,* sagte ich zu mir selbst, während ich tief durchatmete und versuchte, die steigende Panik zu beruhigen. Doch inmitten der Angst vernahm ich auch eine Entschlossenheit – das Bewusstsein, dass ich, und nur ich, die Richtung meines Lebens bestimmen konnte. Geronimo! Mit jedem Atemzug schien die Last leichter zu werden, das Gewicht der Erwartungen weniger erdrückend.

Ich klingelte, Mum ließ mich herein und reichte mir kurz darauf Handtücher und trockene Sachen. Offenbar freute sie sich über meinen unangemeldeten Besuch, im Gegensatz zu Dad. Er war ganz und gar nicht froh darüber, mich während meiner Arbeitszeit außerhalb des Büros zu sehen. Natürlich nicht. Doch ich nahm ihm den Wind aus den Segeln, noch ehe er etwas sagen konnte. „Warum muss Ed künftig über meine Arbeit wachen?", fragte ich, meine Stimme beherrscht, doch unter der Oberfläche brodelte es gewaltig. „Und warum werde ich zurück ins Büro verbannt, als ob ich ein Kind wäre, das beaufsichtigt werden muss? Ich habe einen Fehler gemacht, Dad, das weiß ich! Und es tut mir sehr, sehr leid. Aber bitte, nimm mir nicht die Möglichkeit, in der Produktion zu arbeiten."

Mein Vater sah mich mit einem Blick an, der mir allzu vertraut war; ein Mix aus Enttäuschung und unbeugsamer Überzeugung. Ich hasste es.

„Es war ein besonders schwerwiegender ‚Fehler‘, mit Folgen für die gesamte Charge, Debbie. Wir glauben, dass ein bisschen mehr Struktur und Aufsicht ..."

„Aufsicht?", fiel ich ihm ins Wort, die Beherrschung schneller verlierend als gedacht. „Du meinst Kontrolle. Du traust mir nicht mehr, Dad. Du hast Ed auf mich angesetzt, wie einen Mafioso! Komm schon!"

Meine Mutter, bisher still, trat nun vor. „Debbie, bitte. Wir wissen, dass du keine bösen Absichten hattest, doch der entstandene Schaden hat die Produktion um einige Tage zurückgeworfen. Diesen Nachteil müssen wir erst mal wieder ausgleichen. Und wir sehen auch nicht gerne, dass die Arbeit im Büro liegen bleibt, das musst du doch verstehen. Und deine zahllosen Ideen in Ehren, aber ... hach, sie sind manchmal zu weit entfernt von dem, was wir kennen und wollen. Und das weißt du eigentlich."

„Aber genau das ist doch euer Problem!", entgegnete ich hitzig. „Ihr seid so festgefahren in euren Traditionen, dass ihr nicht seht, dass die Welt sich weiterdreht. Wir könnten führend sein, innovativ! Stattdessen halten wir uns an veralteten Methoden fest. Und das mit dem Büro, aye, ich gebe zu, dass ich zu nachlässig bin. Weißt du auch, warum? Weil ich es hasse!"

„Du bist allerdings für die Büroarbeit ausgebildet worden ..."

„Weil ihr mich dazu gezwungen habt. Ich wollte schon immer in die Produktion, Mum! Ich könnte die Firma wirklich vorantreiben, wenn man mich nur lassen würde ...“

„Es ist verdammt noch mal nicht deine Aufgabe, innovativ zu denken, Deborah! Ist das denn so schwer zu begreifen?! Das ist schließlich nicht deine Firma!“ Dad rang nach Luft. Sein Kopf war inzwischen feuerrot, so wie ein gekochter Hummer, was typisch für ihn war, wenn er sich aufregte. „Wir streben nicht nach Veränderungen. Von mir aus können das die Destillerien in der Umgebung machen, oder die Destillerien in Amerika, aber nicht wir! Nicht wir, Debbie!“ Er war aufgewühlt und seine Worte ließen keinen Raum für Widerspruch. „Hör zu, wir haben diese Destillerie über vierzig Jahre lang mit nichts als Hingabe und harter Arbeit aufgebaut. Wir haben jede Mauer dieses Gebäudes mit unseren eigenen Händen renoviert, jeden Tropfen Whisky mit Sorgfalt destilliert. Du kannst nicht erwarten, dass wir das alles aufs Spiel setzen, nur weil du meinst, Veränderungen seien notwendig. Und du kannst auch nicht die Büroarbeit links liegen lassen, nur weil du keine Lust darauf hast und lieber mit Whisky herumtüftelst! Überall anders wäre das ein Kündigungsgrund!“

„Ich verstehe eure Bedenken“, erwiderte ich, meine Stimme wieder fest, trotz des Kloßes in meinem Hals, der entstand, als Dad das Wort „Kündigung“ in den Mund nahm. „Aber was ist mit der Zukunft? Die Welt hat sich verändert und wenn ihr euch nicht irgendwann dem Zeitgeist anpasst, wird dieses Unternehmen uns allen eines Tages um die Ohren fliegen.“

„Anpassen?", schnaubte mein Vater abwertend. „Oder alles riskieren, was wir aufgebaut haben? Nein, mein Kind. Wir können nicht zulassen, dass unsere Traditionen für Experimente geopfert werden. Unser Whisky wird in Europa geschätzt, eben weil er so ist, wie er ist." Meine Mutter nickte zustimmend, doch in ihren Augen lag ein Hauch von Zweifel.

„Wir haben Respekt vor deinem Eifer, Darling. Aber du musst auch unseren Respekt vor dem, was wir uns geschaffen haben, verstehen."

„Ich verstehe euch doch", wiederholte ich heiser. „Aber ihr versteht mich nicht. Keiner will euch ans Leder, nur weil ihr euch neuen Sichtweisen öffnet. Was ist so falsch daran? Es geht nicht nur um verschiedene Geschmäcker, ... auch Führungen sind eine solide Sache und in diesem Business nicht unüblich. Sie werden fast überall angeboten. Wir verstecken doch keine Leichen im Lagerraum! Wo ist denn da euer Problem? Die Destillerie ist sehenswert. Ihr könntet mit den Eintrittsgeldern sogar etwas dazu verdienen ..."

„Nein, nein und nochmal nein! Ich will nichts mehr davon hören!"

„Na schön", fuhr ich Dad an und meine Geduld war am Ende, „aber erwarte nicht, dass ich den Bürostuhl für dich wärme. Wenn du mich dorthin verbannst, dann komme ich dir jetzt zuvor und kündige!" Mum weitete fassungslos die Augen, doch selbst meine Drohung, auf der Stelle zu kündigen, nahm mein Vater nicht allzu ernst.

„Kündigen? Tzz, ... du glaubst also ernsthaft, dass du, junge Frau, nach ein paar Wochen Praktika in der Whisky-Produktion, alles so viel besser weißt als wir?"

„Vielleicht ja!", rief ich aus, kaum in der Lage, meine Stimme zu zügeln. „Weil ich sehe, was da draußen passiert. Weil ich nicht will, dass ihr eines Tages in der Masse untergeht, nur weil Das-haben-wir-schon-immer-so-gemacht das scheiß Motto dieser Firma ist."

„Debbie, bitte ...", begann meine Mutter, aber ich schüttelte den Kopf.

„Nein, Mum. Es reicht. Die Sache mit Ed setzt alldem nur noch die verdammte Krone auf." Ich atmete tief durch, mein Entschluss festigte sich mit jedem Atemzug. „Jedenfalls, wenn ihr meine Unterstützung im Team und vor allem meine Ideen nicht wollt, dann, ... dann kündige ich eben. Mit Daisy kommt ja schon bald Ersatz. Die kann dann das Büro schmeißen."

„Debbie, überlege dir das bitte gut. Wir sind eine Familie. Daisy macht eine kaufmännische Ausbildung und ersetzt niemanden." Ich schnaubte. Zugegebenermaßen war die Reaktion bezüglich Daisy vielleicht etwas trotzig gewesen.

„Eine Familie, die ihrem Kind nichts zutraut, Mum", entgegnete ich bitter. „Ich war von Anfang an gegen die Ausbildung im Büro, aber ihr habt es nicht einmal in Erwägung gezogen, dass ich eine Chance bekomme, meinen eigenen Träumen zu folgen."

„Das ist so nicht richtig. Du hattest die Chance in Form von Praktika. Viele Male. Allerdings ging es dir stets darum, den Geist des Unternehmens an deine eigenen Vorstellungen anzupassen, statt dich einzufügen. Ganz abgesehen von unserer Anlage, die du trotz der Warnungen ja unbedingt ‚reparieren' musstest, was bekanntermaßen im Chaos endete!" Ich hätte nicht planlos daran herumwerkeln sollen, nur weil ich mir selbst etwas beweisen wollte. Stattdessen hätte ich, wie vereinbart, auf Michael und dessen Fachwissen warten müssen. Wenn die Konsequenz dafür war, dass ich ins Büro verbannt wurde, okay, damit könnte ich vorübergehend leben. Aber dass Ed mich jetzt zusätzlich überwachen sollte, das war einfach zu viel.

In der Gesamtsumme war ich definitiv nicht die Mitarbeiterin des Jahres, keine Frage. Aber ich hatte schon immer das Gefühl, dass niemand mein wahres Talent erkannte oder gar fördern wollte. Von Anfang an wurde ich in eine Form voller Erwartungen gepresst, die ich nicht erfüllen konnte, beziehungsweise wollte. Ich wurde noch nicht einmal gefragt! Doch wenn sich frau dagegen wehrte, war sie ja sofort eine rebellische Monsterzicke.

„Also, wenn du meinst, unbedingt gehen zu müssen, dann ist das deine Entscheidung", sagte Dad nach einer Pause. Sein Kopf hatte inzwischen wieder eine fast normale Farbe angenommen. „Aber bedenke, was du damit aufgibst. Dein Traum ist es, eines Tages Destillateurin zu werden. Selbst wenn ich dich momentan im Büro und weit weg von der Produktion sehe, weil du viel zu umtriebig bist, bin ich überzeugt, dass das Talent und der Ehrgeiz in dir schlummern, diese Sache früher oder später ernsthaft anzugehen. Du musst ruhiger werden, Mädchen. Ach, und falls du wirklich kündigst, dann nur schriftlich. Das gilt nämlich für alle unsere Mitarbeiter. Auch für dich." Ich schluckte schwer. Seine Worte trafen mich härter, als ich zugeben wollte.

***

***

Die nächsten Wochen waren ein endloser Kreislauf aus Streitigkeiten mit meinen Eltern, den Gedanken zu kündigen und frustrierenden Büroarbeiten. Es lag mir fern, überstürzt zu handeln, weshalb ich meine Entscheidung weiter hinauszögerte. Ich mied die Produktion, um nicht noch mehr Ärger zu stiften, auch wenn es mir verdammt schwer fiel, denn dort gehörte ich hin, trotz meines üblen Fehlers. Das würde mir gewiss nicht noch einmal passieren, so viel war sicher. Die Nachricht von Charlie kam mir inzwischen wie ein Lichtblick vor, und die Aussicht in Cornwall versprach die dringend benötigte Auszeit, um einen klaren Kopf zu fassen. Obwohl ich einerseits wütend und nachtragend war, weil Ed eine Grenze überschritten hatte, war ich andererseits froh, dass er mich begleitete. Anfangs war mein Dad wenig begeistert, dass Ed und ich gleichzeitig Urlaub nahmen, besonders wegen des chronischen Personalmangels in der Destillerie. Doch nach langen Diskussionen und der Unterstützung meines Bruders, der immer wieder betonte, wie wichtig eine Pause für mich wäre, stimmte er schließlich zu. Ob Dad bereits neues Personal einplante? Daisy Macbeth schien jedenfalls ein Anfang zu sein …

Kurz vor der Abreise traf ich Michael, der mich mit einem gemischten Ausdruck im Gesicht ansah.

„Ich hoffe, du kannst in Cornwall etwas abschalten und zur Ruhe kommen." Seine Worte waren voller Bedauern, doch auch mitfühlend und unterstützend.

„Danke, Michael", antwortete ich sanftmütig. „Ich brauche diese Auszeit wirklich."

Kapitel 4

Zennor, Cornwall

Während ich die letzte Stufe der knarrenden Stiege nach unten nahm, hörte ich bereits die lebhaften Stimmen aus der Küche dringen. Der Duft von frisch gebrühtem Kaffee, gemischt mit dem Aroma gebackener Scones und dem Hauch von gebratenem Speck, ließ mich wie auf Wolken Richtung Küche schweben. Ashley, die Besitzerin des bald zu eröffnenden B&B, stand am Herd und dirigierte mit einem Kochlöffel in der Hand. Ihr fröhliches Lachen füllte den Raum, während sie sich angeregt mit Charlie unterhielt, der am Tisch saß und Butter auf einen Stapel Toasts schmierte. Ed hatte es sich auf einem grünen Ohrensessel am Fenster gemütlich gemacht und las Zeitung.

„Guten Morgen, Debbie!", rief Ashley, ohne sich umzudrehen. „Setz dich, der Kaffee ist fertig, und das Frühstück ist auch gleich bereit."

Charlie hob den Blick und lächelte mir zu.

„Hoffe, du hast großen Hunger. Mylady hat sich mal wieder selbst übertroffen. Sieh dir das nur an …" Er deutete stolz auf den reichlich gedeckten Tisch.

Ich ließ mich auf einen Stuhl fallen und goss mir eine Tasse Kaffee ein. Mylady? War das etwa sein Kosename für Ashley?

„Das sieht echt toll aus", antwortete ich, während mein Blick über den Tisch wanderte, der unter einer Auswahl an Frühstücksspeisen fast zusammenzubrechen schien.

Ed schenkte mir ein verschwörerisches Grinsen.

„Du kommst genau rechtzeitig. Charlie wollte gerade von ihrem Abenteuer erzählen, das sie hier in Cornwall hatten. Anscheinend sind die beiden nachts in eine Mine eingestiegen."

„Ein Abenteuer?", wiederholte ich fragend und erinnerte mich daran, dass früher so etwas unser Ding gewesen war.

Ashleys Lachen erfüllte erneut den Raum, als sie sich mit einer Pfanne Rührei in der Hand umdrehte.

„Es war eher eine spontane Expedition als ein Abenteuer. Aber ja, das war eine Nacht, die wir so schnell nicht vergessen werden." Während sie erzählte, lächelte ich selig in mich hinein. Hier, am Frühstückstisch in einem urgemütlichen Cottage in Zennor, umgeben von einem Teil meiner Verwandtschaft, fühlte ich mich weit entfernt von den Sorgen und dem Stress, den ich hinter mir gelassen hatte. Die gute Stimmung war ansteckend und das Frühstück sah bilderbuchreif aus. In der Mitte stand eine Platte mit frisch gebackenen Scones, deren goldbraune Kruste verlockend glänzte, daneben eine Auswahl an Marmeladen und Clotted Cream, bereit, jeden Bissen zu einem Fest zu machen. Ashley, die ihre erdbeerblonden Haare zu einem Pferdeschwanz gebunden hatte, hob einen weiteren Teller vom Küchentresen, auf dem sorgfältig angeordnete Speckscheiben lagen. Daneben stellte sie eine Schüssel mit frisch geschnittenem Obst, darunter saftige Erdbeeren, Heidelbeeren und Ananasscheiben. Es gab Zwiebelringe, Paprikastreifen, Gurkenwürfel, aber auch Wurst – und Käsesorten, meist aufwendig drapiert. Auf einem separaten kleinen Teller lagen hart gekochte Eier, deren Schalen bereits entfernt worden waren. Ashley erwähnte, dass die Eier von einem lokalen Bauernhof stammten und die Scones nach einem Familienrezept gebacken wurden.

„Es ist perfekt – aber wer soll das alles essen?", fragte ich vorsichtig.

„Oh! Meinst du etwa, es ist zu viel?" Ashley spitzte die Ohren.

„Das meint sie bestimmt nicht so, oder, Debbie?", winkte Charlie ab und blickte mich erwartungsvoll an, als hoffte er, dass meine Antwort milde ausfiel. Natürlich wollte er seine Freundin beschützen, aber ich hatte nicht vor, sie anzugreifen. Ich war lediglich unsicher, wer diese Mengen an Essen verputzen sollte. Doch da ich nicht sofort wieder anecken wollte, zuckte ich lapidar die Schultern und antwortete: „Nein, es ist nicht zu viel."

Ed, der meine missliche Lage aufschnappte, legte die Zeitung beiseite und kam mit dem Kaffee in seiner Hand zu uns an den Tisch und setzte sich.

Er lehnte sich zurück und sein Blick fiel auf ein Schwarz-Weiß-Foto an der Wand, das eine Gruppe von Bergarbeitern vor dem Eingang einer Mine zeigte. „Ist das etwa hier in der Gegend?", fragte er, sein Interesse geweckt. „Ist das die Mine, von der Charlie erzählen wollte?"

„Das ist die alte Zinnmine von Wheal Coates in St. Agnes. Sie liegt jedoch nicht direkt um die Ecke, wenn man es genau nimmt“, antwortete sie und schenkte Kaffee nach. „Die Mine war bis zum Anfang des 20. Jahrhunderts in Betrieb. Das Bild ist ein Erbstück meiner Granny.“

Charlie, der sich ein Stück Speck angelte, fügte strahlend hinzu: „Ist Ashley nicht großartig? Ihr müsst wissen, dass sie eigentlich Amerikanerin ist und dieses Cottage hier geerbt hat. Das Wissen, dass sie sich über die Gegend angeeignet hat, ist mehr als beeindruckend. Die Minen sind jedenfalls ein integraler Bestandteil der kornischen Kultur. Viele Familien hier haben Vorfahren, die in den Minen gearbeitet haben.“

„Ah, du bist Amerikanerin? Hat Charlie noch gar nicht erwähnt.“ War es nun etwa mein Bruder Ed, der sich mit seiner kopflosen Frage in die Nesseln setzte? Mir entging jedenfalls nicht der flüchtige Blick, den Ashley meinem Cousin zuwarf.

„Also, es muss echt interessant sein, diese historischen Stätten zu besichtigen“, bemerkte ich, um die Situation wieder zu entspannen. „Obwohl es bei Nacht wahrscheinlich so gut wie nichts zu sehen gibt“, fügte ich hinzu.

„Einige der Minen sind Teil des UNESCO-Weltkulturerbes. Die Landschaft ist durchzogen von diesen alten Schächten und Maschinenhäusern. Es gibt sogar geführte Touren, die tiefer in die Geschichte eintauchen und dir zeigen, unter welchen Bedingungen die Leute damals gearbeitet haben. Echt spannend.“

Touren, dachte ich zähneknirschend und erinnerte mich an meine eigene Idee, Führungen auf dem Gelände der Destillation meiner Eltern anzubieten ...

„Es gibt auch viele Geschichten und Legenden, die mit den Minen verbunden sind. Geistergeschichten, unerklärliche Ereignisse und Heldentaten – das volle Programm eben", ergänzte Charlie glucksend.

„Wow", erwiderte Ed mit einem müden Lächeln. „Ich hatte ja keine Ahnung, dass Cornwall so eine tiefe Bergbaugeschichte hat." Wir tauschten skeptische Blicke aus.

„Um ehrlich zu sein, beschäftige ich mich noch nicht sehr lange mit der Geschichte vor Ort. Eigentlich erst, seit Ashley mich dazu gedrängt hat, das Geheimnis des Erbes meines Urururururonkels zu lüften. Anscheinend haben auch die Minen damit zu tun." Ed legte sein Besteck ab und sah Charlie interessiert an.

„Ach ja?"

„Nun, er war ein Earl aus Schottland, aber über seine Vergangenheit hier in Cornwall wissen wir nur wenig. Während des 19. Jahrhunderts war es jedenfalls nicht ungewöhnlich, dass Adlige in Bergbauunternehmen investierten. Es scheint, als ob er sein Vermögen nicht nur durch Ländereien in Schottland, sondern auch durch beträchtliche Investitionen in den Bergbau hier in Cornwall vermehrt hat."

Ed hob eine Augenbraue.

„Ein Earl, der in Cornwalls Minen investierte? Das klingt eher nach einer Geschichte, die direkt aus einem historischen Roman stammt und in einem Endlos-Drama endet."

Charlie ließ sich von dem Seitenhieb nicht beirren.

„Obwohl er in Schottland lebte, hatte er offenbar starke wirtschaftliche Verbindungen zu Cornwall. Es gibt Hinweise darauf, dass er an mehreren Bergbauunternehmen beteiligt war und vielleicht sogar eine Schlüsselrolle in der Entwicklung einiger Minen spielte. Wie auch immer, ich möchte es gerne herausfinden. Und nicht nur das. Ich will auch seine Position in Schottland besser verstehen."

„Ein Jammer, dass unsere Väter nur Stiefbrüder sind, sonst wären wir auch die Abkömmlinge eines Earls", säuselte ich und Ed stimmte mir hämisch grinsend zu.

„Tja", fuhr Charlie fort. „Es wirft jedenfalls ein völlig neues Licht auf unsere Familie und wie wir überhaupt nach St. Ives gekommen sind."

„Es klingt ja fast so, als hättest du eine echte Schatzsuche vor dir. Viel Spaß dabei." Ich dachte dabei an unsere letzte Schatzsuche, die für Charlie im Krankenhaus endete. Dennoch quälte ich ein Lächeln hervor und beobachtete Charlie und Ed, die jetzt angeregt miteinander tuschelten. Die Vorstellung, in die Fußstapfen eines Earl zu treten, der vor langer Zeit gelebt hatte und dessen Entscheidungen bis in die Gegenwart nachwirkten, fühlte sich vermutlich an wie das Eintauchen in ein lebendiges Geschichtsbuch, aber es war nichts, das ich persönlich weiterverfolgen wollte. Doch meinem Bruder sah ich zweifellos an, dass Charlie plötzlich seinen Forscherdrang geweckt hatte. Ich hätte sogar darauf wetten können, dass er ihn nach Schottland begleiten und sich für den Rest seines Urlaubs mit den Familiengeheimnissen der O'Sullivans auseinandersetzen würde, aber das war wohl noch kein Thema. Zumindest fürs Erste ...

„Ich habe immer wieder gehört, dass ihr früher als Kinder so einigen Unfug angestellt habt. Charlie hatte sich sogar mal ein Bein gebrochen?" Ashley musterte mich wissbegierig.

„Aye, das stimmt. Aber ich denke, an dem Tag hatte er es gar nicht anders verdient. Wir bekamen eine Standpauke, weil wir die Mauer hinter dem Haus erklommen hatten und er musste sogar operiert werden. Lang ist es her ..."

„Das waren damals höllische Schmerzen", fiel Charlie ein. „Aber Debbie war schon immer gut darin, uns irgendwie rauszureden. Oder sie fand zumindest einen Weg, die Schuld so zu verteilen, dass wir nicht allzu hart bestraft wurden. Damals hast du mir sogar einen Blumenstrauß gepflückt als Entschuldigung."

„Und selbst das gab Ärger, weil ich die Blumen aus einem Vorgarten gestohlen hatte."

Ashley lachte.

„Und was war das Verrückteste, das ihr zwei je angestellt habt?"

Charlie und ich tauschten einen Blick, der eine Mischung aus Nostalgie und verschmitztem Einverständnis war.

„Das wäre wohl die Sommernacht im Obstgarten unweit der Siedlung gewesen", murmelte ich, und Charlie nickte grinsend.

„Wir hatten beschlossen, aus unseren Zimmern zu schleichen und die Nacht draußen zu verbringen, direkt unter einem Kirschbaum", fuhr er fort. „Wir hatten allerhand zusammengepackt. Ein Zelt, gefüllte Keksdosen, einen Discman und CDs von diversen

Künstlern ... aber leider hatten wir den langen Weg unterschätzt und mussten gefühlt ewig in der Dunkelheit umherirren. Und dann sind wir schließlich in einem fremden Garten gelandet. Godfather! Wir hatten die ganze Nacht Bammel, erwischt zu werden, waren aber auch zu müde, um unser Zelt wieder abzubrechen. Geschlafen hat keiner von uns beiden und wir drängten uns zusammen, wie die Tiere. In den frühen Morgenstunden sind wir auf und davon. Leider hatte ich damals vor lauter Hektik meine CDs vergessen. Ob sich der Landwirt über Eminem gefreut hat? Aber wenigstens sind wir nicht aufgeflogen!"

Ashley hielt inne. „Das klingt wirklich schön. Es scheint, als hättet ihr eine ganz besondere Verbindung."

„Aye, früher vielleicht", fiel ich ein. „Inzwischen würde ich sagen, dass jeder von uns seinen eigenen Weg eingeschlagen hat."

Charlie sah mich nachdenklich an. Vermutlich überraschte ihn meine Antwort, die nichts als die Wahrheit war. Wir hatten schon seit geraumer Zeit nur noch wenig Kontakt, was nicht nur an der Entfernung unserer Heimatorte, sondern gewiss auch an unserem Alter lag. Wir hatten uns auseinandergelebt.

„Und wie steht's mit der Destillerie? Ich stelle mir das sehr spannend vor."

Ich blies die Backen auf.

„Spannend ist vielleicht ein Wort dafür. ‚Albtraumhaft traditionell' wäre ein anderes. Versteh mich nicht falsch, ich liebe unsere Destillerie. Aber manchmal fühlt es sich so an, als würde ich gegen Windmühlen ankämpfen."

Charlie kicherte leise, offensichtlich amüsiert über meine Beschreibung.

„Sie will das Geschäft modernisieren, aber unsere Eltern sind … sagen wir, ein bisschen in der Vergangenheit verankert", erwiderte Ed, um die Situation aufzuklären.

Ich schnippte mit den Fingern.

„Genau. Ich sage ‚Rezepturen aufpeppen', sie hören ‚Hexerei'. Ich schlage ‚Führungen' vor, sie fragen, ob das etwas mit dem Teufel zu tun hat. So oder so ähnlich kannst du es dir vorstellen."

Ashley schmunzelte.

„Wirklich so schlimm?"

„Naja, nicht ganz", räumte ich ein, „aber manchmal ist es ein echter Kampf. Ich will ja nicht die Traditionen über den Haufen werfen. Ich möchte nur, dass unser Whisky auch in Zukunft in den Gläsern der Leute landet, nicht nur in den Museen."

„Debbie hat wirklich visionäre Ideen", bestätigte Ed, „aber es ist hart, wenn man versucht, ein Schiff zu steuern, das fest im Hafen der Tradition verankert ist."

Ich zuckte mit den Achseln. Wie nett, dass Ed doch mal Partei für mich ergriff. Das lag wohl daran, dass meine Eltern außer Hörweite waren.

„Manchmal denke ich, sie würden lieber mit dem Schiff untergehen, als die Segel in Richtung Moderne zu setzen. Sei's drum. Ich werde trotzdem niemals aufgeben."

„Es klingt fast, als würdest du eine Revolution anführen", sagte Ashley, sichtlich beeindruckt.

„Revolution?", wiederholte ich mit einem Zwinkern. „Na ja, mal sehen, ob wir den alten Geistern noch ein paar neue Tricks beibringen können."

Alle lachten, und in diesem Moment fühlte ich mich nicht ganz so allein mit meinen Ambitionen. Vielleicht war es die Unterstützung, die ich brauchte – nicht nur die Akzeptanz der Tradition, sondern auch die Ermutigung, die Dinge ein bisschen frech anzugehen.

Nachdem wir das Frühstück ausgiebig genossen hatten, half ich beim Abwasch.

„Es muss schwer sein, von den eigenen Eltern nicht wirklich ernst genommen zu werden", bemerkte sie liebevoll, ohne den Blick von dem Teller in ihren Händen zu heben. „Wegen dem, was du vorhin erzählt hast, meine ich."

Ich seufzte, stellte den Teller, den ich abgetrocknet hatte, beiseite und lehnte mich für einen Moment gegen die Arbeitsplatte.

„Aye. Deshalb bin ich auch hier. Ich musste mir dringend eine Auszeit nehmen."

Sie nickte und stellte den nächsten Teller zum Trocknen bereit.

„Deine Eltern ... sie müssen doch sehen, dass du nur das Beste willst."

„Das ‚Beste' ist wohl relativ", erwiderte ich und quälte mir ein Lächeln ab. „Für sie bedeutet ‚das Beste', alles beim Alten zu lassen. Sie haben die Destillerie aus dem Nichts aufgebaut, das verstehe ich ja. Aber sie sehen nicht, dass Stillstand in der heutigen Zeit gleichbedeutend mit Rückschritt ist. Noch dazu kommt, dass ich neulich echt Mist gebaut habe. Egal, lassen wir das

Thema bitte ruhen. Weißt du was? Ich liebe dein Cottage." Und das tat ich wirklich. Sowohl das Ambiente und die Einrichtung des Hauses als auch mein Gästezimmer hatte ich sofort ins Herz geschlossen. Das Zimmer, in dem ich nächtigte und mich jederzeit zurückziehen konnte, war behaglich und sehr einladend gestaltet, mit einem Fenster, das den Blick auf die im Mondlicht schimmernden Hügel Cornwalls freigab. Die Wände waren in einem sanften Cremeton gehalten, und der Boden mit einem teppichartigen Stoff bedeckt, der meine Füße wärmte, sobald ich die Dielen des Flurs hinter mir ließ. Ein Himmelbett stand an der Wand und lud zum Einkuscheln ein. Neben dem Bett hing ein gewebter Wandteppich, der Szenen aus der keltischen Mythologie darstellte. Es war ein Träumchen.

„Ja? Danke, Debbie. Die Lage ist so einzigartig, dass ein B&B die ideale Möglichkeit ist, es mit vielen anderen Leuten zu teilen. Charlie brachte mich auf die Idee, es mit dem Konzept zu versuchen." Ich schmunzelte. Wenigstens einer aus der Verwandtschaft, der es verstand, andere von seinen Vorschlägen zu begeistern.

„Ich glaube, es hat eine Seele. Eine Wärme, die dich umhüllt, sobald du das Grundstück betrittst, weißt du? Mit diesem B&B wirst du ein kleines Vermögen machen, Ashley. Wohlfühlgarantie."

„Das ist nett von dir. Es wirkt fast, als wäre es aus einem Märchenbuch entsprungen, nicht wahr? Du ... darf ich dich noch etwas fragen?" Ich bejahte.

„Trotz all der Probleme zu Hause ist es also diese Gegend, wo du Ruhe findest?"

„Aye, ich mochte Cornwall schon immer. Ich kann hier einfach … loslassen, obwohl ich diesmal einige Anlaufschwierigkeiten hatte, das muss ich zugeben. Die Sache mit meinen Eltern und der Destillerie hat mich einfach furchtbar demotiviert. Dein Cottage ist jedenfalls der ideale Ort zum Entschleunigen, davon bin ich überzeugt.“

„Willst du mal den Garten sehen? Kaum zu glauben, dass ich ihn dir noch gar nicht gezeigt habe. Du wirst staunen.“ Ich stimmte zu und folgte ihr neugierig aus dem Haus. Ich sah zwar bei der Ankunft in Zennor, dass das Cottage über einen großen Garten verfügte, doch ich hatte ihn noch nicht näher begutachtet. Wann denn auch? Wir kamen erst spät am Abend an und direkt nach dem Aufstehen verwöhnte uns Ashley mit diesem großartigen Frühstück.

Salzige Seeluft schlug uns entgegen, als wir auf die Grünfläche mit Blick aufs Meer traten. Der Garten neben dem Gebäude war einfach wundervoll; im Sommer gewiss eine Oase der Farben und Düfte, aber auch im Frühjahr ein traumhafter Rückzugsort. Ein breiter Schotterweg führte vorbei an Beeten, die mit den ersten zaghaften Blüten des Frühlings gesprenkelt waren. Wir erreichten eines von zwei Waldsofas, das strategisch so gut positioniert war, dass es den besten Blick auf die offene See bot. Ich ließ mich fallen und fühlte mich sofort wie in einem Traum. Das Blau des Himmels traf auf das des Meeres in einer perfekten Linie am Horizont. Es war so friedlich, so ruhig – ein scharfer Kontrast zu dem Lärm und den Kämpfen, die ich zuhause gelassen hatte.

„Es ist unglaublich", flüsterte ich, kaum in der Lage, die Schönheit, die sich vor mir ausbreitete, in Worte zu fassen. Jede Sorge schien sich binnen Sekunden aufzulösen, jede Spannung entwirrte sich, während ich dort saß und den Ausblick in die Weite genoss. Ich konnte fühlen, wie dieser Ort ein Teil von mir wurde – ein stiller Zeuge der Gedanken und Träume, die ich heimlich hierher mitgebracht hatte. Ashley, die hinter mir stand, legte behutsam ihre Hand auf meine Schulter.

„Ich lass dich jetzt etwas alleine, muss noch einen Kuchen backen. Ed und Charlie sind fischen gegangen, du hast also alle Zeit der Welt, um abzuschalten." Ich blinzelte dankbar. Auf dem Waldsofa sitzend, mit dem Blick fest auf die unruhige See gerichtet, ließ ich meinen Gedanken freien Lauf. Die Wellen in der Ferne, die sich am Horizont kräuselten und dann kraftvoll am Ufer brachen, fesselten mich. Ich vernahm eine gewisse Rohheit in der Szenerie, die gut zu meiner momentanen Stimmung passte. Das Meer war weit und offen; anders als das Gefühl der Enge, das mich bei den Gedanken an zuhause und die ungelösten Probleme in der Destillerie überkam. *Lass es gut sein, Debbie*, ermahnte ich mich. *Konzentriere dich auf das Hier und Jetzt – das Rauschen des Wassers, die salzige Seeluft und die Freiheit, die Cornwall symbolisierte.* Ich nahm also einige tiefe Atemzüge, kam runter und sah mich dann aufmerksam im Garten um. Es war so unwirklich schön. Die Natur, die langsam aus ihrem Winterschlaf erwachte, schenkte mir ein Gefühl der Ruhe und Geborgenheit. Um mich herum sprießten Blumen, ihre Farben ein leises Versprechen des kommenden Frühlings. Die Luft war erfüllt vom Duft blühender Narzissen, die sich mutig gegen die Morgenstunden stemmten und die ersten Bienen, die sich an den noch jungen Blüten labten, summten ein Gartenkonzert. Ich beobachtete, wie ein Schmetterling, vielleicht der erste dieser Saison, mutig seine Flügel gegen die Brise spannte.

Erst als es zu tröpfeln anfing, ging ich wieder ins Cottage. Zurück in der Küche, fühlte ich mich nach meinem Abstecher in den Garten wie neugeboren.

„Konntest du dich erholen?", wollte Ashley wissen. Ich strahlte über beide Ohren. Sie war so ein lieber Mensch und noch dazu hübsch und klug. Charlie hatte alles richtig gemacht, als er sich für sie als seine Partnerin entschied. Gast in diesem herrlichen Cottage zu sein, fühlte sich für mich fast so an, wie eine Art Therapie. Und das nach nur einer Nacht. War hier vielleicht unsichtbare Magie im Spiel? Ich ging ein bisschen umher, inhalierte den Duft des Kuchens, der im Ofen hochging und entdeckte in einer Ecke des Raumes ein Körbchen, überladen mit Wolle in allen Farben des Regenbogens. Ashley, die mich anscheinend beobachtet hatte, kam hinzu, setzte sich auf den Boden, griff nach einem halbfertigen Häkelprojekt, wahrscheinlich eine Decke, die wie ein buntes Mosaik aussah und lächelte beseelt. Jede Masche war ein Zeugnis von Geduld und Hingabe, ganz offensichtlich.

„Ich finde, Häkeln beruhigt den Geist", erklärte sie, während ihre Finger geschickt die Nadel führten, „aus einfachen Fäden entsteht etwas Einzigartiges und Schönes. Das habe ich mir selbst beigebracht. Das Sortiment ist ein Erbe meiner Granny, so wie fast alles hier." Sie kicherte vergnügt. Ich beobachtete, fasziniert von der Einfachheit und doch Komplexität ihrer Bewegungen, wie eine Schlaufe in die nächste überging, eine Verbindung nach der anderen, bis ein Muster entstand, das sowohl zufällig als auch kunstvoll wirkte.

„Und was ist deine Leidenschaft, Debbie?", fragte sie nach einer Weile.

„Du wirst vielleicht überrascht sein", flötete ich, ein zögerliches Lächeln auf den Lippen, „aber es ist nicht nur Whisky, obwohl der einen großen Teil meines Lebens ausmacht. Ein anderer Traum von mir ...", ich machte eine kurze Pause und dachte an die leuchtenden Narzissen im Garten, „sind Blumensträuße."

„Blumensträuße?", wiederholte sie und zog ungläubig die Augenbrauen hoch.

„Ja", antwortete ich. „Mir gefällt die Idee, die verschiedenen Farben, Texturen und Düfte zu einer Harmonie zu verweben, die mehr ist als die Summe ihrer Teile. Das klingt jetzt furchtbar kitschig, oder?"

„Nein, das ... das ist wunderschön, Debbie, wirklich. Ich hätte nur nie gedacht ... nun, auf mich wirkst du eher rau und unnahbar."

„Ich weiß", bestätigte ich sie leise, „die meisten sehen mich nur in der Destillerie, umgeben von Fässern und Malz. Aber da schlummert auch eine andere Seite in mir, die ich nicht jedem offen zeige." Wir saßen einen Moment in Stille, ehe Ashley das Häkeln wieder aufnahm und ich ihr tiefenentspannt zusah. In diesem Moment fühlte ich eine Zufriedenheit, ein seltenes Gefühl der Vollständigkeit, als wäre das Geständnis meines Traums ein weiterer Schritt auf dem Weg zu mir selbst.

Wenige Tage später, in den frühen Morgenstunden, als die ersten Sonnenstrahlen den Tau auf den Blättern zum Glitzern brachten, fand ich mich nach dem Frühstück im Garten wieder. Der Aufenthalt in Cornwall hatte etwas in mir geweckt. Zum ersten Mal seit Langem spürte ich eine Richtung, einen Pfad, der vielleicht meinen Erwartungen und Träumen mehr entsprach als dem, was andere für mich vorgesehen hatten. Ich erlaubte mir an jenem Morgen, die Schönheit der Frühblüher um mich herum wirklich zu sehen, ihre Vielfalt zu bewundern. *Vielleicht*, dachte ich, *ist es an der Zeit, dass auch ich meinen eigenen Platz finde.* Die Idee, Blumensträuße zu kreieren, war womöglich mehr als nur ein flüchtiger Traum, den ich zwar schon länger hegte, aber nie wirklich weiterverfolgt hatte. Es war eine Vision meiner Kindheit, die mit jedem Tag in England wieder konkreter wurde. Ich stellte mir einen kleinen Laden vor, irgendwo hier in Cornwall, wo ich später nicht nur Sträuße verkaufte, sondern auch Workshops anbot. Ein Ort, der anderen die Möglichkeit gab, die Freude am Kreieren mit der Natur zu teilen. Ich seufzte.

„Du siehst ja aus, als hättest du gerade eine Offenbarung gehabt", hörte ich Ashley sagen, die Blumenzwiebeln in die Erde setzte.

„Vielleicht habe ich die wirklich", antwortete ich bedacht. Ihr Interesse und ihre Unterstützung waren spürbar, und in diesem Moment wusste ich, dass diese Idee nicht nur ein Hirngespinst bleiben musste.

Ich vertiefte mich von diesem Augenblick an in die Welt der Floristik. Aus der örtlichen Bücherei lieh ich mir ein paar Bücher aus und verschlang noch am selben Abend so viel über Blumenarten und Techniken wie möglich und folgte zahlreichen Online-Tutorials. Meine Entscheidung stand fest: Die Auszeit wollte ich nutzen, um hier in Cornwall etwas Bedeutungsvolles zu schaffen – etwas, das mein Herz schon lange begehrte.

***

Ein Lächeln umspielte meine Lippen, als ich mich am nächsten Morgen, zwischen Kissen und Laken, an die Tage meiner Kindheit zurückerinnerte. Tage, die ich in der Whiskydestillerie meiner Familie verbracht hatte. In meiner Erinnerung roch ich das süßliche Malz und hörte das stetige Tropfen des Destillats, das aus den kupfernen Brennblasen sickerte. Mein Vater hatte mich oft auf seinen Schultern durch die Destillerie getragen, während er mir die Geheimnisse des Whiskys erklärte. Doch nicht alle Erinnerungen waren so herzlich und beruhigend. Ich erinnerte mich auch an die vielen Abende, an denen die Stimmen meiner Eltern widerhallten. Sie stritten über die Zukunft der Destillerie, über Traditionen, die ihnen heilig waren, und über Neuerungen, die ich vorschlug. Trotz meiner Liebe zum Whisky und zum Erbe meiner Familie fühlte ich mich oft gefangen zwischen den Erwartungen meiner Eltern und der Erfüllung meiner eigenen Träume. Hinzu kamen Schuldgefühle, dass meine Vorschläge stets für Zoff sorgten. Ich erinnerte mich auch daran, wie ich manchmal heimlich Blumenarrangements im Garten übte. Es war schon immer wie eine Art Zuflucht für mich gewesen. Doch jedes Mal, wenn ich durch die Destillerie lief, fühlte ich den Stolz meiner Eltern und wusste, dass ich meinen anderen Traum, Floristin zu werden, nicht weiterverfolgen konnte. Ich war an diese Anlage gebunden. Mein Dad sah mich damals wie heute im kaufmännischen Bereich, dabei hatte ich doch das Zeug zur Whiskyfrau. Würde ich hier, in Cornwall, einen völlig neuen Weg einschlagen und verloren geglaubte Träume wiederbeleben? Oder hatte ich das unlängst getan? Plötzlich ploppte eine Nachricht auf meinem Handy auf:

Michael:
Debbie! Alles okay bei dir?

Debbie:
Hey, wie geht's dir?

Michael:
Ganz gut, danke. Und selbst? Wie läuft es in Cornwall?

Debbie:
Es ist toll hier. Brauchte dringend etwas Abstand. Es hilft.

Michael:
Super, klingt erholsam. Vermisst du dein zuhause trotzdem?

Debbie:
Ja und nein. Es gab ein paar heftige Diskussionen, bevor ich gefahren bin.

Michael:
Das tut mir leid. Wenn du reden möchtest, bin ich da ...

Debbie:
Danke, das bedeutet mir viel. Manchmal fühle ich mich, als ob ich zwischen zwei Welten stehe. Keine Ahnung.

Michael:
Ich weiß, dass du einen Weg finden wirst, der für dich richtig ist. Sag mal, anderes Thema, hast du etwas bestellt? In den letzten Tagen kamen einige Pakete im Büro an, die an dich adressiert sind. Soll ich sie dir nach Cornwall schicken?

Ich sah auf. Aber ja! Meine Bestellungen ... ob es eine so gute Idee war, die Pakete nach Cornwall liefern zu lassen? Warum eigentlich nicht? Hier hatte ich höchstwahrscheinlich genügend Freiraum, um in Ruhe zu experimentieren und niemand, der dazwischen funken würde ... Dieser Urlaub würde ausschließlich mir und meiner Kreativität gelten.

Als ich später, umgeben von Botanikbüchern und Stiften für meine Skizzen, auf einem Pouf im Wohnzimmer saß, vernahm ich das Knarzen der Stiege und blickte auf. Ed kam herunter, verschlafen und gähnend. Er winkte, setzte sich mir gegenüber, sein Blick ruhte ernst auf mir und ich ahnte, was kommen würde.

„Morgen! Ich habe mit unseren Eltern gesprochen. Gestern Abend." Ich legte meinen Stift beiseite und musterte sein Haar, das an diesem Morgen gewiss noch keinen Kamm gesehen hatte.

„Morgen. Und? Was sagen sie?"

„Hm, wo fange ich an? Sie sorgen sich um dich und deine Zukunft in der Destillerie, genau genommen ...

sorgen sie sich eigentlich um alles, was du tust, oder eben nicht tust." Er rang nach Luft und ich tat es ihm gleich. „Sie können nicht nachvollziehen, warum du dich plötzlich so für Blumen interessierst, wie du mir erzählt hast. Sie befürchten, dass du dich jetzt endgültig von der Familie und dem Geschäft entfernst, zudem es vor deiner Abreise wohl noch ordentlich Ärger gab und du sogar damit gedroht hast, zu kündigen."

Ich rollte die Augen. „Dein Ernst? Hast du ihnen etwa davon erzählt?" Ich schielte auf meine Skizzen, die bunte Blumensträuße zeigten. Er nickte schuldbewusst. „Ed, ich versuche nur, etwas zu tun, das mich erfüllt. Diese Auszeit hier bringt mich endlich runter. Du wolltest doch, dass ich mit gehe. Das heißt ja nicht, dass ich unsere Familie oder die Destillerie im Stich lasse. Dad hat übrigens selbst gesagt, wenn ich kündigen will, dann soll ich ..."

„Das verstehe ich", unterbrach er mich rasch, „aber du hast noch nicht gekündigt. Zeig etwas mehr Verständnis für deine alten Leute. Sie wollen dich nicht verlieren." Ich schnaubte.

„Hör zu. Mir ist klar, dass du zwischen den Fronten stehst. Aber hör bitte auf, ihnen über jeden meiner Schritte zu berichten, okay? Dad sollte dich nicht dazu anhalten, mich jetzt auch noch während meines Osterurlaubs in Cornwall zu überwachen. Das kannst du echt nicht bringen. Ich bin doch keine Gefangene! Floristik ist mein Hobby und keiner kann mir verbieten, kreativ zu sein. Das wird ja immer besser ..."

Er nickte erneut, diesmal nachdenklicher. „Aye", sagte er leise, „vielleicht sollte ich mich künftig raushalten. Sorry."

„Darum bitte ich dich inständig. Ich will nicht von meiner Familie ausspioniert werden, weder hier noch zu Hause in Schottland. Ich bin 22 Jahre alt und kann verdammt noch mal für mich selbst entscheiden!"

„Aye, du hast ja recht. Kommt nicht wieder vor, versprochen." Dann wechselte er urplötzlich das Thema, vermutlich, weil er sich mir gegenüber unwohl fühlte. „Übrigens … Charlie hatte doch erwähnt, er wäre interessiert daran, nach Schottland zu reisen und mehr über seinen Ururururgroßonkel herauszufinden. Ich dachte, das wäre doch was für uns … so zum Abschluss?" Ich hob die Schultern.

„Das überrascht mich nicht, dass du davon angetan bist. Bevor du fragst, ich werde euch nicht begleiten. Und wenn wir schon dabei sind: Ich denke, ich werde länger hier bleiben."

„Ach ja? Irgendwann ruft wieder die Arbeit. Auch dich, Debbie."

Ich schüttelte den Kopf. „Nein, mich nicht. Ich werde vorerst hier bleiben und herausfinden, was ich überhaupt will." Ed runzelte die Stirn.

„Ich glaube nicht, dass Dad …"

„Die Destillerie wird auch länger ohne mich weiterlaufen – ich meine, das tut sie ja sowieso schon", unterbrach ich ihn bestimmt. „Ich kann nicht einfach zurück und so tun, als ob alles in Ordnung wäre, während ich innerlich zerrissen bin. Außerdem habe ich von Dad momentan echt die Schnauze voll."

Ed sah mich lange an, dann lächelte er. „Okay. Ich wünschte nur, es gäbe einen Weg, beides irgendwie zu vereinen."

„Vielleicht gibt es den ja“, sagte ich und ein Hauch von Hoffnung schwang in meiner Stimme mit. „Aber zuerst muss ich herausfinden, was das für mich bedeutet.“

Kapitel 5

Mit der Morgensonne, die zaghaft die Hügel über Cornwall vergoldete, schlüpfte ich in meine Wanderschuhe und verließ das Cottage. Die Entscheidung, den Ort Zennor und die Umgebung auf eigene Faust zu erkunden, war etwas, das ich mir schon seit unserer Ankunft vorgenommen hatte. Vor lauter Blumen, kreisenden Gedanken und kreativen Gesprächen mit Ashley, war dieses Vorhaben zunächst in den Hintergrund gerückt – bis jetzt. Vielleicht gab mir das Gespräch mit Ed den Rest und gleichzeitig auch die Motivation, endlich loszulaufen. Es blieb mir dennoch ein Rätsel, warum Dad mich von ihm beschatten ließ. Und wieso sorgte er sich, dass ich einer weiteren Leidenschaft nachging? Hatte er vielleicht doch Angst, dass ich ernst machte und meinen Job hinschmiss?

Ich war an diesem Morgen fest entschlossen, meine Sorgen und Probleme nicht mitzunehmen, weshalb ich an dieser Stelle sämtliche Fragen über Bord warf. Der Kies unter meinen Füßen knirschte leise, als ich den Pfad entlang schritt. Ich atmete tief ein, ließ die reine, frische Luft meine Lungen füllen und spürte, wie mit jedem Atemzug eine Last von meinen Schultern fiel. Die Natur heilte mich. Dann folgte ich dem Weg, der sich schlängelnd durch Felder und über Weiden zog, vorbei an grasenden Schafen und Ziegen, bis er mich hin zu einem Aussichtspunkt führte. Der Blick, der sich mir dort bot, raubte mir den Atem: Das Meer, weit und unendlich, bildete schäumende Wellen, Buchten schmiegten sich vertrauensvoll an die Küste und schroffe Felsen ragten majestätisch in die See. Ich lehnte mich gegen das Holz des Geländers, sog den Ausblick regelrecht auf und spürte, wie mein Herz im Einklang mit der beständigen Brandung schlug. Was für ein Ort! Von der wilden Küste aus nahm ich schließlich einen Pfad, der mich ins Herz des Dörfchens Zennor führen sollte, von dem ich bisher lediglich die kleine Bücherei kannte. Der Weg führte zunächst entlang des Klippenrandes. Nach und nach bewegte er sich vom Meer weg und die Landschaft wechselte von der rauen Küstenlinie zu grüneren Weiden. Die Geräusche des Ozeans wurden leiser, stattdessen hörte ich nun Vögel zwitschern, das Läuten von Schafsglocken und das Blöken der Herden, die die Hänge bevölkerten. Als der Weg eine Kurve nahm, kam Zennor allmählich in Sicht. Die Steinmauern, die die Felder umgaben, glänzten in der Sonne; ein Bildnis aus Grau und Grün, das von der Arbeit vieler Generationen zeugte. Nachdem ich die ersten Häuser erreichte, zog mich der Geruch frisch gebackenen Brotes wie magisch an. Ich folgte meiner Nase bis zur Bäckerei, einem charmanten Laden mit einem Schild, auf dem in verschnörkelter Schrift „Daily Loaves“ stand. Beim Öffnen der Tür umfing mich eine Welle warmer, wohliger Luft, gemischt mit dem Aroma von Sauerteig und süßen Gebäcken. Hinter der Theke stand eine Frau mittleren Alters, die mich mit einem herzlichen Lächeln begrüßte.

„Guten Morgen! Was darf's denn sein?", fragte sie, als ich die Auslage bewunderte, die eine verlockende Auswahl an Broten, Kuchen und Pasteten bot. Ich entschied mich für eine Cornish Pasty, die perfekte Stärkung für meinen Rundgang.

„Ich nehme das hier, bitte." Während sie die Leckereien einpackte, tauschten wir ein paar Worte über das Wetter und die Schönheit Cornwalls aus. Es war diese Art von einfachen, aber ehrlichen Gesprächen, die mir zeigten, wie sehr ich Ortschaften wie diese hier schätzte. Dann setzte ich meinen Weg fort. Die vereinzelten Läden entlang der Straße fingen meine Aufmerksamkeit ein. Jeder von ihnen hatte seinen Charme, sei es das kleine Antiquitätengeschäft, dessen Fenster mit allerlei Kuriositäten gefüllt waren, oder das Kunsthandwerkslädchen, in dem handgefertigte Schmuckstücke und Töpferwaren aus der Region feilgeboten wurden. Ich blieb hier und da stehen, bewunderte die Angebote des kleinen Dorfes und spürte, wie mich die Kreativität und das handwerkliche Geschick der Bewohner inspirierten. Am Rande des Dorfplatzes, wo sich die Wege kreuzten und das Leben seinen ruhigen Gang ging, fiel mein Blick auf eine Gestalt, die sich deutlich von den Einheimischen abhob. Ein junger Mann mit einem Rucksack, dessen Inhalt von vielen Reisen zu erzählen schien, betrachtete konzentriert eine Karte. Seine Flüche, als er seine Position zu bestimmen versuchte, verrieten mir sofort, dass er Franzose war. Heiß! Getrieben von einer Mischung aus Hilfsbereitschaft und einer spontanen Neugier näherte ich mich ihm. „Brauchst du Hilfe?", bot ich freundlich an, dabei kannte ich mich selbst kaum aus. Er sah überrascht auf, ein Grinsen erhellte sein Gesicht.

„Oh, das wäre fantastisch. Ich versuche, den Küstenpfad zu finden. Ich bin hier irgendwie … verloren." Seine Stimme hatte einen sehr melodischen Klang, der mein Herz unerwartet höher schlagen ließ.

„Okay, ich kenne den Weg und kann dich ein Stück begleiten, wenn du willst", schlug ich vor und versuchte, mein plötzliches Interesse zu verbergen. „Ich heiße übrigens Debbie."

„Lilouan", stellte er sich vor, seine Hand ausstreckend. Ich drückte sanft zu. Sein Händedruck war fest und warm und noch dazu sah er verdammt gut aus. Holy shit! Was für ein Glück, dass er ausgerechnet in die Richtung wollte, aus der ich soeben kam.

Ich verwarf kurzerhand meine Pläne, die Ortschaft weiter zu erkunden, denn dieser Kerl war so sexy, dass ich ihm einfach helfen musste. Lilouans Erscheinung bescherte mir in der Tat weiche Knie. Sein Haar, dunkel und von der Sonne geküsst, fiel ihm in Wellen bis knapp unter die Schultern und verlieh ihm ein verwegenes Aussehen. Wenn er lachte, bildeten sich kleine Krähenfüße um seine Augen, die lebhaft und durchdringend waren. Er war schlank, aber muskulös und trug zweckmäßige Kleidung. Um seine Hüfte hing eine kleine, mit Patches übersäte Tasche.

„Dann bist du also Franzose? Und tourst durch England?"

„Ouais! Aber nicht nur durch England. Ich bin in ganz Europa unterwegs."

„Ach ja? Etwa schon länger?" Ich versuchte mühsam
Schritt zu halten. Dieser Kerl war trainiert und zügig
unterwegs.

„Ouais! Willst du ein bisschen was davon hören?" Ich
nickte eifrig und mochte sofort seine offene Art. Von da
an erzählte er mir von seiner Rucksackreise durch Europa, von den Orten, die er gesehen hatte, und seinem
Drang, die Freiheit in vollen Zügen zu genießen. Ich
hing an seinen Lippen und hörte aufmerksam zu, während die Landschaft an uns vorüber flog, der ich diesmal kaum meine Aufmerksamkeit schenkte. Seine Geschichten faszinierten mich; er sprach von seiner Back-
packingtour mit solch einer Leidenschaft, die ich bisher
nur aus meinen Träumen kannte, aber ich konnte sie
in jeder Zelle meines Körpers nachspüren.

„Letzten Sommer bin ich durch die Pyrenäen gewan-
dert", bemerkte er mit einem Funkeln in den Augen, als
ob er plötzlich die Berge vor sich sähe. „Zelten an den
entlegensten Orten, wo sich niemand hinwagt, jeden
Tag ein Gipfel – es war roh und es war echt." Ich nickte
beeindruckt. Das klang in der Tat nach einem großen
Abenteuer. „Es gab da dieses eine Mal in einem Dorf in
Spanien", fuhr er fort, „wo mich eine alte Dame zu sich
nach Hause eingeladen hat. Sie sprach kein Wort Eng-
lisch oder Französisch, ich natürlich kein Spanisch,
aber irgendwie haben wir uns mit Händen und Füßen
verständigt. Sie hat mir das beste Omelett meines Lebens gemacht." Er fuhr sich breit grinsend durch sein
rabenschwarzes Haar und bescherte mir eine Gänsehaut. „Und dann war da noch die Nacht in Italien",
setzte Lilouan an, während wir eine steile Biegung des

Pfades nahmen, „wo ich auf einem Olivenhain geschlafen habe. Ich bin aufgewacht, und direkt über mir war eine Decke aus Sternen. Ich habe mich nie zuvor so klein und gleichzeitig so verbunden mit dem Universum gefühlt." Jedes Wort malte ein Bild einer Welt, die sowohl wild als auch wunderschön war, eine Welt, die ihn, den Abenteurer, mit offenen Armen begrüßt hatte. Und seine letzte Geschichte erinnerte mich an mein eigenes Abenteuer mit Charlie, als wir vor vielen Jahren unter einem Obstbaum nächtigten, wenngleich mein Erlebnis anhand seiner Story viel weniger atmosphärisch zu sein schien.

„Und, gibt es auch einen bestimmten Grund, warum du dich dazu entschieden hast, durch Europa zu reisen? Zu Fuß?", fragte ich.

Er blickte nachdenklich drein, als wäge er seine Antwort ab. „Um zu leben, denke ich. Um zu fühlen, dass ich jeden Moment voll ausschöpfe und nichts verpasse. Um Geschichten zu sammeln, die ich eines Tages meinen Enkelkindern erzählen kann."

Wir lachten. „Wow. Und deine Füße werden niemals müde?", wollte ich wissen, beeindruckt von der Vorstellung, wie viel Boden Lilouan schon unter seinen Wanderstiefeln hinter sich gelassen hatte.

„Ich finde, zu Fuß sieht man die Welt aus einer ganz anderen Perspektive. Man nimmt die kleineren Dinge wahr, die einem sonst entgehen würden. Aber manchmal nutze ich auch Busse, Züge oder Fähren."

Ich nickte, immer mehr fasziniert von seinem Lebensstil. „Ich kann mir zumindest vorstellen, dass es einem ein tieferes Verständnis für die Orte und Menschen gibt, die man besucht."

„Genau das", bestätigte er. „Es ist nicht nur das Ziel, das zählt, sondern der Weg dorthin. Jeder Schritt, jede Begegnung hinterlässt Spuren in dir." Oha! Was für ein Poet.

Lilouans Reisen waren also nicht nur physische Wanderungen durch Landschaften, sondern vor allem eine innere Reise, auf der er mit jedem Schritt ein bisschen mehr über sich selbst lernte. So hatte ich es zumindest verstanden.

„Ich bewundere deinen Mut", gestand ich. „So frei zu sein, sich einfach von der Neugier treiben zu lassen und zu sehen, wohin es einen trägt. Das klingt aufregend."

Er blickte mich an, sein Lächeln tief und aufrichtig. „Jeder kann diese Art von Freiheit finden. Es geht darum, den ersten Schritt zu wagen und offen für das Unbekannte zu sein. Der Rest geschieht von allein. J'ai entendu dire que les fleurs ici en Cornouailles sont particulièrement belles. Mais, à mon avis, elles ne tiennent pas la comparaison avec toi."

Ich warf ihm einen fragenden Blick zu. „Das klingt zwar schön, aber mein Französisch ist nicht existent."

„Es bedeutet", sagte er mit einem schiefen Grinsen, „dass die Blumen in Cornwall wohl besonders schön blühen sollen. Ich finde allerdings, neben dir sehen sie ziemlich blass aus."

Ich konnte nicht anders, als laut loszulachen. Wäre sein Akzent nicht so charmant gewesen, hätte ich diese plumpen Worte wohl kaum so amüsant gefunden. „Ach herrje, du hast sicherlich ausgefeiltere Flirtsprüche auf Lager", entgegnete ich kichernd.

„Anmachsprüche? Ich sage nur die Wahrheit, sieh dich an", antwortete er mit gespieltem Ernst, bevor ein weiteres Grinsen seine Fassade durchbrach. „Aber ernsthaft, es ist genial, jemanden wie dich zu treffen. Ich dachte nicht, dass mein Tag eine solch bezaubernde Wendung nimmt. Und jetzt erzähle mir etwas von dir, Debbie." Mein Herz klopfte ein wenig schneller und ließ mich für einen Moment vergessen, wo wir eigentlich waren. Dabei hatten wir unlängst die kornische Steilküste erreicht.

„Von mir?", echote ich, während ich einen Stein mit dem Fuß über den Weg kickte. „Nun, ich bin eigentlich nicht so interessant. Nur eine durchschnittliche Schottin auf der Suche nach … "

„Whisky?", scherzte Lilouan. Ich hob schmunzelnd meine Augenbrauen.

„Das ist ein Klischee. Ich würde eher sagen: Mehr Farbe."

„Mehr Farbe? Hmm, … jeder ist auf der Suche nach etwas, nicht wahr?"

Ich blickte auf das Meer hinaus. „Freiheit, denke ich, ist auch mein Thema. Ein Leben, ohne ständig in die Erwartungen anderer gepresst zu werden. Und natürlich, Abenteuer. Irgendetwas, das dem Alltag entflieht und mich fühlen lässt, dass ich lebe."

„Dann bist du doch genau am richtigen Ort. Cornwall ist das Tor zur Freiheit, oder? Und was mich angeht, so könnte ich mir keinen besseren Tourguide als dich wünschen. Zeigst du mir die Gegend?"

Ich gluckste vergnügt.

„Ich bin kein Guide. Ich besuche derzeit meinen Cousin und seine bessere Hälfte. Sie wohnen in einem Cottage in Alleinlage. Ziemlich traumhaft, wenn du mich fragst."

„Ein Cottage in Alleinlage, hier in Cornwall? Das klingt tatsächlich nach einem Traum. Einem ziemlich teuren."

„Ja, es ist wirklich etwas Besonderes. Ein Ort, der Ruhe ausstrahlt und gleichzeitig lebendig ist. Überall Blumen, das Meer in der Nähe und die Freiheit, einfach nur zu sein", schwärmte ich. Es war tatsächlich eines der wundervollsten Reiseziele, die ich je besucht hatte, wenn nicht gar das Schönste. Und das Wörtchen „Freiheit" war omnipräsent.

„Es scheint fast so, als hättest du deinen perfekten Zufluchtsort bereits gefunden", bemerkte er zuversichtlich. „Vielleicht muss ich mir dieses Cottage einmal näher ansehen. Mit dir als Nicht-Guide, natürlich."

„Oh, vielleicht sollte ich doch über eine Karriere als Guide nachdenken, wenn ich Fremde so schnell für mich gewinnen kann."

Der Gedanke, gemeinsam mit Lilouan das Cottage und die Umgebung zu erkunden, ließ eine warme Vorfreude in mir aufkeimen. Es war, als hätte das Universum uns beide an diesem Tag zusammengeführt, um Seite an Seite zumindest ein Stück des Weges zu gehen.

„Was ist denn dein nächstes Ziel?"

„Ich reise über Wales nach Schottland, in die Highlands."

Als Schottin in England zu gastieren, hatte mir zwar erneut eine Perspektive auf die Vielfalt der britischen Landschaften gegeben. Doch Lilouans geplante Reise in die Highlands ließ mein Herz ein weiteres Mal aufhorchen – die wilden, unberührten Weiten meiner Heimat hatten einen ganz besonderen Platz in meinem Herzen.

„Du planst also, weiter nach Schottland zu reisen? In die Highlands?", wiederholte ich, mein Interesse geweckt.

Lilouan nickte. „Ja, genau. Ich habe so viel über die Schönheit der Gegend gehört. Und den Whisky."

„Die Highlands sind wirklich etwas Besonderes", stimmte ich leise zu. „Ich komme ursprünglich aus einem kleinen Ort nicht weit von Glasgow entfernt, weißt du? Meine Familie betreibt dort eine Destillerie – schon seit Generationen. Es ist ein hartes Geschäft, aber es ist auch erfüllt von Tradition und einer tiefen Liebe zum Whisky." Die Erinnerungen überfluteten mich. „Die Landschaft dort ist nicht so wild wie in den Highlands, aber sie hat ihren eigenen Charme. Grüne Hügel, alte Wälder und natürlich die Flüsse, die das Lebensblut für unseren Whisky sind. Es ist ... wunderschön."

„Wow, dann bist du eine Schottin wie aus dem Bilderbuch. Und kannst sogar Whisky herstellen? Beeindruckend", säuselte er.

Ein Lächeln umspielte meine Lippen. „Aye. Es ist mehr als nur ein Geschäft für uns. Es ist ein Teil unserer Identität, unserer Geschichte. Manchmal fühlt es sich an, als ob das Land selbst durch unsere Adern fließt – mit derselben Stärke und Beständigkeit wie der Whisky, den wir herstellen." In der Tiefe meines Herzens war ich so sehr mit unserer Familientradition verbunden, dass es mir plötzlich unmöglich erschien, jemals hinzuschmeißen.

„Und trotzdem hast du dich entschieden, für eine Weile nach Cornwall zu kommen?", fragte Lilouan vorsichtig, als wolle er nicht zu tief in mein Innerstes eindringen.

„Manchmal", erklärte ich, „braucht man etwas Abstand, um zu erkennen, was wirklich wichtig ist. Cornwall hat mir Raum gegeben, zu atmen, nachzudenken und vielleicht ein Stück weit mich selbst zu finden. Abgesehen davon, beschäftige ich mich seit Jahren wieder mit Blumen, was mir unheimlich viel Spaß machte. Aber ich trage meine Heimat immer mit mir, egal wo ich bin. Und die Destillerie, ... sie wartet auf mich und darauf, dass ich mit neuen Ideen und frischem Wind zurückkehre. Davon bin ich überzeugt."

Als ich gegen Abend das Cottage erreichte – die untergehende Sonne warf ihr letztes, rotgoldenes Licht über die Landschaft – wurde ich von den besorgten Mienen meines Bruders und der Besitzerin empfangen. Ihre Blicke sagten mehr als tausend Worte. Ashley winkte mich hastig herbei und Ed kam mit offenen Armen und sichtlich erleichtert auf mich zugelaufen.

„Wo zum Teufel warst du so lange? Ich bin schier durchgedreht", maulte Ed. „Charlie ist schon los, um nach dir zu suchen."

Ich spürte, wie sich meine Wangen röteten. „Entschuldigt, ich wollte euch wirklich keine Sorgen bereiten", erwiderte ich ein wenig schuldbewusst, aber auch erfüllt von den Eindrücken des Tages. „Ich habe nur einen Spaziergang gemacht und ... nun ja, unverhofft jemanden kennengelernt. Die Zeit verging wie im Flug, und dass ich in der Umgebung keinen Empfang hatte, brauche ich wohl niemandem zu erklären."

Ashleys Augen funkelten neugierig auf. „Jemanden kennengelernt? Lass' gleich mal hören!"

Nachdem sie Charlie telefonisch über meine Rückkehr informiert hatte, erzählte ich ihnen bei einer heißen Tasse Tee von meiner neuen Bekanntschaft Lilouan, dem französischen Backpacker. Und während ich ausführlich berichtete, wie wir die Küstenpfade entlanggewandert sind und uns unterhielten, sah ich, wie Ashleys besorgte Falten sich langsam glätteten.

„Er klingt interessant", sagte sie, die Stimme voller Neugier.

Ed hingegen runzelte die Stirn, sein Schutzinstinkt als Bruder unverkennbar. „Du musst vorsichtiger sein, Debbie. Du kennst diesen Typen nicht mal", warnte er mich. Ich verstand seine Sorge, fühlte mich aber gleichzeitig von Lilouans unkomplizierter und lebensbejahender Art angezogen.

„Ich weiß. Aber es war einfach nur ein netter Tag mit einem Backpacker. Nichts weiter. Du kannst deine Abstammung echt nicht leugnen, Bruderherz", spielte ich auf meinen kontrollsüchtigen Dad an.

Ed seufzte, seine Miene weichte auf. „Versprich mir einfach, dass du vorsichtig bist."

„Versprochen", antwortete ich kühn.

Ashley wechselte schnell das Thema, vielleicht um die Spannungen zwischen uns zu lösen. „Die Aussicht dort oben war bei diesem klaren Himmel heute bestimmt spektakulär und der Franzose mehr als beeindruckt ..."

Wenig später rollte Charlies Wagen vor das Cottage. Er stieg aus und nahm mich flüchtig in den Arm, offenbar froh darüber, dass mir nichts fehlte.

Als der Abend sich dem Ende zuneigte und die letzten Geschichten ausgetauscht waren, zog ich mich auf mein Gästezimmer zurück, das sich im oberen Stockwerk des Cottages befand. Die Tür quietschte leise, als ich sie hinter mir schloss. Ich ließ mich auf die Kante des Bettes sinken und mein Blick fiel sogleich auf drei Pakete, die vor dem Schrank gestapelt und allesamt an mich adressiert waren: Natürlich! Das waren die kleinen Helferlein, die ich noch vor meinem Cornwall-Trip bestellt hatte, um heimlich neue Whiskykreationen zu mixen. Michael hatte sie mir wie vereinbart zukommen lassen – auf ihn war eben Verlass. Voller Vorfreude und einem Hauch von Ungeduld öffnete ich die Kartons aus Amerika, die eine lange Lieferzeit hinter sich hatten, nur um dann von Schottland weiter nach England verschickt zu werden. Das knisternde Packpapier steigerte meine Neugierde ins Unendliche. Ein Paket enthielt die von mir sorgfältig ausgewählten Aromen, in dem anderen fand ich die Gefäße, ein Sieb und weiteres Zubehör. Yes!

Doch dann, ganz zu meiner Überraschung, fand ich in dem dritten Paket etwas, mit dem ich nicht gerechnet hatte: Zwei Flaschen von unserem hauseigenen Whisky. Ich hielt inne, betrachtete die Flaschen mit einem Staunen, das langsam in Bewunderung überging. „Oh wow, wie aufmerksam!", flüsterte ich in die Stille des Raumes. Michael hatte nicht nur an die Pakete gedacht, sondern mir auch diese beiden Flaschen mitgeschickt, um mir meine Experimente überhaupt zu ermöglichen. Ich fand einen kleinen Zettel, den er dazugelegt hatte:

Ich habe auf dem PC die Bestellbestätigung gefunden und bekam eine Ahnung von dem, was du vorhast. Bevor du

also irgendeinen kornischen Möchtegern-Whisky kaufst,
dachte ich, es wäre klüger, die eigene Hausmarke zu ver-
wenden. Viel Spaß beim Mixen. Michael.

Mein Herz schlug Saltos. Für einen Moment fragte ich
mich, ob er damit nicht ein zu großes Risiko einging.
Diese Geste war weit mehr als nur eine freundliche
Aufmerksamkeit; es war ein Zeichen von Vertrauen
und Unterstützung für meine kreative Entfaltung, die
im Grunde nichts als Ärger einbrachte. Aber er stand
hinter mir, genau so, wie er es versprochen hatte. Seine
Großzügigkeit ließ mich nachdenklich zurück, erfüllt
von Dankbarkeit und dem Vorsatz, meine Ressourcen
zu nutzen, um etwas wirklich Einzigartiges zu kreieren. In dieser Nacht träumte ich von den endlosen Möglichkeiten; Holunderblüten, Schokoladenaroma, Brom-
beernoten, die sich mir nun boten.

Kapitel 6

Bardowie, Schottland, 2014

Ich war noch ein junges Mädchen, aber beeindruckt von der Größe und dem Lärm, der in der Destillerie herrschte. Überall dampfte und zischte es, als würden wir mitten in einer Alchemistenwerkstatt stehen. Mein Vater führte mich durch das Gewirr von Rohren und Kesseln, und ich versuchte, jedes seiner Worte zu verstehen und zu behalten.

„Siehst du, Debbie, all diese Maschinen sind wie ein Puzzle. Jedes Teil hat seinen Platz und seinen Zweck", erklärte er, während seine Hände über die Kupferkessel strichen. Wir hielten an einem der größeren Kessel, und mein Vater öffnete ein Schauglas, durch das wir das brodelnde Innere beobachten konnten. Es schien für mich fast magisch, wie aus etwas so Einfachem wie Wasser und Getreide ein Getränk entstehen konnte, das die Erwachsenen sehr schätzten. „Ein guter Whisky fängt mit Malz an", sagte er, ehe er eine Handvoll Körner durch seine Finger rieseln ließ. Es war nicht nur eine Einführung in die Kunst der Whiskyherstellung, sondern auch in das Lebenswerk meiner Eltern. Damals ahnte ich nicht, wie tief diese Verbindung gehen würde, und dass sie mich Jahre später sowohl an diesen Ort binden als auch von ihm wegdrängen würde.

***

Es war ein Herbsttag, als ich mit 15 Jahren feststellte, wie sehr die Destillerie nicht nur Teil unserer Familie, sondern auch Teil meiner Identität war. Ed und ich hatten schon immer ein besonderes Band, doch in Bezug auf die Destillerie gingen unsere Meinungen auseinander. Er sah sie als Pflicht, als Erbe, das es zu bewahren galt, während ich in ihr ein Feld unendlicher Möglichkeiten und Kreativität sah und das bereits in jungen Jahren. An jenem Tag, als ich ihm von meinen Plänen für völlig neue Geschmacksrichtungen erzählte, reagierte mein vernünftigerer Bruder äußerst skeptisch. „Debbie, du kannst doch nicht ernsthaft erwägen, den Whisky zu verändern!", sagte er empört. Vermutlich fehlte ihm einfach die Vorstellungskraft für meine Visionen.

„Aber warum denn nicht?", entgegnete ich überschwänglich. „Tradition ist wichtig, aye, aber neue Ideen sind es, was uns als Firma voranbringt." Unsere Diskussionen waren geprägt von meiner Leidenschaft für das Experimentelle und Eds Bedürfnis nach Stabilität – unsere Eltern, die eigentlichen Geschäftsführer, und deren Ansichten mal gänzlich ausgenommen. Für zwei fünfzehnjährige Teenager waren diese Auseinandersetzungen jedenfalls mehr als ungewöhnlich.

„Ich verstehe ja, dass du deinen Fußabdruck hinterlassen willst. Aber vergiss nicht: Mum und Dad haben ihr Leben dieser Destillerie gewidmet." Er hatte natürlich recht. Unsere Eltern arbeiteten seit Jahrzehnten hart, um die Destillerie zu dem zu machen, was sie heute war. Ihre Hingabe und Liebe waren unbestreitbar. Doch in mir wuchs die Überzeugung, dass es möglich sein musste, diese Traditionen zu wahren und gleichzeitig etwas Neues zu schaffen. Wenn man sich in der Gegend umhörte, schien das das Normalste der Welt zu sein. Jede Destillerie der Umgebung, die ich sorgfältig gecheckt hatte, bot mehr an als nur eine Sorte an. Ich hatte zudem längst begriffen, dass meine Zukunft untrennbar mit der Destillerie verbunden war. Und ich träumte davon, sie eines Tages in ein neues Zeitalter zu führen. Ein Zeitalter, in dem Tradition und Innovation Hand in Hand gingen.

Als meine Eltern eines Abends noch im Büro beschäftigt waren und Ed mit dem Nachbarjungen Jake auf der Playstation zockte, beschloss ich, meiner Idee ein Stück näher zu kommen. Leise schlich ich mich aus meinem Zimmer, den Blick fest auf mein Ziel gerichtet: Unsere Küche. Das alte Holz der Dielen knarrte unter meinen Füßen, als ich die Treppe hinunterging. Ich hielt den Atem an, ehe ich an der Tür zur Küche vorbeischlich. Ein schwacher Lichtschein drang darunter hervor, doch ich hörte keinerlei Geräusche meiner Granny, die bei uns im Haus wohnte und vermutlich so sehr in ihre Handarbeiten vertieft war, dass sie mich gar nicht registrierte. Mit einem leisen Seufzen betrat ich schließlich die Küche und öffnete das Gewürzschränkchen über der Abzugshaube. Die Aromen von frisch getrockneten Kräutern erfüllten den Raum, und ich wusste sofort, dass ich hier finden würde, was ich suchte. Meine Mum nutzte diese Zutaten oft für ihre Küchenexperimente, die mal mehr, mal weniger gut gelangen, und heute Nacht würden sie mir dabei helfen, meine eigenen Kreationen zu erschaffen. Ich griff nach einigen Fläschchen und Behältern, die Mum für ihre Backkünste verwendet hatte, und schlich mich samt der Beute leise zurück in mein Zimmer. In meiner kleinen Oase der Kreativität machte ich mich schließlich bereit für meine nächtlichen Versuche, fest entschlossen, meinem aus dem Keller stibitzten Whisky einen Hauch von Magie zu verleihen. Als ich die Aromen auf meinem Schreibtisch ausbreitete, konnte ich die Spannung kaum noch aushalten. Es fühlte sich an, als würde ich an einem verbotenen Ritual teilnehmen – eine Kombination aus Nervenkitzel und Unsicherheit mischte sich in meine Vorfreude. Das Fläschchen mit dem Zimtaroma hielt ich mir direkt unter die Nase, und ein intensiver Duft stieg in beide Nasenlöcher, sodass ich ununterbrochen niesen musste, als sich der würzige Geruch dort festsetzte. Ich bekam einen heftigen Niesanfall und zuckte zusammen, als plötzlich meine Granny im Türrahmen stand, die wohl auf dem Weg ins Badezimmer war.

„Gesundheit. Sag mal, was zum Henker machst du denn hier?", fragte sie mit einem Anflug von Ärger, als sie auf den Schreibtisch schielte. „Und was ist das für ein schrecklicher Weihnachtsgeruch?"

„Ach nichts," log ich, „ist nur für die Schule." Ich war erleichtert, als sie mit einem genervten Seufzer und kopfschüttelnd auf dem Absatz kehrt machte und hinter sich die Tür zu zog.

„Dann wollen wir mal", flüsterte ich mit laufender Nase, schnappte mir verschiedene Fläschchen, natürlich ohne mir allzu viele Gedanken über die genauen

Proportionen zu machen und mixte einfach drauf los. Ein paar Tropfen von diesem, einige Spritzer von jenem – ich ließ meiner Kreativität freien Lauf, ohne auf die exakten Messungen zu achten. Das Ergebnis war eine bunte Mischung von Düften, zum Teil nicht auszuhalten, doch so manches gelang wirklich gut. Entschlossen, meine Kreationen weiter zu verbessern, machte ich erste Notizen. Ich hielt genau fest, welche Zutaten ich verwendet hatte und schätzte die Mengen grob ab. Doch während ich meine Experimente auf dem Papier niederschrieb, wusste ich, dass der eigentliche Test erst noch bevorstand – die Verfeinerung des Whiskys. Mit meiner bunt gemischten Palette von Aromen und Notizen bewaffnet, öffnete ich endlich die Flasche unseres hauseigenen Whiskys und verzog jäh das Gesicht. Es war das erste Mal in meinem Leben, dass ich überhaupt Whisky probieren würde. Wie es wohl schmeckte, das sogenannte Feuerwasser? Ob es wirklich so im Mund brannte, wie Michael mir gesteckt hatte? Seine Beschreibungen waren nämlich der wahre Grund, warum ich den Geschmack unbedingt verbessern wollte. Dies und auch die Tatsache, dass es sowieso in Mode kam, mit Whisky zu experimentieren. Mit einem Hauch von Aufregung und einem Anflug von Hoffnung kostete ich tapfer vom hochprozentigen Alkohol und spuckte ihn just wieder aus. Grässlich! Spätestens jetzt war mir klar, dass ich den Geschmack verändern musste, um es für die Menschheit irgendwie erträglich zu machen. Würde ich das nicht tun, dann ginge die Firma wohl eines Tages pleite, spätestens jedoch, wenn meine Generation am Zug war. Wenigstens musste ich jetzt nicht mehr niesen. „Krass, das war echt ein Reinfall", murmelte ich mit brennender Zunge. Doch dann hellte sich meine Miene auf, denn ein gut gewillter Geist gab nicht so schnell auf. *Was wäre mit einem Hauch von Schokolade? Oder etwas Fruchtigem wie Erdbeeren? Oder ... oder ... Minze? Stell dir vor, Debbie – ein erfrischender Minzgeschmack in einem Whisky! Megacool!* Mein Kopf wirbelte vor Ideen und je länger ich darüber nachdachte, desto mehr wurde mir bewusst, dass die Küchengewürze meiner Mum hier nicht weiterhelfen würden. Ich wollte keinen Zimt im Feuerwasser. Ich brauchte echte Aromen, um ein Feuerwerk des Geschmacks zu entfachen, die mehr als nur vage Weihnachtsgefühle bescherten. Also sprang ich auf und durchsuchte meine Schränke nach allem Essbaren, was ich finden konnte. Dabei stieß ich tatsächlich auf ein paar Pfefferminzbonbons, die ich irgendwann einmal geschenkt bekommen hatte, und einen alten Schokoriegel, der im hintersten Eck versteckt war, fand ich ebenfalls. Für einen kurzen Moment fühlte ich mich wie ein verrückter Wissenschaftler in seinem Labor, bereit, die Grenzen der Konvention zu sprengen und etwas völlig Neues zu erschaffen. Es war ein wildes Unterfangen, aber hey, wo wäre der Spaß, wenn man sich nicht ein bisschen verrückt benahm? Euphorisch öffnete ich die Pfefferminzbonbons und zerbröselte sie. Gleichzeitig brach ich den Schokoriegel in kleine Stücke. Mit einem Teelöffel, den ich aus der Küchenschublade entwendet hatte, mischte ich die Bonbonkrümel und Schokoladenstücke nun in einem Gefäß zusammen. Dann kam der entscheidende Moment: Ich gab einige Tropfen des Whiskys hinzu, rührte behutsam um und ließ die Aromen sich vereinen. Der intensive Geruch, der dabei unweigerlich entstand, war überraschend und versprach etwas völlig Neues. Noch einmal überprüfte ich die Konsistenz und beschloss dann, meine Kreation über Nacht stehen zu lassen. Echter Whisky brauchte schließlich Zeit, um zu reifen und Geschmack anzunehmen.

Am nächsten Morgen eilte ich zurück zu meinem Schreibtisch, um das Ergebnis meiner spätabendlichen Anstrengungen zu testen. Die Mischung hatte sich über Nacht in eine dunklere, reichhaltigere Substanz verwandelt, die ein wenig flockte. Vorsichtig hob ich den Löffel an meine Lippen und probierte einen kleinen Tropfen. Das Ergebnis war faszinierend, eindeutig anders und irgendwie auch erfrischend – eine Mischung aus Triumph und Erleichterung. Die Idee, diese Kreation meinen Eltern vorzustellen, ließ mich allerdings zögern. Würden sie meine experimentellen Ansätze verstehen oder sie als jugendlichen Leichtsinn abtun? Und wie würde die Reaktion auf den gemopsten Whisky ausfallen?

Dennoch konnte ich diese Chance nicht ungenutzt lassen. Nachdem ich mich angezogen hatte, nahm ich mein gewagtes Gebräu und ging damit hinunter zum Frühstückstisch, wo meine Familie bereits am Esstisch versammelt war. Ich setzte mich, das Gefäß hinter dem Rücken versteckt, und wartete auf den richtigen Moment, mein Projekt vorzustellen.

„Ich habe etwas ausprobiert", murmelte ich nach dem Essen, ehe ich meine Kreation auf den Tisch stellte. Meine Eltern, Granny und Ed schauten eher skeptisch

auf das Gefäß. „Es ist eine neue Art von Whisky, angereichert mit Minze und einem Hauch von Schokolade.“
Kaum hatte ich dies ausgesprochen, sprang mein Vater
auch schon auf, sein Gesicht rot vor Wut.

„Debbie, bist du völlig verrückt geworden? Du bist
erst fünfzehn Jahre alt! Du solltest überhaupt nicht mit
Alkohol hantieren, geschweige denn unseren Whisky
verändern!“, donnerte er. Ich zuckte zusammen. Meine
Mutter legte ihre Hand auf seinen Arm, versuchte ihn
zu beruhigen, doch Dad war außer sich. „Wir haben
klare Regeln, Debbie! Du kennst sie! Es ist absolut inak-
zeptabel, dass du hinter unserem Rücken experimen-
tierst! Das ist nicht nur gefährlich, es untergräbt auch
alles, wofür wir als Familie stehen! Finger weg vom
Whisky!“

Ed räusperte sich und wagte es sogar, sich einzumi-
schen. „Dad, Debbie wollte bestimmt nur helfen. Sie hat
vielleicht einen Fehler gemacht, aber ihre Absichten
waren gut.“

Mein Vater drehte sich zu Ed um, seine Augen blitzten
vor Zorn. „Helfen?! Indem sie Regeln bricht und sich
mit Dingen befasst, von denen sie absolut keine Ahnung hat?“ Ed schluckte hart. Ich spürte, wie mir die
Tränen in die Augen stiegen. Dad nahm wieder Platz
und hielt sich schwer atmend die Stirn. Ich hatte ihn
zweifellos zur Weißglut und darüber hinaus getrieben.

„Debbie, du musst verstehen, dass einige Dinge nicht
zum Experimentieren da sind. Und Whisky ist eines davon. Es geht hierbei um weitaus mehr als nur um den
Geschmack. In deinem Alter hast du gefälligst die Finger vom Alkohol zu lassen, hast du das verstanden?“,

warf er hinterher. Ich nickte und mir wurde schmerzlich klar, dass ich vielleicht zu weit gegangen war. Doch
die Idee, Whisky zu verfeinern, ließ mich nie wieder
los.

Kapitel 7

Nachdem ich Lilouan in Zennor nur flüchtig kennengelernt hatte, beschlossen wir, uns bewusst wiederzusehen. Wir tauschten die Nummern aus, um in Kontakt zu bleiben. Die Art, wie er sprach und sich ausdrückte, gefiel mir so gut, dass ich mehr davon wollte. Ganz abgesehen davon sah er heiß aus und ein Abenteurer mit Hang zum Spontanen war er auch noch. Wir planten ein Treffen in St. Ives, um die Stadt am Meer zu erkunden und uns weiter zu beschnuppern.

Ich saß nervös auf einer Bank, den Blick auf die See gerichtet. Was er wohl von mir hielt? Gefiel ich ihm?

Als er am vereinbarten Treffpunkt auftauchte, strahlte ich vor Freude. *Er schaut einfach zum Anbeißen aus*, schoss es mir durch den Kopf.

„Hey, Debbie", begrüßte er mich. Sein himmelblaues Poloshirt lag eng an, sodass ich einen Blick auf seinen Oberkörper erhaschte. So viele Muskeln …

„Hey", erwiderte ich aufgeregt. Ich versuchte, meine Nervosität zu verbergen, indem ich das Gespräch umlenkte. „Das Wetter ist heute wechselhaft, findest du nicht auch?", fragte ich und deutete auf die Wolken am Himmel. Echt jetzt? Fiel mir wirklich nichts Besseres ein, als der Klassiker „über das Wetter reden"? War das etwa meine Art und Weise, zu flirten? Oh, Hilfe! Er folgte meinem Blick nach oben.

„Ja, aber ich finde, gerade das macht den Charme einer Küstenstadt in England aus. Es ist, als ob die Natur ihre ganz eigene Melodie spielt, und wir sind hier, um ihr zuzuhören.“

Da war er wieder. Der Poet. Mir war nicht klar gewesen, wie kitschig die Franzosen tatsächlich sein konnten, aber hey, der Typ war scharf. Oder war das eine Masche, um mich rumzukriegen?

„Aye. Das ist eine interessante Art, es auszudrücken“, murmelte ich, „und St. Ives ist wirklich ein traumhafter Ort.“

„Absolut“, stimmte Lilouan zu. „Hast du schon die Innenstadt erkundet?“

„Ein wenig“, antwortete ich. „Aber es gibt noch mehr zu entdecken.“

„Weißt du, … ich liebe es ja, am Hafen zu verweilen, vor allem wenn abends die Sonne untergeht. Dann ist das Ambiente an der Küste einfach fantastisch.“

„Ah, du hast also deine ganz eigene Bindung zum Meer?“, fragte ich und stand auf, ehe wir gemütlich am Ufer entlang schlenderten. Die Wellen plätscherten sanft an den Sand, und der typisch salzige Duft lag in der Luft. Lilouan grinste, streckte seine Hand aus, vielleicht, um die Meeresbrise zu spüren.

„Bindung? Na ja. Das Meer ist einfach entspannend“, gab er zurück. „Ich könnte stundenlang hier abhängen und dem Rauschen der Wellen zuhören.“ Ich ließ meinen Blick ebenfalls über die Weite des Ozeans schweifen. Wie recht er doch hatte.

„Ich denke, ich weiß, was du meinst. Das Meer verleiht einem innere Ruhe, nicht wahr?"

Er nickte zustimmend. Seine schwarzen Haare tanzten im Wind, gelegentlich von einer Strähne gestreichelt, die sein Gesicht umrahmte und das Lächeln in seinem Gesicht, spitzbübisch und gelassen, offenbarte eine Eigenschaft, die ich bei den Mitmenschen in meinem Alltag viel zu oft vermisste.

„Und? Wie gefällt es dir in der Gegend?", fragte er und mir entging nicht, dass sein Blick meinen Körper scannte, was mir noch nicht einmal unangenehm war. Vielleicht wollte er mehr und ich fragte mich, ob etwas dagegen sprach.

„Es ist herrlich", antwortete ich. „Ich habe dir ja vom Cottage erzählt ... ich bin quasi ein Probegast im künftigen B&B von Charlies Freundin Ashley und genieße jeden Moment dort."

„Und? Wird es ein gutes B&B?"

„Ich denke, ja. Ashley ist toll. Aufmerksam, fleißig, immer freundlich. Wahrscheinlich bringt sie alles mit, was Gäste an ihren Gastgebern wertschätzen."

„Das klingt jetzt vielleicht plump, aber ... hast du eigentlich einen Freund?", wollte er plötzlich wissen und ich spürte, wie mein Herz drohte, aus der Brust zu springen. Ging das doch zu weit? Oder war es die Eintrittskarte zu einem französischen Abenteuer? Ich zögerte.

„Nun ja, um ehrlich zu sein ... ich bin Single", antwortete ich und versuchte, cool zu bleiben.

Lilouans Augen leuchteten, als hätte jemand die Jagdsaison eingeläutet. „Je serais très intéressé de passer quelques nuits avec vous." Seine Aussprache erhitzte meinen Schoß. Warum auch immer. Unsere Blicke trafen sich, und für einen Moment vergaß ich alles um mich herum, während ich in seinen Augen versank. Wenn er ein Draufgänger war, dann zumindest überirdisch sexy! Konnte ich da widerstehen?

„Was bedeutet das?", hauchte ich, meine Stimme kaum mehr als ein Flüstern, denn die Art, wie er es gesagt hatte, sprach für sich. Die Hitze in meinem Schoß verstärkte sich noch mal, und ich konnte nicht leugnen, dass seine Absichten eine gewisse Anziehungskraft auf mich ausübten. Etwas Spaß, ohne dabei Gefühle zu entwickeln, konnte ja nicht schaden. Franzosen waren berüchtigte Liebhaber und gut im Bett, wie es hieß, zudem ich schon lange keinen Sex mehr hatte und mich in der Tat nach körperlicher Nähe sehnte.

Er grinste verschmitzt und trat einen Schritt näher. „Oh, nichts weiter", antwortete er mit einem Funkeln in den Augen. „Nur ein kleiner Scherz." Tief in mir spürte ich eine unverkennbare Faszination für diesen Mann, der so leicht mit den Grenzen zwischen Ernsthaftigkeit und Flirten spielte, dass ich den Verstand verlor.

Nach einem Spaziergang am Hafen tauchten wir in das pulsierende Leben von St. Ives ein und entdeckten schon bald Straßenkünstler, einen quirligen Markt und Cafés. Die Innenstadt von St. Ives war ein Knotenpunkt, der mit engen, gewundenen Kopfsteinpflasterstraßen und traditionellen, weiß getünchten Fischerhäuschen verwinkelt war. Der Hafenbereich, wo Boote sanft auf den Wellen schaukelten, bildete das Herzstück der Stadt, doch auch der Stadtkern war sehenswert. Oberhalb der Stadt bot sich von den grasbewachsenen Klippen ein Blick über die Bucht von St Ives; das wusste ich noch von den Besuchen meiner Kindheit.

Lilouan und ich tauschten zufriedene Blicke aus. Unser erster Halt war eine Galerie, in der lokale Künstler ihre Werke ausstellten. Wir bewunderten die Farben und die vielfältigen Stile der Kunstwerke und diskutierten über ihre Bedeutung. Ich wusste, dass mein Onkel Gilbert in der Galerie schon einige Bilder erworben hatte und diese in seinem Recycle-Shop in St. Ives ausstellte, um die Künstler vor Ort zu unterstützen. Leider war sein eigener Laden an diesem Tag geschlossen, weshalb wir ihm keinen Besuch abstatten konnten. Danach landeten wir in einem Pub, in dem Live-Musik gespielt wurde. Die Wände waren mit maritimen Dekorationen geschmückt – von Fischernetzen bis hin zu antiken Segelbooten – und verliehen der Bar einen Hauch von Seefahrtromantik. Das gedämpfte Licht der Laternen tauchte den Raum in eine Glut, die zum Verweilen und Feiern einlud. Und zum Flirten? Die Bar selbst erstreckte sich entlang einer Holztheke, die von Handwerkern aus Schiffsholz gefertigt worden war. Auf der Theke standen Reihen von Whiskys, lokal gebrauten Bieren und exotischen Cocktails. Ich sah dem Barkeeper ganz genau zu, tat er doch das gleiche, was ich so liebte – mixen. Wir nahmen direkt an der Theke Platz und ich war dankbar, nach unserem langen Marsch durch St. Ives endlich sitzen zu können. Lilouan bestellte uns derweil zwei Cornish Ale, die auf seine Rechnung gingen. Wenige Augenblicke später hob er sein Glas in einem gewagten Toast.

„Auf einen unvergesslichen Abend mit der heißesten Frau dieser Stadt", flötete er, und sein Lächeln bescherte mir eine Hitzewelle. Die heißeste Frau dieser Stadt? Ich musste lachen.

„Na, das hör ich doch gern, besonders von einem Weltenbummler wie dir."

Er lehnte sich zurück, seine Augen weiteten sich. „Glaub mir, ich habe schon so einiges gesehen, aber heute Abend konzentriere ich mich nur auf dich."

Mein Herz klopfte schneller. „Ehrlich gesagt ... Dates sind normalerweise nicht so mein Ding ... zumindest nicht mit jemandem, den ich gerade erst kennengelernt habe. Ich bin eher der kumpelhafte Typ."

„Dann fühle ich mich ganz besonders geehrt", antwortete Lilouan. „Erzähl mal, was hält dich in so einer kleinen Stadt wie deinem Heimatort fest? Mit deinem Vibe könntest du doch überall glänzen."

Ich spielte mit dem Strohhalm in meinem Drink und dachte kurz über seine Frage nach. „Na ja, ich bin eben sehr heimatverbunden, denke ich. Und was hat dich zu Beginn auf die Reise geschickt?"

„Anfangs wollte ich einfach nur raus, dem Alltag entfliehen. Meine Eltern haben 8 Kinder und als Ältester bin ich stets mit eingebunden, wenn ich zuhause bin. Das ist ziemlich anstrengend, zudem ich nebenbei auch noch in Cafés jobbe", gestand Lilouan und nippte an seinem Ale. Das konnte ich zwar nicht nachvollziehen, aber es klang definitiv heftig. „Je mehr ich aber unterwegs bin, desto mehr geht's mir darum, Neues zu entdecken – neue Orte, neue Kulturen, Menschen wie dich ... und dabei finde ich auch immer ein Stück weit mich selbst."

„Ich bewundere dich dafür.“

Er lächelte und seine Hand streifte meine. „Vielleicht ist aber nicht das Weggehen die Lösung. Vielleicht geht's mehr darum, Orte zu finden, an denen du wirklich du selbst sein kannst. Ungesehen von Leuten, die du kennst, fernab von den Erwartungen, die zuhause auf dir lasten.“

Ich spürte, wie sich meine Wangen röteten. „Guter Punkt. Und ich muss zugeben, jetzt, wo du hier bist, fühlt sich alles ein bisschen aufregender an.“ Uff. Das war ein sexy Geständnis.

Er hielt meine Hand fester und ich spürte seine Blicke, die mich auszogen. Spätestens jetzt war es klar wie Kloßbrühe. Lilouan wollte mehr. Und ich? In diesem Moment, umgeben von der inzwischen leisen Musik und den gedämpften Gesprächen um uns herum, stand die Zeit still.

„Ich …“, murmelte ich, unsicher, wie viel ich noch preisgeben sollte. Die Energie zwischen uns knisterte, fast greifbar, und jedes meiner Worte schien schwerer zu wiegen als gewöhnlich. „Du gefällst mir“, gestand ich und senkte den Blick. Es war eine Wahrheit, die ich selbst erst in diesem Augenblick realisierte.

„Dann lass uns diesen Abend zu etwas Besonderem machen“, schlug er vor und formte mit seinen vollen Lippen einen Kussmund. Er führte mich an der Hand auf die Tanzfläche und als wir uns zur Musik bewegten, seine Arme sicher um mich gelegt, war ich frei und geborgen zugleich. Es fühlte sich gut an. Jede Bewegung brachte uns näher zusammen. In dieser Nacht, unter den Sternen von St. Ives, erlaubte ich mir, den Moment voll und ganz zu genießen, frei von den Gedanken an morgen. Das Treffen lief sicher nicht so ab, wie ich erwartet hatte. Ich dachte eher an gute Gespräche und ein lässiges Miteinander, aber niemals ging ich davon aus, dass er mich am Ende des Tages hemmungslos in seinem Hotelzimmer nahm ...

***

Ich saß auf dem Boden im Gästezimmer des B&B's und starrte auf die Reihen von Gerätschaften, die ich vor mir platziert hatte. Michael war so freundlich, meine Bestellung nach Zennor zu schicken und jetzt war es an der Zeit, meine Kreativität zu entfesseln. Ich öffnete eine der Whiskyflaschen, eine Beigabe meines aufmerksamen Kollegen, und schnupperte an dem Geruch, der mir entgegenströmte. Torfig, rauchig, mit einem Hauch von Muskat und Nelke – unser Whisky versprach Komplexität. Ein Lächeln der Genugtuung stahl sich auf meine Lippen, denn hier, in meinem Gästezimmer in Cornwall, würde mich gewiss niemand stören. So griff ich nach einem Glas und goss einen Schluck Whisky hinein. Ich begutachtete die Probefläschchen mit ätherischen Ölen, die ich mir im Netz bestellt hatte, entschied mich für Rose und träufelte es ins Glas. Gespannt betrachtete ich den Whisky und beobachtete, wie sich die Öltröpfchen langsam auf der Oberfläche ausbreiteten, ehe ich kostete. Dieses Aroma funktionierte für mich einwandfrei. Nachdem ich das Rosenöl ausprobiert hatte und von dem Ergebnis begeistert war, beschloss ich, noch weiter zu tüfteln. Ich griff nach einem anderen Fläschchen, das bis zum Rand mit Ko-

kosöl gefüllt war und ein ganz besonderes Aroma versprach. Konzentriert fügte ich einen winzigen Tropfen hinzu. Als ich anschließend probierte, wurde ich von einem fast karibischen Geschmack umhüllt, der meine Sinne betörte und mich staunen ließ. Es war perfekt! Eine wahrhaftige Aromabombe, wie ich sie auch kaufen würde. Es kribbelte unaufhörlich in meinem Mund, was mich sogleich an mein Date mit Lilouan erinnerte. Kopfschüttelnd wandte ich mich wieder dem Whisky zu. Doch selbst während ich mich bemühte, mich wieder auf meine Experimente zu konzentrieren, tauchte er in meinen Gedanken auf. Er, sein durchtrainierter Oberkörper und sein Schwanz, der für einen Franzosen – streng genommen – vielleicht gar nicht so groß war. Trotzdem stellte ich ihn mir bildlich vor und wie es sich wohl anfühlen würde, wenn er jetzt hier bei mir wäre – wie er mir über die Schulter schauen und mit mir gemeinsam neue Aromen kreieren würde. Seine sanften Küsse und seine Berührungen würden meinen Nacken liebkosen und mein Aufstöhnen, mich ihm endlich hinzugeben, durchbräche die Stille …

„Debbie, bist du da?" Ich fuhr aus meinem erotischen Tagtraum hoch und blickte entsetzt in ein mir bekanntes Gesicht. Mein Cousin Charlie stand lässig in der Tür und grinste verschmitzt. Das durfte doch nicht wahr sein! „Dachte ich mir doch, dass in den Paketen irgendetwas Spezielles ist." Er deutete auf meine Lieferung und schloss behutsam die Tür hinter sich. Erwischt! Dabei ging ich davon aus, im Cottage keinerlei Aufmerksamkeit zu erregen. Wenigstens war es nur Charlie und nicht Ed, der mir bestimmt wieder eine sinnlose Standpauke gehalten hätte.

„Behalte das hier für dich, ja?“, entgegnete ich scharf.

Er nahm gegenüber von mir auf dem Boden Platz und grinste noch breiter. „Du machst also geheime Mixturen?“

Ich nickte. „Aye. Aber bitte: Versprich mir, dass du es niemandem verrätst. Nicht mal Ashley!“

Seine grünen Augen funkelten amüsiert. „Keine Sorge, Cousine, dein Geheimnis ist bei mir sicher.“

„Danke, Charlie.“ Auf unseren alten Spuk-Pakt konnte ich getrost verzichten.

„Also, was genau hast du da eigentlich vor?“, fragte er neugierig und deutete auf mein Whisky-Mix-Equipment, das seine Neugierde geweckt hatte. War das denn nicht offensichtlich? Ich hatte das Gästezimmer in eine Art Mini-Destillerie umgewandelt.

„Ich versuche nur, ein paar neue Aromen für unseren Whisky zu entwickeln“, erklärte ich leise. „Etwas Abwechslung kann ja nicht schaden. Wobei es unwahrscheinlich ist, dass sie jemals in den Verkauf gehen.“

„Klingt trotzdem cool. Vielleicht könnte ich dir helfen?“

Ich war überrascht von seinem Angebot.

„Oh, okay“, antwortete ich skeptisch. „Bisher wurde mir meist davon abgeraten, selbst Hand anzulegen.“ Das galt wohl für so ziemlich alle Menschen in meinem Umfeld, mit Ausnahme von Michael.

„Na ja, wir beide haben schon allerhand miteinander erlebt, oder? Um ehrlich zu sein, hat es mich ordentlich getroffen, als du neulich zu Ashley sagtest, wir hätten uns quasi auseinandergelebt. Vielleicht finden wir auf diesem Weg wieder zusammen?“

Ich blinzelte ungläubig. Ja, Charlie und ich hatten viele gemeinsame Erlebnisse geteilt, doch das war eben in der Vergangenheit gewesen. Dennoch ließ mich sein Angebot nicht unberührt.

„Ich meine, vielleicht ist es genau das, was wir brauchen. Also, worauf warten wir?", schlug er euphorisch vor. „Wer weiß, vielleicht entdecken wir dabei sogar den nächsten großen Whisky-Hit."

„Das mit dem sogenannten Whisky-Hit versuche ich schon seit Jahren", feixte ich.

„Erklär mir einfach alles, was du weißt. Ich bin ab jetzt dein Schüler!"

„Na schön. Also zuerst einmal: Whisky ist nicht einfach nur ein Getränk. Es ist eine Kunstform, eine Symphonie von Aromen und Geschmacksrichtungen, die sorgfältig komponiert werden müssen, um ein Meisterwerk zu erschaffen. Wenn es nach Dad geht, darf nicht viel mehr hinein als das, was im familiären Grundrezept geschrieben steht." Er schmunzelte. Ich griff nach einem neuen Glas und füllte es mit einem weiteren Schluck Whisky. „Der Geschmack eines Whiskys wird durch viele Faktoren beeinflusst, angefangen bei den Rohstoffen wie Gerste und Wasser bis hin zur Lagerung in Eichenfässern." Ich hielt das Glas hoch und betrachtete das bernsteinfarbene Elixier. „Der Prozess des Mischens eröffnet eine Welt voller Möglichkeiten. Mit den richtigen Zutaten können wir den Geschmack des Whiskys verfeinern und neue Nuancen entdecken. Und wenn es nach meinem Dad geht, sind diese Möglichkeiten bereits ausgeschöpft."

Charlie runzelte die Stirn. „Es wundert mich ehrlich gesagt, dass dein Vater so stur ist. Vielleicht ist mal etwas vorgefallen und das ist der Grund, warum er so … so verschlossen gegenüber deinen Ideen ist."

„Ja, vielleicht", gab ich zurück. „Aber lass uns nicht über meinen Dad reden. Wir beide haben viel zu tun." Ich setzte mich aufrecht hin, bereit, Charlies Wissensdurst zu stillen. Die Rolle der Lehrerin gefiel mir. „Nun, die Möglichkeiten sind praktisch endlos", erklärte ich und deutete auf die verschiedenen Flaschen und Zutaten vor uns. „Wir könnten theoretisch verschiedene Getreidesorten verwenden, um die Basis zu variieren. Dann könnten wir mit den Lagerungszeiten experimentieren, um unterschiedliche Geschmacksprofile zu erzielen. Das alles geht natürlich nicht im Gästezimmer eines B&B." Wir kicherten.

„Was ist mit den Aromen? Können wir wirklich alles verwenden?"

„Nun, fast alles", antwortete ich mit einem schelmischen Lächeln. „Einige traditionelle Aromen sind natürlich beliebter als andere und hier – an diesem Punkt – kommt mein Experimentiergeist ins Spiel. Denn solange es zum Gesamtprofil des Whiskys passt, gibt es keine Grenzen, schätze ich."

„Comprendo! Dann mal los."

Wir warfen unsere Ideen hin und her, diskutierten über Gewürze, Früchte und exotische Zutaten. Charlie war vielleicht kein Kenner, aber er war gewitzt genug, um etwas Neues zu wagen und sich auf mein Level zu begeben.

„Hier. Probier das mal", ich reichte ihm das Glas Whisky mit dem Tropfen Rosenöl. „Ich finde ja, der Geschmack ist einzigartig."

Charlie zog eine Augenbraue hoch. „Ist das wirklich Rosenöl im Whisky? Das klingt … ungewöhnlich." Ich hob die Schultern.

„Koste es."

Er zauderte einen Moment, ehe er das Glas nahm und einen winzigen Schluck trank. Sein Gesichtsausdruck veränderte sich jäh, als er das Aroma des Whiskys schmeckte, das nun von Rosennoten umspielt wurde.

„Erstaunlich", murmelte er mit großen Augen. „Es verleiht dem Whisky in der Tat eine ganz neue Dimension."

„Siehst du? Manchmal muss man einfach etwas Neues ausprobieren, egal, wie strange es sich im ersten Moment anhört."

Nachdem Charlie und ich den Rosen-Whisky für gut befunden hatten, waren wir voller Tatendrang. Also beschlossen wir, noch mehr unkonventionelle Aromen auszuprobieren. In den folgenden Stunden mischten wir Whiskys mit Noten von Ingwer, Kaffee, Mango und Ananas. Natürlich ersetzte das hier nie und nimmer die heimische Destillerie, aber für einige zweckmäßige Herstellungen reichte es allemal. Und Spaß machte es sowieso. Je mehr wir herumexperimentierten, desto mehr fanden wir heraus, welche Aromen gut miteinander harmonierten und welche eher ungenießbare Kombinationen ergaben. Am Ende des Tages hatten wir eine ganze Palette von Whiskys geschaffen, die unsere Vorstellungskraft sprengten.

„Steigt dir das Zeug eigentlich nie in den Kopf?“, fragte er mit roten Backen. Ich kicherte. Mein Cousin Charlie war eindeutig kein echter Schotte.

Kapitel 8

Zennor, Cornwall

Die Tage zogen ins Land und ich fühlte mich erholt und ausgeruht. Nicht nur die Treffen mit Lilouan und die Gespräche mit Charlie bei unseren heimlichen Whisky-Verkostungen trugen dazu bei, sondern auch die Zeit, die ich damit verbrachte, mich der Floristik zu widmen. Cornwall heilte meine aufgewühlte Seele. Es war ein Zusammenspiel von Menschen und Dingen, die mir sehr am Herzen lagen und dabei halfen, mich zu erden. Vor allem die Zeit mit meinem Cousin machte viele Enttäuschungen aus der Vergangenheit wett, denn unser Kontaktstillstand war belastend, auch wenn ich es nicht zugeben wollte und eine gewisse Mitschuld trug. Es fühlte sich inzwischen beinahe so an, als hätten wir uns nie aus den Augen verloren, was mich wirklich glücklich stimmte.

Jeden Tag verbrachte ich Stunden damit, durch den Garten zu streifen, die Vielfalt der Farben und Formen zu bewundern und mich von der Schönheit der Blüten inspirieren zu lassen. Es war, als ob die Blumen eine ganz eigene Sprache sprachen, die nur ich verstehen konnte, und ich genoss es, mich im Stillen mit ihnen auszutauschen. So entschloss ich mich, meinen Träumen Gestalt zu geben und widmete mich dem Binden von Blumensträußen. Mit dem Wissen, das ich mir angeeignet hatte, fühlte ich mich bereit, einfach loszulegen. Es beflügelte meine Seele und schenkte mir eine Glückseligkeit, die ich lange verdrängt hatte. Jeder Strauß, den ich band, war nicht nur ein Ausdruck meiner Leidenschaft, sondern auch ein kleines Kunstwerk, das meine Freude und Hingabe widerspiegelte. Die Blumen für meine Sträuße holte ich meist auf den Märkten in der Umgebung, um die Frühblüher in Ashleys Garten zu schonen. Dort gab es eine Fülle von Auswahlmöglichkeiten, von Rosen bis hin zu Lilien. Vielleicht nicht saisonal, aber da ich noch ganz am Anfang stand, sah ich das nicht so eng. Das Angebot dort war ein wahrer Schatz für jeden Blumenfanatiker, und ich genoss es, zwischen den Ständen umherzuschlendern und nach den allerschönsten Blumen Ausschau zu halten. Die Händler waren hilfsbereit; ich konnte blind auf ihre Expertise zählen, wenn ich nach bestimmten Gewächsen suchte oder Beratung bei der Auswahl brauchte. Manchmal ließ ich mich auch von meiner Intuition leiten und wählte die Blumen aus, die mich auf den ersten Blick ansprachen. Herumzuprobieren war bekannterweise meine größte Leidenschaft. Ich hatte in den letzten Tagen so viele Tutorials gesehen, dass ich schon fast ein Profi war, wie ich fand. Doch nichts konnte den praktischen Erfahrungen das Wasser reichen. So experimentierte ich mitten in Ashleys Garten mit verschiedenen Techniken, versuchte neue Stile und Muster und ließ meinem Geist freien Lauf. Mal arrangierte ich die Blumen in einer klassischen runden Form, mal gestaltete ich sie in einem asymmetrischen Stil, oder band schöne Kränze. Es gab keine Grenzen, nur unendliche Möglichkeiten. Teilweise fühlte es sich sogar an, als würde ich ein Gemälde malen, nur dass meine Leinwand aus Blumen bestand und meine Farben die Töne der Natur waren. Insbesondere die Lilien faszinierten mich mit ihrer schlichten Schönheit und dem himmlischen Duft. Ihre Stiele erhoben sich stolz über den anderen Blumen, und die trompetenförmigen Blüten schienen fast schwerelos zu schweben. Beim Binden von Sträußen gab es bestimmte Techniken, die ich mir nach und nach aneignete. Eine davon war die Spiraltechnik, bei der ich die Blumen und das Grünzeug in einer Spirale um den Mittelpunkt des Bouquets anordnete. Dadurch entstand eine gleichmäßige Verteilung der Blumen und eine harmonische Form, die dem Strauß Eleganz verlieh. Eine weitere Technik, die ich gerne probierte, war das Gruppieren der Blumen. Dabei stellte ich verschiedene Blumenarten und Farben zu kleinen Gruppen zusammen und band sie dann zu einem Sträußchen.

„Wenn du weiterhin so viele Sträuße bindest, werde ich einen Blumenladen eröffnen müssen", bemerkte Ashley gut gelaunt, die sich in Begleitung meines Bruders zu mir auf die Wiese setzte und flüchtig grinste.

„Du könntest sogar ein ganzes Blumenimperium eröffnen", witzelte ich, während ich weiterhin fleißig an meinem aktuellen Strauß arbeitete. Wahrscheinlich hatte sie recht – ich könnte mit meinen vielen Sträußen und dem unerschütterlichen Arbeitseifer bald einen ganzen Laden füllen.

„Im Ernst, Debbie. Mach mal langsam. Die Vasen quillen schon über." Eds Bemerkung riss mich unsanft aus meiner Wolke der Kreativität. „Der Franzose hat dich wohl in einen Rausch der Romantik versetzt. Wann zieht er eigentlich weiter? Er ist doch Backpacker?", wollte Ed wissen. Seine skeptische Miene spiegelte meine eigenen Zweifel wider, die ich bisher erfolgreich verdrängt hatte. Ja, er würde weiterziehen. Nach Wales und dann in die Highlands. Nein, ich war nicht in ihn verliebt. Oder? Denn ja, ich genoss es sehr, mit ihm zusammen zu sein. Wollte ich darauf verzichten? Nein. Wir trafen uns inzwischen jeden Tag und es dauerte meist nicht sehr lange, bis wir übereinander herfielen. Doch im Gegensatz zu der These meines Bruders, spielte Romantik dabei eher eine untergeordnete Rolle, schließlich trieben wir es gefühlt überall miteinander, aber es lag mir fern, ihn ins Cottage zu schleppen. Es bereitete mir schlichtweg Freude, dass mich dieser gutaussehende Franzose vögelte und mir einige glückliche Momente bescherte. War das etwas, das ich als Frau nicht aussprechen durfte? War es zu ordinär, zu vulgär? Ich schnaubte und legte den Strauß beiseite.

„Sein Endziel in Großbritannien sind die Highlands", gab ich zurück und zwang mich zu einem lässigen Tonfall, obwohl mein Herz bei dem Gedanken an seine baldige Abreise schwer wurde.

„Bring ihn doch mal mit", hörte ich Ashley sagen, während ich gedankenverloren einen Strauß Blumen auf der Wiese ordnete.

„Wen meinst du?", fragte ich verwirrt.

Sie sah mich bedeutungsvoll an. „Na, Lilouan natürlich. Ich würde ihn gerne kennenlernen, bevor er weiterzieht." Ich spürte, wie mein Puls schneller wurde. Die Idee, ihn mit ins B&B zu bringen, war reizvoll, aber gleichzeitig auch beängstigend. Immerhin sprachen wir seit dem Abend in St. Ives nur noch eine Sprache, und zwar die der Leidenschaft ... Doch Ashleys Lächeln und ihre erwartungsvollen Augen ließen mich schließlich nachgeben. Wenigstens hatte er schon bei unserem ersten zufälligen Treffen Interesse bekundet, das Cottage in Zennor gerne mal zu besuchen.

„Na gut", antwortete ich. „Ich werde ihn fragen."

„Fantastisch! Ich werde sicherstellen, dass alles perfekt vorbereitet ist. Vielleicht will er ja der erste offizielle Gast sein?"

Ed und ich tauschten Blicke aus. Das Cottage hatte nämlich nur zwei Gästezimmer, die beide mit uns besetzt waren. Da ich keinesfalls mein Zimmer mit meinem Bruder teilen würde, war klar, dass Lilouan bei mir schlief. Oder sollte ich lieber sagen, mit mir schlief?

„Er hat ja noch gar nicht zugesagt", erwiderte ich vorsichtig.

„Ach, das wird schon." Ein Zittern durchfuhr mich bei dem Gedanken, Lilouan die Einladung auszusprechen. Was, wenn er ablehnte? Oder schlimmer noch, was, wenn er annahm und sich dann unwohl fühlte? Aber da musste er wohl durch. Und ich auch. Also nickte ich Ashley zu und hoffte inständig, dass meine Unsicherheit nicht allzu offensichtlich war.

Später auf meinem Zimmer griff ich zum Hörer. Es dauerte nicht lange, bis er abhob.

„Hallo? Lilouan?"

„Debbie? Vermisst du mich schon?", erklang seine vertraute Stimme am anderen Ende der Leitung. Ich schmunzelte. Was für ein Wildfang!

„Hör mal: Ashley, du weißt schon, die Freundin meines Cousins Charlie, möchte dich gerne in ihr Cottage einladen. Als Gast." Stille.

„Oh, das klingt ja ganz nett, aber um ehrlich zu sein, hatte ich vor, Cornwall noch heute zu verlassen", gestand er nach einem tiefen Seufzer. Eine Welle der Enttäuschung breitete sich in mir aus. Er wollte einfach so abreisen? Plötzlich und ohne jegliche Vorwarnung? Klar, er war Backpacker und das mit uns war nichts Verbindliches, aber wahrhaben wollte ich dieses abrupte Ende trotzdem nicht. Es war wie ein Stich ins Herz, den ich tapfer hinunterschluckte.

„Du reist ab?", wiederholte ich. Erst jetzt wurde mir bewusst, dass ich für ihn vermutlich nichts weiter als ein kleiner unbedeutender Flirt war. Eine Bitch, die für ihn die Beine breit machte, als er das Verlangen nach inniger Zweisamkeit hatte. Ich verkörperte dieses Objekt der Begierde für einige Tage – ohne mit der Wimper zu zucken. Und er bedeutete mir ja auch nichts, oder? Es war für ihn an der Zeit, weiterzuziehen und unterwegs eine Neue zu bespringen. Ich brodelte. Sollte ich mich nicht auf der Stelle über meine eigene Dummheit ärgern? Oder lieber einsehen, dass all dies auf meinen Mist gewachsen war? Ich hätte ihn ebenso abweisen können, als sich herauskristallisierte, dass er mehr wollte … stattdessen ließ ich mich auf ihn ein; mit Haut und Haar, mit Leib und Seele und das öfter als nur einmal.

„Nimm es mir nicht übel, aber ich habe eine ordentliche Wegstrecke vor mir", erklärte Lilouan bedauernd. Ich konnte die Entschlossenheit in seiner Stimme heraushören und kniff die Augen fest zusammen, um bloß nicht loszuheulen. Er meinte es ernst. Natürlich, er war ja auf der Durchreise. Ich fühlte mich benutzt und weggeworfen, dabei hatten wir uns nie irgendetwas versprochen. Was war bloß los mit mir?

„Verstehe", erwiderte ich, meine Stimme brüchig. Ich versuchte, meine Gefühle am Telefon zu verbergen, doch es fiel mir verdammt schwer.

„Tut mir leid, Debbie. Ich werde dich wirklich vermissen." Ich war unfähig, zu sprechen. „Wir sollten in Kontakt bleiben", schlug er vor, „vielleicht treffen wir uns in Schottland wieder."

„Aye. Vielleicht", antwortete ich tonlos. Aber noch mal würde er mich bestimmt nicht rumkriegen.

***

Die Zeit verging träge, und die Abreise von Lilouan hinterließ eine Leere in mir, wenngleich er sich im Nachhinein als flüchtige Bekanntschaft herausstellte. Immerhin hatte ich mich von ihm vögeln lassen! Es war nicht nur die Enttäuschung, dass er gegangen war, sondern vor allem die Art und Weise, wie es geschah. Ich konnte nicht darüber hinwegkommen, dass wir uns täglich getroffen hatten und er mich dann urplötzlich abservierte. Er hätte es wenigstens persönlich sagen können und nicht so beiläufig am Telefon. Ich zog sogar in Erwägung, dass er einfach weitergewandert wäre, ohne mich zu kontaktieren, wenn ich ihn nicht angerufen hätte. Diese Situation war ein Fausthieb, der mich wachrüttelte. Selbst die Blumen, die sonst so zuverlässig Trost spendeten, schienen ihre Farbe verloren zu haben. War ich Cornwall etwa überdrüssig geworden? Wegen ihm? Auch meine Eltern fehlten mir. Und Michael. Vielleicht war es an der Zeit, zurück nach Schottland zu gehen und mich meinem Schicksal zu ergeben. Büroarbeit. Ich hatte meine Aufgabe in Zennor womöglich erfüllt. Ich war Probegast in Ashleys Cottage gewesen und konnte mit besten Absichten bestätigen, dass sie ohne Weiteres das Zeug dazu hatte, ein erfolgreiches B&B zu eröffnen. Den geplanten Besuch bei Onkel Gilbert und Tante Mary würde ich auf die ferne Zukunft verschieben. Was ich jedoch nicht verdrängen durfte – auch in Bardowie warteten so manche Probleme auf mich. Sollte ich im elterlichen Betrieb kündigen, oder nicht? Würde ich glücklich werden, wenn ich bloß noch im Büro säße? Wie würde man dort auf mich reagieren und was erwarteten meine Eltern von mir? Ich kämpfte mit den Tränen. Welcher Weg war der Richtige? Und brauchte es erst dieses Erlebnis mit Lilouan, um herauszufinden, dass ich eigentlich noch keinen Schritt weitergekommen war? Dass ich meine Entscheidungen aufgeschoben oder gar ignoriert hatte? Es klopfte an der Tür. Hastig strich ich meine Tränen aus den Augen. Dieses Gefühlschaos ging niemanden etwas an.

Ed kam herein, mit seinem typisch besorgten Ausdruck im Gesicht und sah mich einen Moment lang stumm an, bevor er schließlich sprach: „Angepisst, dass er weg ist?" Seine Stimme war weich, sein schottischer Akzent in diesem Moment mehr Trost als Tadel.

„Was willst du?"

„Ich habe mich dazu entschieden, mit Charlie nach Schottland zu gehen. Du weißt schon, wegen der Sache mit seinem Urururgroßonkel. Das interessiert mich.“

Ich wusste ja, dass es so kommen würde, weshalb ich wenig überrascht die Schultern zuckte. Jemand, der Josh Gates verehrte, machte vor einem eigenen Abenteuer keinen Halt. Es schien, als hätten wir die Rollen getauscht, denn früher war ich diejenige, die Abenteuer mit Charlie erlebte, nun er.

„Es war jedenfalls ein Drama, Dad von meinen Plänen zu überzeugen. Er wollte unseren Urlaub partout nicht verlängern. Du weißt schon, Personalmangel und so. Aber nachdem ich ihn stundenlang am Telefon bequatscht hatte, knickte er doch ein. Glücklicherweise gibt es einen neuen Mitarbeiter, der den Totalausfall der Firma wohl etwas abfedern kann und Michael ist ja auch da. Also, wenn du willst, könntest du noch länger bei Ashley bleiben. Sie will baldmöglichst das B&B eröffnen, aber ohne Charlie könnte sie Probleme haben, den Zeitplan einzuhalten. Da dachte ich mir, vielleicht willst du ihr dabei unter die Arme greifen?“

„Dann sollte Charlie lieber seine Offenbarung aufschieben und Ashley beistehen“, bemerkte ich scharf, doch kaum hatte ich diese Worte ausgesprochen, biss ich mir auf die Zunge. Ashley hatte es nicht verdient, dass ich sie hängen ließ und auch Charlie, der heimlich mit mir an verschiedenen Whisky-Kreationen mixte und noch dazu meine Visionen für die heimische Destillerie ziemlich ernst nahm, war mit meiner Spitzzüngigkeit nicht geholfen. Was für eine verdammte Zwickmühle. Wäre es wirklich fair, sie jetzt im Stich zu lassen? Immerhin war Ashley von einer Fremden zu einer

Freundin geworden und das binnen kürzester Zeit. Sie war es gewesen, die mir mit Rat und Tat zur Seite stand – seit meiner Ankunft in Cornwall. Und Charlie? Wollte ich unser erneuertes Band schon wieder zerstören? Unsicherheit nagte an mir, während ich Ed bekümmert ansah, der geduldig auf meine Reaktion wartete.

„Ich weiß nicht", murmelte ich schließlich. „Es ist nicht so einfach. Ich dachte darüber nach, nach Bardowie zurückzukehren."

„Bardowie? Schon? Nur weil der Franzose weitergezogen ist? Wenn ich mich recht erinnere, konntest du es vor einigen Wochen nicht mehr erwarten, Schottland zu verlassen! Du bist ziemlich sprunghaft."

„Super, vielen Dank, das weiß ich auch", giftete ich zurück.

„Ich verstehe dich", sagte Ed und legte tröstend eine Hand auf meine Schulter. „Aber der Typ ist es nicht wert. Außerdem tut dir Cornwall gut, vor allem die Blumen. Ich sehe doch, wie du buchstäblich aufblühst. Mach das nicht von einem Kerl abhängig, Debbie. Denk auch mal an dich. Jetzt ist die Gelegenheit, was zu verändern." Seine Worte berührten mich. Irgendwie. Irgendwo. Offensichtlich bemühte er sich, mich zu beschwichtigen.

„Danke, Ed.", murmelte ich und zwang mich zu einem schwachen Lächeln. „Ich werde darüber nachdenken." Seine Argumente klangen vernünftig, zumindest logisch betrachtet. Selbstverständlich wollte er mich umstimmen, indem er alles blumig umschrieb. Doch mein Herz wollte sich nicht so leicht beruhigen. Lilouans plötzliches Verschwinden hatte mich aus der Bahn geworfen, und die Aussicht darauf, wieder in Bardowie zu sein, fühlte sich wenigstens etwas behaglicher an, als in Cornwall im Kummer zu ertrinken. Aber konnte ich wirklich vor einer Entscheidung weglaufen, die ich mir bereits fest vorgenommen hatte? Nämlich mir endlich eine wohlverdiente Auszeit zu gönnen? Fernab der Heimat? Es gab ja einen Grund, warum ich Schottland verließ. Und weshalb nahm ich diese Affäre überhaupt so bitterernst? Es war nicht mehr als ein kurzes Abenteuer gewesen. Wieso tat ich mich schwer, das zu begreifen? Konnte es denn sein, dass ich mich nach etwas ganz anderem sehnte? Nämlich nach Liebe? Nach einer wahrhaftigen Partnerschaft, wie ich sie seit Jahren nicht hatte? Oder eigentlich noch nie, wenn ich ehrlich zu mir war, denn meine längste Beziehung mit Jake war eher so ein Teenie-Ding, das nie über Händchenhalten und Bussi geben hinaus ging. Aye. Vielleicht war das mein wahres Problem und der Kern von all den sprunghaften Zwängen. Ich war noch nie in festen Händen gewesen und meine wenigen sexuellen Kontakte bestanden ausschließlich aus One-Night-Stands. *Oh, Debbie*, bemitleidete ich mich selbst, *wo soll all das nur hinführen?* Ich war es leid, ausgenutzt zu werden. Bisher dachte ich, Sex funktioniert auch ohne Liebe, doch offensichtlich erhoffte ich mir tief im Inneren etwas anderes. Nur so konnte ich mir meinen akuten Gehirndurchfall erklären, der meine Entscheidungsfähigkeit lähmte. Ich wollte mich endlich verlieben. Wissen, wie es sich anfühlt, wahrhaftig geliebt und leidenschaftlich beschützt zu werden. Vielleicht war ich sogar neidisch auf das, was Ashley und Charlie miteinander hatten. Es machte mir zu schaffen, ihre Gefühlsduselei auszuhalten, während ich an die Falschen geriet. Denn Tatsache war leider auch, dass ich mir oftmals Hoffnungen machte, dass sich aus einem One-Night-Stand etwas Ernstes entwickeln konnte. Bisher war das jedoch nie passiert. Die jüngste Erfahrung mit Lilouan lehrte mich erneut, dass Männer Sex und Liebe strikt voneinander trennten. Ich war kein leichtes Mädchen, ich hatte meinen Stolz. Aber ich war schon immer der Ansicht, dass man sich auch als Frau nicht binden muss, um „Spaß" zu haben, ohne sofort als Schlampe abgestempelt zu werden. Was war falsch daran, sich auszutoben, wenn man vernünftig auf eine sichere Verhütung achtete? Wie auch immer. Ich war wohl verdammt dazu, Single zu bleiben.

„Abgesehen davon ist Cornwall dein Ort ... du und die Blumen", stellte Ed nach einer Weile des Schweigens erneut fest und saß im Schneidersitz auf den Boden. Ich blickte verwundert drein.

„Soll das jetzt ein Druckmittel sein? Neulich meintest du noch, Dad sorgt sich wegen meiner ‚kreativen Ader'. Außerdem hast du selbst gesagt, ich überfülle sämtliche Vasen mit meinen Sträußen! Du weißt scheinbar genau so wenig wie ich, was du eigentlich willst."

„Aye, vielleicht ist das so. Same blood, nicht wahr? Aber wenn du ehrlich zu dir bist, weißt du, dass ich richtig liege."

Ich schniefte und lehnte mich zurück. „Wie kriege ich das hin? Wie kann ich wissen, was ich will?"

„Das musst du schon selbst herausfinden, Schwesterherz." Ich sah ihn lange an, wie er da so saß, mit seiner

Base-Cap und den Baggy-Jeans und fragte mich, ob er auch manchmal an sich zweifelte. Ed wirkte insgesamt recht entspannt und bodenständig. Ich kannte aber auch seine andere Seite. Den gewissenhaften Ed. Der, der keine Fehler zuließ und anderen Leuten um jeden Preis gefallen wollte. Wahrscheinlich lag es mir fern, solch ein Fähnchen zu werden, wie er es in meinen Augen war. Er passte sich immerzu dem Wind an. Mir war es hingegen ziemlich schnuppe, was die anderen von mir hielten, so lange ich meinen Frieden hatte. Aber stimmte das, was ich über ihn dachte, wirklich? Immerhin wollte ich die Destillerie in eine Richtung lenken, die andere Firmen vorgegeben hatten. Mainstream! Vielleicht war ich ja ebenfalls ein Fähnchen im Wind, lediglich mit anderen Schwerpunkten.

„Wie kann ich Ashley helfen?", fragte ich etwas besänftigt.

„Deine Erfahrungen im Bürobetrieb könnten bestimmt nützlich sein, was die Abrechnungen und so angeht, außerdem bist du ein kreatives Köpfchen. Ich bin jedenfalls sicher, dass sie deine Mithilfe sehr schätzen würde. Und wer weiß, vielleicht findest du währenddessen ja die Antworten auf deine eigenen Fragen." Ed lächelte ermutigend. „Wie klingt das für dich?"

Ein Teil von mir war versucht, Ashley tatsächlich zu helfen und sie beim Aufbau des B&B zu unterstützen. So gesehen war es eine große Ehre, von Anfang an involviert zu sein. Zudem mochte ich sie wirklich gern und fühlte mich verbunden mit dem Örtchen Zennor. Auch Charlies berechtigter Suche nach Antworten wollte ich keinesfalls im Weg stehen, schließlich hoffte er mehr über seine Herkunft zu erfahren und Ed, mein

Bruder, war ebenfalls begeistert von diesem Vorhaben. Aber dann gab es diesen anderen Teil von mir, der davonlaufen wollte. Bloß keine Verantwortung übernehmen! Es schien, als würde mit einem Mal nicht nur mein eigenes Schicksal, sondern auch das von Ashley, Charlie und Ed an mir hängen. Und diese Geschichte mit Lilouan ... ich konnte nicht länger leugnen, dass ich mir eine tiefere Verbindung wünschte, eine stabile Partnerschaft, nicht nur eine flüchtige Affäre. Wenngleich ich bezweifelte, dass ausgerechnet er hierfür infrage käme, so war es doch ebendieser Mann, der mir die Augen geöffnet hatte. Gleichzeitig nagten unruhige Gedanken an mir. Was war mein Platz in Bardowie? Was war mein Platz in Cornwall? Sollte ich zurückkehren, oder hier bleiben? Ich sehnte mich nach Klarheit; nach einem eindeutigen Zeichen, welchen Weg ich einschlagen sollte. Ich schloss verzweifelt die Augen und versuchte, die Turbulenzen in meinem Inneren zu beruhigen. Doch selbst in der Stille blieben die Fragen bestehen, und ich wusste, dass ich früher oder später eine Entscheidung treffen musste, egal wie schwer sie auch sein mochte.

„Wie schon gesagt – lass mich darüber nachdenken", bat ich und war erleichtert, als Ed mir mit Verständnis begegnete und nicht länger versuchte, meine Ansichten zu sabotieren. Als er daraufhin mein Zimmer verließ, hätte ich genauso mit den Whisky-Mixture weitermachen können, die ich unter dem Bett im Gästezimmer versteckt hielt, doch es zog mich stattdessen nach draußen, in die heilsame Natur. Ich schlüpfte in meine robusten Wanderstiefel und zog eine leichte Jacke über, ehe ich die Stiege hinunter kletterte und das Cottage verließ. Frischluft! Die Meeresbrise streichelte sanft mein Gesicht, als ich den schmalen Pfad vor dem Haus entlangging. Über mir spannte sich der wolkenverhangene Himmel, der das Licht der Sonne an diesem Tag nur spärlich hindurchließ. Doch trotz der Wolkenbank fühlte sich die Luft belebend an. Als ich den Garten erreichte, atmete ich tief ein und ließ meinen Blick über die Beete schweifen. Der Duft umhüllte mich, als ich zwischen den Blumen hindurchging. Ich spürte bewusst die weiche Erde unter meinen Füßen, die nachgab und sich um meine Schritte schmiegte. Das Rauschen des Meeres in der Ferne und das Summen der Bienen verliehen der Szenerie das Krönchen. Ich vergötterte diesen Ort – hatte ich meine Entscheidung nicht längst getroffen? Die Probleme, die mich zuvor noch geplagt hatten, schienen sich allmählich zu verflüchtigen. Ich konzentrierte mich auf meinen Atem, ließ ihn ruhig und gleichmäßig fließen und bemerkte alsbald, wie sich meine Gedanken klärten. Und plötzlich war da ein Gefühl der Gewissheit, das sich stetig in mir ausbreitete. Eine innere Stimme, die mir sagte, dass ich auf dem richtigen Weg war. Womöglich war es gar nicht so wichtig, eine endgültige Entscheidung zu treffen, sondern nur dem Fluss des Lebens zu vertrauen. Ich ging wieder ein paar Schritte, bis ich eines der beiden Waldsofas erreichte. Dort ließ ich mit Blick auf den Ozean meine Seele baumeln. Und so verweilte ich, mein Herz im Einklang mit der Welt um mich herum, und in Frieden mit meinen Zweifeln und Sorgen.

Kapitel 9

„Ich bleibe", sagte ich entschieden zu mir selbst und ließ die Worte in der kühlen Luft Cornwalls verwehen. Mit diesem Satz warf ich meine Überlegungen, vorzeitig nach Schottland zurückzukehren, über Bord. Dort erwartete mich nichts als Schwierigkeiten. Im Büro würde ich langfristig nicht glücklich werden und meine Eltern ließen sich nach wie vor nicht von meinen Ideen überzeugen, da war ich mir sicher. Lilouan war zwar weggegangen, doch mein Bruder Ed hatte recht – ich durfte mein Wohlbefinden nicht von einem Mann abhängig machen. Ich war vogelfrei, selbstbewusst und stark genug, meine Frau zu stehen. Diese Selbstsabotage musste aufhören! Außerdem wollte ich Ashley gerne helfen, wenn ich konnte. Ich liebte ihr einzigartiges Cottage am Meer, das so viel Potenzial hatte.

Die See rauschte in der Ferne, und die wilden Blumen um das Waldsofa nickten, als würden sie meine Entscheidung begrüßen.

Als ich ihr wenig später meine Überlegung mitteilte, strahlte sie über beide Ohren und fiel mir um den Hals. „Wirklich? Du bist einfach die Beste!"

„Du hast mir immer zugehört und mich mit Ratschlä-
gen versorgt ... jetzt will ich dir gerne etwas zurückge-
ben."

„Das bedeutet mir so viel." Ashley löste sich aus der
Umarmung und sah mich mit glänzenden Augen an.
„Das wird super."

„Gemeinsam sind wir bestimmt ein unschlagbares
Team", antwortete ich siegessicher. „Also – was steht als
Nächstes an?"

Sie wischte sich rasch eine Haarsträhne aus dem Gesicht. „Ich denke, das Cottage ist in einem soliden Zustand. Meine Granny hatte es zu ihren Lebzeiten gehegt
und gepflegt und Charlie und ich haben in letzter Zeit
noch ein paar Renovierungen vorgenommen. Das Dach
und die Fassade mussten erneuert werden, der Weg
wurde neu angelegt. Uns fehlen jetzt eigentlich nur
noch die Gäste. Schade, dass es mit Lilouan nicht geklappt hat. Ich hätte ihn sehr gerne eingeladen." Ich ignorierte ihren letzten Satz tapfer.

„Naja, ... dann sollten wir das frei werdende Zimmer
bald online stellen. Spätestens, sobald Ed abgereist ist",
schlug ich vor.

„Vorher müssen wir ein paar Fotos knipsen und die
Unterkunft ausführlich beschreiben", korrigierte Ashley. „Aber dann kann es losgehen."

„Klingt nach einem Plan", erwiderte ich. Es war ein
gutes Gefühl, involviert zu werden und so wie ich Ashley einschätzte, hatte sie genug Mumm, auf meine Vorschläge einzugehen, weshalb ich nicht lange fackelte:
„Wir könnten später auch überlegen, spezielle Pakete
anzubieten, vielleicht mit geführten Touren entlang

der Küste oder sogar kleine Workshops hier im Garten. Was hältst du davon?"

Ihre Augen leuchteten auf. Wow! Ich konnte sie scheinbar wirklich begeistern. „Das ist ja eine großartige Idee! Die Leute lieben solche Erlebnisse. Und es könnte dabei helfen, das B&B von anderen Unterkünften abzuheben."

„Ganz genau", stimmte ich zu. „Und vielleicht sollten wir auch über soziale Medien gehen, ein bisschen Werbung machen. Ein Instagram-Account nur für das Cottage, mit Bildern vom Meer, dem Garten und natürlich von den Zimmern."

„Oh, und wir könnten sogar kleine Geschichten über die Gäste posten, natürlich nur, wenn sie einverstanden sind", fügte Ashley hinzu.

„Übertreibt ihr es nicht etwas?" Ed stand stirnrunzelnd in der Tür und schaute uns an, als wären wir nicht von dieser Welt. „Macht doch erst mal langsam und verfallt nicht gleich irgendeinem Hype."

„Das war ja wieder klar ... dass du dich von der Euphorie nicht anstecken lässt, wundert mich überhaupt nicht."

„Schwesterherz, ich schätze dich und deine Pläne, aber ich weiß auch, dass du einen gewissen Hang zum Übertreiben hegst." Schmollend verschränkte ich die Arme.

Ashley warf Ed einen belustigten Blick zu, dann wandte sie sich wieder mir zu. „Lass uns nicht von ein bisschen Skepsis abhalten. Wir wissen, was wir tun, nicht wahr?"

„Genau", gab ich entschlossen zurück. „Ich glaube, deine Gäste werden diese persönliche Note sehr zu schätzen wissen. Wobei ... wahrscheinlich reicht schon die außergewöhnliche Alleinlage für einen Ansturm von Massentourismus ..."

„Vielleicht hat Ed aber auch ein bisschen Recht", überlegte Ashley. „Wir sollten klein anfangen und sehen, wie es läuft. Das gibt uns auch die Chance, Feedback zu sammeln und die Angebote entsprechend anzupassen."

Ich nickte, einverstanden mit einem vorsichtigeren Ansatz. „Die Vernunft obsiegt. Wir starten also mit den grundlegenden Dingen: Gute Fotos machen, eine ansprechende Beschreibung entwerfen und dann alles online stellen."

„Mit meiner Schwester hast du eine echte Ideenmaschine an der Hand", bemerkte Ed mit einem schiefen Grinsen. „Am besten, du lässt sie irgendwas mit Blumen machen, dann hast du deine Ruhe vor ihr und ihren ständigen Einfällen."

„Ja, also die Sache mit den Blumen würde ich schon gerne weiterverfolgen. Du hast so ein Talent dafür, Debbie."

„Danke für die Blumen", fügte ich scherzend hinzu.

Ashley lachte und gab mir einen spielerischen Stoß. „Ich bin froh, dass dein Dad einverstanden ist und dir eine längere Auszeit in Zennor gönnt. Das hast du dir verdient. Ihr beide habt das." Sie sah zu Ed, der ihr zufrieden zunickte.

„Ich finde es ziemlich cool, Charlie nach Schottland zu begleiten. Bin gespannt, was wir herausfinden werden", erwähnte mein Bruder stolz, der offenbar zum Schatzsucher mutiert war.

„Vergiss aber nicht, dass der Earl Charlies Onkel war und nicht der Unsere", stichelte ich in seine Richtung.

„Möchte Charlie das Geheimnis eigentlich schon länger lüften?"

„Den Anstoß dazu habe ich ihm gegeben", antwortete Ashley. „Als wir uns kennenlernten, war es ihm nicht sonderlich wichtig, aber das änderte sich mit der Zeit."

„Und du bist nicht sauer auf ihn, dass er nach Schottland geht, während du ein B&B auf die Beine stellst?"

„Überhaupt nicht. Wir engen uns nicht ein und außerdem habe ich ja dich." Ashley strahlte.

Obwohl mich ihre Aussage ehrte, fand ich es seltsam, dass Charlie ausgerechnet jetzt loszog. Hätte er nicht warten können? Oder lag es viel mehr an Ed, der Druck auf ihn ausübte, weil er ihn unbedingt begleiten wollte?

„Es ist schon eine merkwürdige Zeit für eine solche Reise, nicht wahr?", äußerte ich meine Gedanken laut.

„Aber vielleicht ist es der richtige Moment für Charlie. Manchmal muss man einfach den Sprung wagen, wenn sich die Gelegenheit bietet", meinte Ashley.

„Genau", stimmte Ed zu. „Und ich denke, es ist auch gut für mich. Ich habe mich schon eine Weile nach einem echten Abenteuer gesehnt. Das hier gibt mir die Möglichkeit, etwas völlig Neues zu erleben."

„Du bist doch Schotte, Bro. Schottland ist nichts Neues für dich!"

„Währenddessen haben wir beide sowieso genug zu tun, nicht wahr, Debbie?", sagte Ashley, die krampfhaft versuchte, die Stimmung wieder aufzulockern. „Mit all den Plänen für das B&B wird die Zeit bestimmt wie im Flug vergehen." Ich nickte zustimmend, doch als sie aus dem Raum gegangen war, schnappte ich mir Ed, um meine Bedenken zu äußern.

„Nur mal so nebenbei, findest du nicht auch, dass das Timing für Charlies ‚historische Expedition‘ ein bisschen zu perfekt gewählt ist?“, warf ich ein, meine Stimme leicht spöttisch. „Fast so, als ob er unbedingt jemanden brauchte, der ihn begleitet.“

„Quatsch, wie kommst du denn darauf?“

„Schau mal; sein Dad kann nicht mit, weil er in seinem Laden in St. Ives beschäftigt ist, und Ashley macht das mit dem B&B. Sie hat Charlie bestimmt von Anfang an einen Korb gegeben, um ihre eigenen Ziele zu verfolgen. Deshalb haben sie uns nach Zennor eingeladen – damit ich ihr helfe und du ihn begleitest. Wahrscheinlich war das alles so geplant.“

„Und wenn schon? Ich habe Bock darauf, unseren Cousin zu begleiten und du hast sicher auch nichts dagegen, dass deine Kreativität endlich mal Anklang findet, oder?“

„Na ja, sicher, es ist großartig, dass wir beide etwas machen, das uns erfüllt, fernab von Whisky“, gab ich nach, meine Stirn in nachdenkliche Falten gelegt. „Aber es wirft schon ein anderes Licht auf die Sache, wenn man bedenkt, dass wir möglicherweise nur Plan B waren.“

Ed blieb unbeeindruckt von meiner skeptischen Haltung. „Debbie, selbst wenn das so wäre, was ändert das? Wir haben jetzt die Chance, etwas zu tun, das uns beide interessiert. Und ehrlich gesagt, bin ich froh, Charlie unterstützen zu können. Ich sehe das eher als Win-win, nicht als Ausnutzung.“

Ich seufzte, wusste, dass Ed einen Standpunkt hatte, auch wenn ich nicht ganz davon überzeugt war. Es brachte nichts, weitere Gegenargumente zu bringen.

Vielleicht lag es gar nicht an Charlie, dem ich eigentlich nicht misstraute, sondern viel mehr an der Sache mit Lilouan. War ich jetzt schon so weit, dass ich niemandem mehr Glauben schenken wollte und alles und jeden anzweifelte und hinterfragte? So eine Person wollte ich nicht sein!

„Ich will auch gar nicht zynisch werden," fuhr ich nach einem Moment der Stille fort. „Es ist nur, dass manchmal alles zu arg ineinandergreift, um Zufall zu sein."

„Ich glaube eher, dass du vergangene Erfahrungen in die Gegenwart überträgst," stellte Ed fest und bestätigte meine eigenen Bedenken. „Vielleicht solltest du die Dinge nehmen, wie sie kommen, und das Beste daraus machen. Du kannst nicht jedem sofort etwas Schlechtes unterstellen, nur weil er anders handelt, als du es erwartest."

„Ich gebe es ungern zu, aber du hast vermutlich recht." Ich schämte mich für meine voreiligen Schlüsse. Charlie war gewiss nicht so drauf, wie ich ihn darstellte. Wie war das gleich noch mal mit dem Fluss des Lebens? Hatte ich mich nicht dazu entschieden, dem Schicksal endlich mehr Vertrauen zu schenken?

Wie gut, dass mich das heimliche Projekt mit Charlie wieder auf den Boden der Tatsachen brachte ... unsere Whisky-Kreationen gingen in eine neue Runde und schon bald verschwendete ich keinen Gedanken mehr an meine – zugegeben eher blöden – Thesen. Witzigerweise war er es diesmal, der die Anreize gab, was wir untermischen könnten und allerhand Wundersames aus seinen Taschen zog: den Abrieb von Limettenschalen, Brausestäbchen und sogar Manukahonig. Slàinte mhath!

***

Nachdem Ed und Charlie abgereist waren, lag die Verantwortung für das B&B nun bei Ashley und mir. Wir waren bestrebt, das Cottage nicht nur für die Gäste zu präparieren, sondern auch, es in seiner ganzen Pracht für die Buchungsseite zu fotografieren. Dabei gingen wir methodisch vor. Wir arrangierten die einzelnen Zimmer, damit sie einladend wirkten, und prüften jede Ecke auf Details, die durch die Linse einer Kamera verlockend aussehen würden. Innen arbeiteten wir uns von Raum zu Raum vor, und ich konzentrierte mich auf die kleinen Dinge, die ein Foto zum Sprechen bringen: das Arrangement von frischen Blumen in einer Vase auf dem Küchentisch, das geschickt platzierte Buch auf einem Nachttisch, das offene Fenster im Schlafzimmer, das eine Brise hereinließ und die Gardinen aufblähte ... Ashley richtete die Kissen auf den Sofas im Wohnzimmer aus und faltete die Decken mit einer Präzision, die nur sie beherrschte. Der Garten war unsere Geheimwaffe; ein für die Gäste unerwartetes Paradies, das sich neben dem Cottage erstreckte und den Blick auf das Meer freigab. Wir streuten frische Samen in den Beeten aus und mähten den Rasen, reinigten die Waldsofas und kontrollierten den Zaun. Als es an der Zeit war, die Fotos zu machen, warteten wir auf das perfekte Licht. Tatsächlich ließ es nicht lange auf sich warten. Die Abendsonne tauchte alles in ein goldenes Glühen. Ich navigierte zwischen den Räumen, um jeden Winkel in diesem magisch wirkenden Glanz festzuhalten. Wir wollten, dass die Fotos nicht nur das Cottage zeigten, sondern auch seine Seele einfingen. Also deckten wir den Esstisch ein, um das Ambiente wohnlicher zu gestalten. Nachdem die Dämmerung in die Nacht überging und das letzte Licht für unsere Fotos schwand, betrachteten wir gespannt unsere Arbeit. Die Bilder waren mehr als nur Verkaufsargumente; sie waren wie ein Fenster zum Cottage der Träume. Jedes Bild war eine Einladung – ein stilles Angebot an die Gäste, Teil dieser Ecke Cornwalls zu werden. Nun stand uns noch die letzte Aufgabe bevor, nämlich die Beschreibung für die Buchungsseite. „Wenn das kein Verkaufsschlager wird, weiß ich auch nicht", murmelte ich. „Deine Granny hat dir mit diesem Haus wirklich einen Schatz hinterlassen, Ashley." Sie blickte auf und lächelte wehmütig.

„Ja, sie wusste wohl, wie sehr ich dieses Cottage liebe", sagte sie. „Es gibt keinen schöneren Ort auf dieser Welt – davon bin ich überzeugt. Und sie wäre bestimmt damit einverstanden, es auch anderen Menschen zugänglich zu machen."

Ihre Augen glitten über die Blumenarrangements, die wir verteilt hatten. „Ich hoffe, die Gäste spüren die Liebe und die Geschichten, die diese Mauern bergen. Danke für alles, Debbie." Ich legte das Handy beiseite.

„Das werden sie. Wir haben dafür gesorgt, dass jedes Foto eine Geschichte erzählt. Von dem gemütlichen Ohrensessel am Fenster bis zum Teeservice auf einem Beistelltisch neben dem Waldsofa ... jedes Detail lädt zum Träumen ein."

„Und zum Bleiben", fügte Ashley hinzu. Wir schauten uns zufrieden an, und in diesem Moment wussten wir, dass wir etwas ganz Besonderes geschaffen hatten. „Jetzt müssen wir die Beschreibung fertigstellen", sagte ich. „Soll ich mein MacBook holen?"

„Ja", antwortete Ashley gedämpft. „Beginnen wir mit dem Garten und dem Blick aufs Meer. Die Leute sollen fühlen, wie es ist, hier zu stehen und auf das unendliche Blau zu schauen."

Inmitten der verträumten Küsten Cornwalls verbirgt sich das Cottage der Träume in Zennor, ein idyllisches B&B, das auf Sie wartet. Erwachen Sie mit Blick aufs Meer und verbringen Sie Ihre Tage im Rhythmus der Gezeiten. Hier verbinden sich Komfort und Natur zu einer Erzählung, die Ihr Herz erobern wird. Jedes Zimmer ist ein liebevoll gestaltetes Kapitel dieser Geschichte, jedes Fenster ein Bilderrahmen für die malerische Szenerie draußen. Ihr Aufenthalt bei uns wird mehr als nur eine Reise – es wird ein Zuhause in den Seiten eines Romans, den Sie nicht mehr zuklappen möchten.

„Wie findest du es? Zu kitschig?"

„Ganz und gar nicht," erwiderte Ashley, die über meine Schulter blickte und konzentriert den Text las. „Es klingt genau nach dem, was das Cottage ausmacht. Es hat die richtige Menge an Romantik und Einladung."

Ich nickte zufrieden und blickte noch einmal über den Text. „Dann lass uns das doch so nehmen. Es ist

ehrlich und herzlich, genau wie das Cottage selbst –
und seine Besitzerin. Okay, also sind wir uns einig? Wir
laden es so hoch?" fragte ich.

Ashley nickte und griff nach einer Weinflasche auf
dem Tisch, die wir für das Foto dort platziert hatten.
„Absolut! Und jetzt lass uns das feiern. Wir haben es
verdient!" Sie füllte zwei Gläser mit einem kühlen,
spritzigen Weißwein.

„Auf das Cottage der Träume und hoffentlich viele be-
geisterte Gäste!" Ich hob mein Glas in einer Toastgeste.

„Und auf uns, die wir das alles möglich gemacht haben!" Ashley stieß mit einem frechen Grinsen mit mir
an. „Ich werde jetzt Charlie anrufen und fragen, ob sie
gut angekommen sind", sagte sie und zückte ihr Handy
aus der Tasche. „Außerdem erzähle ich ihm von unserem heutigen Erfolg." Mit einem letzten Blick auf mich,
der irgendwo zwischen Aufregung und Dankbarkeit
schwankte, schlenderte sie davon. Ich kippte das Fenster und sank tiefer in den weichen Stoff des Ohrenses-
sels. Das Rauschen des Windes vermischte sich mit
dem entfernten Klang von Ashleys Stimme. Ich schloss
entspannt die Augen und ließ die Ereignisse des Tages
Revue passieren. Klar, wir mussten nicht allzu viel machen, da das Cottage in einem einwandfreien Zustand
war, und dennoch ... ich fühlte eine tiefe Zufriedenheit.
War ausgeglichen. Und dankbar. Die Fotos, die wir gemacht hatten, würden bald auf der Buchungsseite erscheinen, und ich konnte nur hoffen, dass sie die
Schönheit und Ruhe einfingen, die dieses kleine Paradies in Cornwall ausstrahlte. Ich wäre fast eingenickt,
als plötzlich mein Handy vibrierte.

Hey Debbie, ich hoffe es geht dir gut. Konntest du schon neue Whiskysorten zaubern? Wir haben jetzt einen neuen Mitarbeiter. Er heißt Dal und ist eigentlich ganz okay. Es ist komisch ohne dich. Ganz ehrlich – du fehlst hier.

Ich starrte auf das Display, las die Worte immer und immer wieder und fragte mich, was das zu bedeuten hatte. Michaels Offenheit und Ehrlichkeit rührten mich. In diesem Moment war ich mir unsicher, wie ich antworten sollte. Ich mochte ihn. Sehr sogar. Aber würde mich das nicht verletzlicher machen?

Es ist komisch ohne dich ... du fehlst hier. Diese Sätze ließen mein Herz schneller schlagen, und ich spürte, wie eine unerwartete Wärme durch meinen Körper strömte. Es war anders als bei Liouann. Echter. Und es war auch schön zu lesen, dass ich vermisst wurde. Michael war sowieso mein einziger Draht nach Hause. Mit Mum und Dad pflegte ich nur sporadischen Schriftwechsel, der für beide Seiten nicht besonders informativ war. Ich blickte aus dem Fenster und beobachtete, wie der Wind sanft die Blätter der Sträucher bewegte. Ich war froh, dass er in der Nachricht Dal erwähnt hatte – das gab mir wenigstens einen Anhaltspunkt, wie ich das Gespräch fortsetzen konnte, ohne zu sehr auf emotionales Territorium abzudriften.

Debbie:

Hey Michael, danke für deine Nachricht! Es freut mich zu hören, dass ihr Dal an Bord habt. Ich bin sicher, er wird eine tolle Ergänzung für das Team. Hier ist alles ruhig und entspannend, aber ich muss zugeben, dass mir das Chaos

*der Destillerie manchmal fehlt. Und ja, ich habe tatsächlich
ein paar Ideen für neue Whisky-Sorten. Sogar mein Cousin
Charlie hat mir geholfen ... Pass auf dich auf und grüße Dal
von mir (unbekannterweise).*

Nachdem ich die Nachricht abgesendet hatte, lehnte
ich mich wieder zurück und schloss die Augen. Meine
Gedanken über Michael ließen mich nicht los. Was
wäre, wenn wir uns tatsächlich näherkommen würden?

Kapitel 10

Bardowie, Schottland, 2018

Ich fand mich eines Nachmittags im Herzen der Destillerie wieder, umgeben von dem schweren Duft des Malzes und dem Grollen der Maschinen. Ich hatte gerade einen besonders heftigen Streit mit meinen Eltern gehabt, der mich emotional ziemlich mitnahm. Es ging um dasselbe leidige Thema, wie schon etliche Male zuvor – ich war ihnen einfach zu erfinderisch. Michael bemerkte meine Niedergeschlagenheit, als ich mich wenig später in eine Ecke des Lagerraums zurückzog und schmollte.

„Alles in Ordnung, Debbie?", fragte er, seine Stimme ruhig und warmherzig. Ich zuckte mit den Schultern, unfähig, meine Frustration vollständig zu verbergen.

„Es ist nur … manchmal fühlt es sich so an, als ob sie mich nie richtig ernst nehmen werden."

Michael nickte verständnisvoll und lehnte sich an eines der großen Holzfässer. Offenbar hatte er den Streit mitbekommen und wusste, was Sache war. „Ich weiß, das kann ziemlich hart sein. Aber du hast ein gutes Gespür für das Geschäft, Debbie. Gib ihnen etwas mehr Zeit. Sie werden schon noch erkennen, was du ihnen zu bieten hast."

Ich seufzte und blickte auf die Reihen der Whiskyfässer, die in der kühlen Dunkelheit ruhten. „Ich hoffe, du hast recht."

„Ich weiß, du würdest viel lieber in der eigentlichen Destillation arbeiten", fuhr Michael fort, während wir langsam durch die kühlen, dunklen Gänge des Außenlagers schlenderten. „Aber denk daran, alles, was du jetzt im Büro lernst, ist sehr wichtig. Es macht dich vielseitiger, und das ist in unserem Geschäft von unschätzbarem Wert."

„Ist das so offensichtlich? Dass ich lieber eine Whiskyfrau wäre? Es ist nur ... Dad hat mir früher echt viel erklärt, aber inzwischen gibt es nur noch Stress. Er kann es nicht ausstehen, dass ich mich aktiv beteiligen möchte. Im Büro zu sitzen, ist so langweilig."

Er blieb stehen und drehte sich zu mir um.

„Debbie, ich verstehe das wirklich. Aber denk mal darüber nach – die Kenntnisse, die du jetzt erwirbst, bereiten dich darauf vor, eines Tages vielleicht die gesamte Destillerie zu leiten."

„Jeder weiß, dass Ed eines Tages die Destillerie leiten wird", murmelte ich, mehr zu mir selbst als zu Michael.

Er lächelte. „Okay, aber vielleicht könnt ihr dann einen Plan ausarbeiten, bei dem du halbtags im Büro arbeitest und den Rest der Zeit hier bei uns in der Produktion bist. Hauptsache, du verlässt den Laden nicht." Die Idee hatte etwas Verlockendes.

„Aye, das wäre was. Danke, Michael."

„Immer, Debbie", erwiderte er, bevor er sich wieder dem Weg durch das Lager zuwandte. „Und wer weiß? Möglicherweise bringst du eines Tages ein paar frische

Ideen ein, die die Art und Weise, wie wir hier arbeiten, vollkommen revolutionieren werden."

Kapitel 11

Zennor, Cornwall

Ich war früh aufgestanden und genoss die Stille, die nur durch das gelegentliche Zwitschern eines Vogels unterbrochen wurde. Ashley und ich hatten am Vorabend beschlossen, den Tag mit einem Picknick im Garten zu beginnen. Ich richtete eine Käseplatte her, platzierte sorgsam Stücke von lokalem Cheddar und Brie, einige Scheiben Schinken und Früchte darauf. Unkompliziert, aber sorgfältig bedacht. Ashley wartete bereits mit einer Thermoskanne voll Kaffee und zwei Keramiktassen, die sie neben der Decke abstellte.

„Es ist immer wieder erstaunlich, wie ruhig es hier morgens ist", bemerkte sie und ließ sich nieder.

„Hast du gehört, dass Mr. Thompson vom Dorfmetzger ein Grillfest plant?", fragte ich und setzte mich zu ihr. „Ich meine, ich kenne ihn nicht, aber ich habe es unten im Dorfladen mitbekommen. Er sagte wohl, er möchte dieses Jahr etwas ganz Besonderes machen, um die Gemeinde wieder zusammenzubringen."

Ashley lachte.

„Oh je, das Grillfest ist wohl so ein Highlight in der Gegend. Da ging schon meine Granny hin, obwohl sie ihn nicht besonders gut ausstehen konnte, wie sie mal erwähnt hatte. Hoffentlich spielt das Wetter mit. Es wäre nämlich eine prima Gelegenheit für uns, einige Flyer zu verteilen."

„Eine gute Idee", stimmte ich zu. „Es ist sogar die perfekte Gelegenheit. Oh, du wolltest mir doch noch von diesem Jack erzählen. Dein Ex, richtig? Und was war eigentlich mit ... wie hieß sie gleich nochmal? Annie?"

Ashley setzte ihre Kaffeetasse mit einem leichten Klirren ab und rang nach Luft. „Jack und Amy, oh ja, zwei ganz tolle Themen. Das mit Jack war ziemlich kompliziert, aber dann lernte ich Charlie kennen, und ..." Noch bevor sie weiter ins Detail gehen konnte, unterbrach das Summen ihres Handys die Konversation. Sie griff schnell nach dem Gerät und entsperrte den Bildschirm, ihre Augen weiteten sich vor Freude.

„Debbie! Debbie, schau mal!", rief sie aus und drehte das Display so, dass ich es sehen konnte. „Die erste offizielle Buchung für das B&B! Ein Paar aus Bristol, das nächste Woche kommen möchte."

Ich quietschte vor Freude. „So schnell!", sagte ich mit leuchtenden Augen. „Wir müssen alles perfekt vorbereiten."

„Ja! Ja, wir sollten überlegen, wie wir die Zimmer dekorieren und vielleicht ein besonderes Willkommenspaket zusammenstellen." Ashleys Begeisterung war ansteckend. Sie sprang fast vom Boden auf, während sie schon Ideen sprudelte. „Vielleicht sollten wir lokale Produkte ins Willkommenspaket aufnehmen? Wie etwa Honig von Mr. Beckett's Imkerei und einige der handgeschöpften Schokoladen von der kleinen Manufaktur im Nachbardorf. Oder wäre das too much?" Wie sehr mich ihr Temperament an mein eigenes erinnerte. Vielleicht verstanden wir uns ja deshalb so gut.

„Quatsch. Wir könnten auch ein paar von deinen selbstgebackenen Scones dazulegen", fiel ich ein, während ich mir vorstellte, wie die Gäste ihr erstes Frühstück im Sonnenschein des Gartens genossen. Vielleicht bei einem Picknick?

„Oh, und vergessen wir nicht die frischen Blumen ... dein Part", fügte sie zwinkernd hinzu. Dann kniff sie die Augen zusammen, als ob sie das Endresultat bereits vor sich sehen könnte. „Eine kleine, individuelle Vase im Schlafzimmer. Das gibt so einen gewissen Touch."

Wir kicherten beide über unsere eigene Aufregung und machten uns daran, den Ideen Leben einzuhauchen. Das Frühstück musste eben warten. Ashley holte einen Block und fing an eine Liste zu erstellen, während ich prüfend durch den Garten schlenderte, um schon mal die schönsten Blüten für das Zimmer auszuwählen. Das Summen meines eigenen Handys riss mich kurzzeitig aus meinen floralen Gedankenspielen. Ich zog es rasch aus der Tasche und sah, dass ich eine Nachricht von zu Hause bekommen hatte. Nichts Dringendes. Also steckte ich das Handy zurück und widmete mich wieder ganz und gar den Blumen. Wie das duftete ... „Denkst du, wir sollten auch Infos zur Gegend mit in das Willkommenspaket legen?", rief ich zu Ashley hinüber, die auf der Decke kniete und schon eifrig am Schreiben war.

„Auf jeden Fall!", antwortete sie, ohne aufzusehen. „Vielleicht eine kleine Karte mit den besten Wanderwegen."

Ich beschäftigte mich eingehender mit den Blumen; den Formen und Farben, als das unverwechselbare Geräusch von Kies unter den Reifen eines herannahenden Autos unsere Aufmerksamkeit erregte. Fragend sah ich zu Ashley, während sich das Auto dem Grundstück näherte.

„Erwartest du jemanden?", wollte ich wissen.

„Nein", entgegnete sie, stand auf, den Blick auf das gelbe Auto gerichtet, das schließlich zum Stehen kam. Ich kniff die Augen zusammen. Wer fuhr freiwillig einen so hässlichen Wagen? Aus dem kleinen, mit Staub bedeckten Auto stieg eine allzu bekannte Gestalt und ließ mich am ganzen Körper erzittern. Das durfte doch einfach nicht wahr sein! Lilouan! Sein Ausstieg war weniger theatralisch als ich es aus diversen Netflix-Serien kannte, in denen ähnliche Szenen für viel Drama sorgten; er schloss die Tür leise hinter sich und sein Lächeln wirkte unsicher, als er sich uns näherte. Wie angewurzelt starrte ich ihn an, nicht in der Lage, zu begreifen, was hier gerade passierte.

„Hallo, Debbie", grüßte er, seine Stimme etwas zögerlich.

„Wer ist das denn?", fragte Ashley überrascht.

„Lilouan?" Meine Stimme versagte. Er rieb sich nervös den Nacken.

„Ich … ich musste dich wiedersehen, Debbie." Ich wusste nicht, was ich darauf antworten sollte. Es war doch nur ein Flirt, ein kurzes Abenteuer gewesen und ich hatte damit abgeschlossen. Was fiel ihm also ein, plötzlich wieder vor mir zu stehen?

„Ich … äh, muss noch etwas Dringendes erledigen, entschuldigt mich bitte", murmelte Ashley, warf mir einen flüchtigen Blick zu und eilte davon.

Als sie weggegangen war, schien sich seine Zunge zu lockern. „Du hast nicht mit mir gerechnet, das ist mir klar", sagte er mit starkem Akzent, „aber ich konnte nicht mehr klar denken. Irgendetwas ist hier drin passiert", er deutete auf sein Herz. „Ich will nicht sagen, dass ich in dich verliebt bin, und trotzdem ..."

Ich atmete tief durch, mein Blick fiel auf den Korb mit dem unberührten Frühstück. Was ging hier gerade ab!?

„Ich ... bin etwas überrumpelt, wenn ich ehrlich bin."

Er nickte langsam, sein Blick ernst.

„Ich weiß, dass es überraschend ist. Sehr. Freust du dich dennoch, mich zu sehen?" Das war eine gute Frage.

Seine Augen suchten nach Zustimmung, während er meine Reaktion abwartete. Ich atmete nochmals tief ein, verwirrt von der ganzen Situation, mit der ich so nie im Leben gerechnet hätte.

„Wow, also ich muss schon sagen, ich bin ziemlich sprachlos", antwortete ich wahrheitsgemäß und bot ihm einen Platz auf der Picknickdecke an. „Und ehrlich gesagt bin ich mir nicht sicher, was ich davon halten soll. Unsere Zeit zusammen war toll, keine Frage. Aber dann war urplötzlich alles vorbei und ... es dauerte ein paar Tage, mich davon zu erholen." Er lächelte schwach, was ich nicht als Trost empfand.

„Ich verstehe dich. Es ging zu schnell und im Nachhinein würde ich sagen, dass ich überstürzt gehandelt habe. Sorry!" Die Direktheit seiner Worte ließ mich kurz innehalten. Es war etwas Aufrichtiges in seiner Offenheit, keine Frage, und ich konnte nicht leugnen, dass auch ich neugierig war, was aus uns hätte werden können.

„Das alles ... nun, es ist eine Menge auf einmal." Ich hielt mir die Stirn. „Es ist natürlich großartig, dich wiederzusehen. Aber, was soll ich sagen ... mir fehlen einfach die Worte."

Er reagierte verständnisvoll, sein Blick immer noch fest auf mich gerichtet. „Wie erwähnt, das verstehe ich völlig. Vielleicht können wir neu starten und schauen, wo es hinführt, ganz ohne Druck."

Diese Idee klang vernünftig, kam aber ebenso unerwartet.

„Das klingt zumindest nach einem Plan." Auf ein weiteres Sex-Abenteuer, das nur wieder meine Gefühle durcheinander wirbelte, ließ ich mich jedenfalls nicht ein. Wir saßen noch eine Weile schweigend da, lauschten den Geräuschen des Morgens und wussten nicht so recht, wie wir mit dem anderen umgehen sollten. Es war seltsam. „Möchtest du vielleicht etwas essen?", fragte ich schließlich und deutete auf den Korb. „Wir haben jede Menge Käse und Früchte ... und der Kaffee ist auch noch heiß."

Lilouan griff zaghaft zu. „Danke, Debbie. Weißt du, ... ich bin fast bis nach Wales gekommen." Er pausierte, als er eine weitere Traube vom Teller nahm. „Aber irgendwie ..." Er brach den Satz ab, suchte vielleicht nach den richtigen Worten. „Irgendwie fühlte sich alles falsch an. Je weiter ich fuhr, desto stärker wurde das Gefühl, dass ich einen Fehler mache. Nicht weil Wales nicht schön wäre, sondern weil ich das Gefühl hatte, etwas Wichtiges zurückzulassen. Dich." Mein Herz wummerte pausenlos. Lilouan sah mich nun direkt an, sein Blick wieder ernst. „Also bin ich am nächsten Bahnhof ausgestiegen und habe den Zug zurück genommen. Ich musste einfach zurückkommen und sehen, ob … na ja, ob es eine Chance gibt, dass wir herausfinden können, was das zwischen uns ist – ohne überstürzte Entscheidungen." Ich war überwältigt, nicht nur von seiner spontanen Rückkehr und die Mühen, die er auf sich genommen hatte, sondern auch von der Tiefe seiner Gefühle. Es war offensichtlich, dass er ernsthaft erwog, mit mir zusammen zu sein. Aber was war mit mir? Wollte ich das auch noch?

„Und dann hast du sogar zu Ashleys Cottage gefunden", stellte ich fest.

„Oui, das war gar nicht so leicht. Ich denke, wir haben beide gefühlt, dass unsere kurze Zeit, die wir miteinander verbrachten, vielleicht mehr hätte werden können." Ich nickte stumm, unsicher, ob ich diese Meinung noch mit ihm teilte.

***

In den Tagen nach Lilouans überraschender Ankunft in Zennor war im B&B einiges los. Ashley und ich waren damit beschäftigt, die Vorbereitungen für die bevorstehende Anreise des Paares aus Bristol zu treffen, und Lilouan half, wo er konnte, was ich ihm wiederum hoch anrechnete. Seine Fähigkeit, sich nützlich zu machen, war bemerkenswert. Eines Vormittags fand ich ihn in der Küche, wo er französische Leckereien für uns zubereitete – köstliche Baguettes, die er zuvor besorgt hatte. Auch, wenn ich darauf bedacht war, ihm aus dem Weg zu gehen, um meine Gefühle zu ordnen, musste ich zugeben, dass er sich wirklich bemühte. Scheinbar sah er in mir doch mehr als nur einen Flirt.

„Du hast dich wohl schon gut eingelebt", neckte ich ihn, ehe ich die Kaffeemaschine startete. Es war nicht zu leugnen, dass er mir zeigen wollte, wie ernst es ihm war. Er gab alles, seine vorzeitige und, – wie er selbst sagte – überstürzte Abreise wieder wett zu machen. „Oui. Ihr fleißigen Bienchen habt nur das Beste verdient", antwortete er. Lilouan stand am Herd, eine Schürze umgebunden, die im Kontrast zu seinem Hemd stand. Sein schwarzes Haar fiel ihm ins Gesicht, während er konzentriert Gemüse schnippelte. Jede seiner Bewegungen war sexy ausgeführt, als würde er zu Shakira kochen, deren Waka Waka aus einem Radio in der Ecke dudelte. Er schob die Haarsträhne zurück, ohne den Blick vom Schneidebrett zu nehmen, und sein Profil war das perfekte Abbild eines gutaussehenden, sorgfältigen Kochs bei der Arbeit.

„Wie könnte ich auch nicht bei dieser Aussicht und der frischen Seeluft? Das Cottage ist der Wahnsinn. Du hast wirklich nicht zu viel versprochen." Lilouan zeigte echtes Interesse an dem, was Ashley hier aufbaute. Und auch Letztere schien von seiner Anwesenheit begeistert zu sein. Ihre anfängliche Skepsis – immerhin war er als ‚Backpacker auf der Durchreise' in mein Leben geschritten, und dann genauso schnell wieder verschwunden – wich einer liebevollen Akzeptanz, als sie sah, wie gut er sich in unser kleines Team einfügte.

„Er ist ein Charmeur, das steht fest", flüsterte Ashley mit Blick auf die Baguettes. „Aber er ist auch sehr hilfreich. Sag mir, Debbie ... könnte das mit euch etwas Festes werden?"

„Das wird sich zeigen." Er hatte sich wieder in das Hotel in St. Ives gebucht und nahm die tägliche Fahrt nach

Zennor auf sich, um bei mir zu sein. Was sagte mir das über ihn als Mensch aus? Über seine Gefühle? War es nicht offensichtlich, dass er es ernst meinte?

Nachdem wir seine leckeren Baguettes verspeist hatten, die wohl nur ein Franzose so exquisit belegen konnte, folgte er mir in den Garten: Mein geliebtes Paradies voller bunter Blumen.

Die Beete hatten sich in ein lebhaftes Mosaik aus Farben verwandelt. Tulpen, in einem kräftigen Spektrum von Tiefrot über leuchtendes Gelb bis hin zu sanftem Rosa, wiegten sich leicht im Wind. Ihre eleganten Blütenkelche öffneten sich der wärmenden Sonne. Ein wenig abseits, unter den Schatten spendenden Ästen eines in aller Pracht blühenden Kirschbaums, entdeckte ich ein Meer von Blausternchen. Diese zarten kleinen Blümchen streuten blaue Tupfen über den dunklen Boden. Wir setzten unseren Spaziergang fort, vorbei an strahlenden Primeln und frühen Pfingstrosen, die gerade in die Höhe wuchsen.

„Erzähl mir mehr von deinem Leben in Schottland", hauchte Lilouan, als wir über den Zaun auf das Meer blickten. Er fasste nach meiner Hand, aber ich zögerte.

„Mein Leben in Schottland? Okay, also ... wie du weißt, bin ich ganz in der Nähe von Glasgow aufgewachsen ..."

„... Und deine Eltern betreiben dort eine Destillerie?", unterbrach er mich und fing meinen überraschten Blick ein.

„Aye. Meine Eltern haben die Destillerie vor etlichen Jahren gekauft. Sie war verlassen und die beiden wagten etwas völlig Neues. Seither lautet ihre Devise: Bloß keinen Fehler machen", erklärte ich, und versuchte gleichzeitig, den Stich in meinem Herzen, der unweigerlich spürbar wurde, zu ignorieren. „Es ist ziemlich harte Arbeit, aber ich liebe es. Sofern ich ran darf." Ein Windstoß ließ mich frösteln, und Lilouan schlang seinen Arm um mich. Ich ließ es zu, doch es fiel mir schwer, die körperliche Nähe zu erwidern. Warum war ich plötzlich so festgefahren?

„Ich würde die Destillerie und deine Heimat gerne kennenlernen", sagte er nach einer Weile nachdenklich. „Vielleicht könnten wir zusammen nach Schottland? Du willst deine Familie bestimmt bald wieder sehen." Ich schluckte schwer. War er nicht gerade erst wieder in mein Leben getreten? Und schon fragte er, ob ich ihn nach Schottland begleitete? Der Gedanke an eine Rückkehr in die Heimat ließ mein Herz zugegebenermaßen schneller schlagen, vermischte sich jedoch mit einer Spur von Unbehagen. Lilouans Vorschlag war zwar verlockend, aber es war weitaus mehr als nur die räumliche Distanz, die mich zögern ließ.

„Oh, nett, dass du mich das fragst", murmelte ich, ehe ich über das glitzernde Meer blickte, das sich unter dem klaren Himmel endlos auszudehnen schien. „Aber ich habe mich gerade erst dazu entschieden, bei Ashley zu bleiben. Sie braucht mich hier. Außerdem gibt es zuhause ziemlich viel Stress."

„Verstehe ich, aber vielleicht könnte es für dich eine Chance sein, ein paar Dinge zu klären? Du kannst dich schließlich nicht ewig davor verstecken." Er hatte leider recht. Es war nicht sehr schön, die Dinge unausgesprochen zu lassen. Außerdem würde ich Michael endlich wiedersehen, der mir wirklich fehlte.

„Aber was ist mit dem B&B?“, fragte ich und meine Gedanken wanderten zu Ashley. Ich hatte ihr versprochen, zu helfen und das tat ich gerne. „Ich will sie nicht alleine lassen, gerade jetzt, wo alles anläuft. Es trudeln ständig neue Buchungen ein und sie ist ganz neu in diesem Business.“

„Es ist allerdings ihr Cottage und ihr Traum, nicht wahr?“ Ich biss mir auf die Lippe, hin- und hergerissen. Lilouan hatte schon wieder recht. Manipulierte er meine Gedanken und Gefühle? Oder war es viel mehr so, dass er meine verdrängte Wahrheit ans Licht brachte?

„Verliere deine eigenen Interessen nicht aus den Augen, Debbie“, fuhr er besonnen fort. „Du hast ja auch noch ein eigenes Leben.“ Lilouans Blick ruhte auf dem weiten Meer. Was wollte er damit bezwecken? Ging es ihm wirklich um mein Seelenwohl, oder steckte mehr dahinter? Immerhin kam sein Vorschlag, mit ihm gemeinsam nach Schottland zu reisen, unerwartet. Trotzdem hatte er einen Punkt erwischt, der mich nachdenklich stimmte. Mir fehlte mein altes Leben. Aber die Sorglosigkeit und Freiheit, mich anderen Leidenschaften zu widmen, gab es bloß hier. „Ich verstehe deine Loyalität gegenüber Ashley und dem B&B, wirklich. Aber manchmal muss man auch an sich selbst denken. Auch ich kehre immer wieder in meine Heimat, die Normandie, zurück. Egal, wie oft und viel ich herumreise.“

„Aye. Ich weiß, dass es wichtig ist. Aber Ashley hat mir sehr geholfen, als ich hierher kam. Ich fühle mich verpflichtet, sie nicht im Stich zu lassen.“

„Das ist ehrenwert und zeigt, was für ein guter Mensch du bist. Aber in Schottland warten vermutlich

Menschen auf dich, die sich gerne mit dir aussprechen wollen. Geht es dir nicht ähnlich?" Das stimmte natürlich. Weder meine Eltern noch ich besprachen unsere Probleme am Telefon. Und dadurch, dass die Dinge unausgesprochen waren, lasteten sie wie Blei auf meinen Schultern. Seine Worte schwirrten in meinem Kopf herum und ich fragte mich, warum er mich unbedingt überzeugen wollte, als er fortfuhr.

„Ich bin zu dir zurückgekommen, weil du mir etwas bedeutest. Es wäre schön, wenn du mich nach Schottland begleitest. Ich will noch mehr von der Insel sehen, ohne dich zu verlieren." Er drückte mir einen Kuss auf die Wange. Ich nickte langsam, seine Worte wirkten nach und der Kloß in meiner Kehle wurde enger. Das Bild meiner Heimat, die so vertraut und doch so fern war, schimmerte nun vor meinen Augen. Ich hasste es, mich entscheiden zu müssen. Doch noch mehr hasste ich die Tatsache, dass ich es bisher verdrängt hatte, mich meinen Problemen zu Hause zu stellen.

„Du hast recht", gab ich schließlich zu, „ich habe in Schottland einiges zu klären." Der alleinige Gedanke daran war einschüchternd, doch irgendwann musste es wohl geschehen. „Ich werde darüber nachdenken." Er hielt inne, seine Augen suchten die meinen.

„Ich weiß, dass es dir schwerfällt, Debbie. Aber ich glaube, dass es die richtige Entscheidung wäre. Auch für uns beide. Das Cottage ist ein toller Ort, aber es ist viel zu umtriebig für mehr Nähe." Ich hielt inne. Mehr Nähe? Seine Hand bewegte sich langsam, fast zögerlich, in meine Richtung, als ich spürte, wie seine Finger sanft meine Lippen berührten. Es war eine leichte, flüchtige Berührung, doch sie trug Zärtlichkeit in sich.

Seine Haut war warm, und der Kontakt ließ vertraute Hitzewellen in meinem Schoß aufflammen. Es war dieses Feuer zwischen uns, dass sich rasend schnell ausbreitete und mich regelrecht erhitzte. Doch was jedes Kind wusste: Bei Feuer musste man stets aufpassen, dass man sich nicht die Finger verbrannte …

Kapitel 12

Auf dem Weg nach Glasgow, Schottland

Ich umarmte Ashley fest und versuchte, meine Tränen zu unterdrücken. „Ich weiß, es ist nicht ideal, dass ich dich jetzt verlasse, gerade weil du so kurz vor der Eröffnung deines B&B stehst," flüsterte ich beklommen und es tat mir von Herzen leid.

„Bitte, Debbie – mach dir deshalb keinen Kopf. Du hast so viel mehr für mich getan, als ich mir jemals erhofft hatte, und dafür bin ich unendlich dankbar. Außerdem kehrt Charlie demnächst zurück und wird mich tatkräftig unterstützen." Ich lächelte schwach und schmiegte mich an ihren Oberkörper. Ashley war ein fantastischer Mensch und ich fühlte mich sehr geehrt, ihre Freundin zu sein.

„Ich werde nach Cornwall zurückkehren. Das verspreche ich", fügte ich leise hinzu. Denn auch wenn ich mich auf Schottland freute, so hatte ich das drängende Gefühl in mir, baldmöglichst hierher zurückzukehren.

Die Fahrt Richtung Glasgow zog sich quälend in die Länge. Ich saß am Fenster, mein Blick haftete an der sich langsam verändernden Landschaft. Neben mir war Lilouan, der voller Vorfreude über all die Orte sprach, die er in Schottland besuchen wollte. Ich hörte ihm zu, doch nur mit halbem Ohr. Meine Angst darüber, was mich zu Hause erwarten würde, war zu groß. Meine Eltern, die Arbeit, Michael. Sogar die Auszubildende Daisy Macbeth bereitete mir Kopfschmerzen. Was mochte sie wohl über mich und meine Abwesenheit denken? Nahm sie mich überhaupt ernst? Immerhin war es meine Mutter, die sie einlernte, nicht ich. Ich dachte auch an Ashley und unseren Abschied am Morgen. Hatte ich es wirklich verdient, dass sie so verständnisvoll reagierte? Sie hätte allen Grund gehabt, mich zum Teufel zu schicken, stattdessen zeigte sie sich freundlich und unterstützend ... Vielleicht verbarg sie einfach ihre Enttäuschung vor mir? Ich hatte versprochen zu ihr zurückzukehren. Als „Beweis" ließ ich mein Whisky-Mix-Equipment in Cornwall zurück. Außerdem fragte ich mich, welche Absichten Lilouan hegte. Dann fragte ich mich wiederrum, warum er überhaupt irgendwelche Absichten hegen sollte und was mich dazu veranlasste, immer das Schlimmste anzunehmen. Ja; wahrscheinlich meinte er es sogar todernst und wollte mich und meine Familie einfach nur besser kennenlernen. Die Lage und eine mögliche gemeinsame Zukunft checken. Vielleicht war es ihm ein Anliegen, die echte Debbie zu erleben. Die original-schottische Version von mir, nicht die kornische Träumerin.

Je näher wir Glasgow kamen, desto schwerer wurde jedoch das Gewicht in meinem Magen. Lilouan bemerkte meine Unruhe und nahm meine Hand. Seine Berührung war zwar tröstend, aber sie konnte die Wirbelstürme meiner Gedanken und Ängste nicht abstellen.

„Du scheinst weit weg", sagte er.

„Ich bin nervös", gab ich zu, meine Stimme kratzig und rau. „Es fühlt sich an, als stünde ich vor einer Prüfung, auf die ich mich überhaupt nicht vorbereitet habe."

„Was auch immer du zu Hause vorfindest, wir werden es zusammen angehen." Sein Zuspruch klang zwar aufrichtig, aber irgendwie zu glatt, zu unbeschwert. Ich lächelte, doch in mir regte sich eine leise Skepsis.

„Das klingt ja schön, aber für mich ist es ziemlich kompliziert, weißt du? Es sind nicht nur die üblichen familiären Spannungen ... Wir sind richtig zerstritten, würde ich sagen." Ich seufzte und versuchte, in seinen Augen etwas mehr als nur oberflächliches Interesse zu finden. Bildete ich mir das ein? Lilouan lächelte mild und ließ seinen Blick im Bus umherschweifen, ehe er auf einer vollbusigen Blondine heften blieb. Ich spürte Eifersucht aufkeimen.

„Du machst dir vermutlich zu viele Gedanken, Debbie. Nimm das Leben leichter", säuselte er, bevor er mich wieder durchdringend ansah. Was war das für ein Spiel?

Seine Worte sollten gewiss tröstend wirken, aber sie fühlten sich entkoppelt von der Schwere meiner Gedanken an.

„Mein Leben ist eben nicht nur ein Abenteuer", berichtigte ich und versuchte, dabei nicht zickig zu klingen.

Er zuckte mit den Schultern. „Manchmal muss man einfach das Beste daraus machen, auch und vor allem dann, wenn ernste Entscheidungen anstehen. Du hast sicher alles richtig gemacht. Schottland wird uns beiden guttun." Seine Antwort ließ mich innerlich zurückweichen. Wie konnte er so unbeschwert sein? Verstand er denn nicht, dass meine Welt hier viel komplexer war als ein bloßes Reiseziel?

„Ich hoffe, du hast Recht", sagte ich, während ich aus dem Fenster starrte und versuchte, die aufkommenden Zweifel zu unterdrücken.

Welcome to Scotland
Fàilte go h Albain

Wir erreichten meine Heimat, gälisch „Alba", und prompt machte mein Herz einen Hüpfer. Das Bild vor dem Fenster zeugte vom schottischen Frühling. Es breitete sich ein Teppich mit taufrischem Gras aus, der in der Mai-Sonne funkelte. Große Gruppen von schwarzköpfigen Schafen weideten an den Hängen, wie Wattewolken am Boden. Die Felder waren gesäumt von niedrigen Steinmauern und vereinzelten Bäumen, deren Blätter so grün waren, dass sie fast zu leuchten schienen. In der Ferne zeichneten sich die Konturen von Hügeln ab, überzogen mit Feldern und kleinen Wäldchen. Hier und da blitzte ein Fluss oder Bachlauf auf, der sich durch die Landschaft schlängelte. Als wir einige Zeit später in Glasgow ankamen, verwandelte sich das idyllische ländliche Bild Schottlands in das urbane Geflecht einer Großstadt. Die grünen Weiten wurden durch das Grau von Gebäuden und das Schwarz des Asphalts ersetzt. Der Verkehr nahm zu, Autos und Busse füllten die Straßen, und die Geräusche der Stadt drangen durch das Fenster des Busses. Die Luft roch nach Abgasen und dem fernen Echo von Frittieröl aus den vielen Fish-and-Chips-Läden. Ich presste mein Gesicht gegen die Scheibe, mein Blick hing an den sich verändernden Szenen. Einerseits fühlte ich mich erleichtert, endlich wieder in der Stadt zu sein, die ich wie meine Westentasche kannte. Andererseits verstärkte sich die Beklommenheit in meiner Brust mit jedem Kilometer, der uns näher an mein eigentliches Zuhause brachte – die Destillerie und alles, was damit verbunden war. Lilouan schien derweil von der lebhaften Energie der Stadt begeistert zu sein.

„Wow! Endlich etwas Leben nach den ruhigen Tagen am Meer. Die Kunstszene der Gegend soll übrigens großartig sein", bemerkte er mit Blick in einen örtlichen Reiseführer, den er vor Stunden aus seinem Rucksack gefischt hatte.

Ich nickte mechanisch. „Aye, ist sie. Vielleicht können wir uns ein paar der Galerien ansehen." Trotz meiner Worte fühlte ich mich von seiner Begeisterung entfremdet. Er verstand einfach nicht, dass jede Straße, jedes Gebäude mich an die Verantwortungen erinnerte, denen ich mich bald stellen musste. Das Letzte, woran ich dachte, war Kunst.

***

Glasgow, Schottland

Wir stiegen an der Haltestelle aus, unser Gepäck fest im Griff. Lilouan, der der vollbusigen Blondine zum Abschied unverblümt zuzwinkerte, wirkte weiterhin begeistert von dem Wirrwarr der City. Ich entschied mich, seine fragliche Geste an eine Fremde schweigend hinzunehmen, doch gleichzeitig wusste ich, dass es so mit uns beiden nichts werden könnte. Wie denn auch, wenn er anderen Frauen hinterhergaffte, obwohl er angeblich an etwas Festem interessiert war?

Die Straßen von Glasgow waren genau wie ich sie in Erinnerung hatte – lebhaft und unermüdlich. Doch während Lilouan die Szenerie regelrecht aufsaugte, vernahm ich, wie die Anspannung mir allmählich in den Nacken kroch. Die Luft durchsetzt mit dem scharfen Geruch von Smog, der sich mit Motoröl vermischte und der Lärm erschien mir unerträglich zu sein. Ich vermisste schnell die Frische des Meeres und das Rauschen der Wellen, das so beruhigend war. In Cornwall hatte die Luft leicht und rein geschmeckt, in Glasgow hingegen schien jeder Atemzug eine Anstrengung zu sein, als müsste ich mich durch einen unsichtbaren Widerstand kämpfen. Wir navigierten durch die aufgewühlten Menschenmassen, Schotten und Touristen, das Rollen unseres Gepäcks ein Poltern auf dem Gehweg. Ich führte ihn trotz meiner Abneigung gezielt durch die belebten Straßen, vorbei an den Cafés, die mit dem Duft von frisch gebrühtem Kaffee lockten. Die Hochhäuser standen wie stumme Zeugen meiner inneren Zerrissenheit da, ihr betongraues Antlitz spiegelte meine Bedrückung mühelos wider.

„Was soll ich sagen? Die Straßen sind auf den ersten Blick hässlich, aber doch voller Leben. Ganz abgesehen von all den historischen Bauten." Lilouans Stimme riss mich aus meinen Gedanken. Er deutete auf ein Gebäude mit kunstvoll verzierten Fensterrahmen, das ich schon unzählige Male gesehen, aber nie wirklich beachtet hatte.

„Ja, sehr schön," antwortete ich müde, obwohl meine Augen auf einem verwitterten Aushang „Whisky-Tours" hafteten, das an einem Laternenpfahl flatterte. Es war, als ob jede Ecke dieser Stadt mich daran erinnern wollte, wohin ich gehörte. Ich wollte diesen Teil von mir, die Möchtegern-Destillateurin, die Tochter der Verantwortlichen geradezu abschütteln und einfach nur durch unbekannte Straßen schlendern, frei von all dem Druck, den ich mir selbst auferlegte. Aber das war nicht meine Realität. Meine Realität war das Gewicht des Gepäcks in meinen Händen und das Gewicht der Erwartungen, das auf meinen Schultern lastete. „Lass uns ein Taxi rufen," schlug ich vor, während sich Lilouan gefesselt umsah, als würde er in Gedanken seinen ersten Glasgow-Ausflug planen. Ich bestellte uns ein Taxi über eine App und fragte mich, wie es sich wohl anfühlen würde, meine eigenen vier Wände wieder zu betreten. Es war schließlich schon eine ganze Weile vergangen, seit ich das letzte Mal bei mir zu Hause war. Innerhalb der nächsten halben Stunde rollte ein schwarzes Auto vor. Wir luden unser Gepäck in den Kofferraum und stiegen ein. Der Innenraum des Taxis roch nach einem penetranten Apfel-Duftbaum, der einen stechenden Kontrast zur rauchigen Stadtluft bildete. Ich gab dem Fahrer die Adresse meines Apartments in einer etwas ruhigeren Vorstadt Glasgows. Das Apartment, das ich gemietet hatte, war meine Zuflucht – ein Ort, der mir stets genug Abstand zum geschäftigen Zentrum bot, um ein wenig durchatmen zu können.

„Es ist nicht mehr weit," erklärte ich Lilouan, der interessiert aus dem Fenster blickte. „Und es ist viel ruhiger als hier im Zentrum. Ähnlich wie in Cornwall, nur ohne das Meer." Wehmut keimte in mir auf. Und Ashley. Wie es ihr wohl erging?

„Ich bin sehr gespannt."

Die Fahrt dauerte insgesamt lange, was vor allem an den vielen roten Ampeln lag, die den Verkehrsfluss zusätzlich behinderten. Schließlich bogen wir in eine Straße ein, die von älteren Bäumen gesäumt war. Die Häuser hier waren kleiner und hatten schicke Vorgärten, die jetzt im Frühling wunderschön blühten. Als wir vor dem Apartmentkomplex hielten, bekam ich Herzklopfen. Endlich daheim!

„Hier ist es," sagte ich stolz, bevor wir unser Gepäck aus dem Kofferraum luden. Wir bezahlten, dann führte ich Lilouan über den gepflasterten Weg zum Hauptgebäude. Meine Schritte hallten auf den Steinen wider. Der Geruch von altem Holz und frischer Farbe begrüßte uns; offenbar bekam die Haustür während meiner Abwesenheit einen frischen Anstrich verpasst und glänzte nun schneeweiß. Als wir nach einigen Stufen die Tür zu meiner Wohnung erreichten, holte ich tief Luft, bevor ich den Schlüssel im Schloss umdrehte. Die Tür schwang auf und enthüllte den vertrauten Anblick meines Wohnraums. Ich war froh, wieder hier zu sein.

Die Wände waren in Grautönen gehalten, und ein Fenster auf der gegenüberliegenden Seite ließ Licht herein, das sich in den Pflanzen auf der Fensterbank brach, um die sich meine Nachbarin Teddy während meiner Abwesenheit netterweise gekümmert hatte.

„Willkommen in meinem kleinen Zufluchtsort," rief ich aus und trat zur Seite, um Lilouan hereinzulassen. Für ihn war es fremd, für mich hingegen ein Heimspiel.

„Sieht gut aus," bemerkte er und zog unaufgefordert die Schuhe aus, was ich sehr schätzte. Ich ließ mein Gepäck neben der Tür fallen, zog ebenfalls die Schuhe aus und ging dann Richtung Fenster. Frische Luft erfüllte die Wohnung.

„Hach! Es fühlt sich echt gut an, wieder hier zu sein."

Er trat neben mich und sah hinaus auf die ruhige Straße. „Du hast nicht zu viel versprochen." Seine Hand streichelte über meinen Po. Ich zuckte zusammen. Es war offensichtlich, dass er mich wollte. Jetzt und hier. So wie die vielen Male zuvor in Cornwall, als ich mich ihm hingab, ohne eine Sekunde lang zu zögern. Doch das war vor seiner Abreise gewesen. Jetzt fühlte ich mich einfach nicht bereit.

„Lass uns auspacken und dann eine Pizza bestellen", warf ich ein und befreite mich aus seinem Griff. Das Wohnzimmer war einfach, aber gemütlich eingerichtet. Ein tiefes, weiches Sofa, überzogen mit einem hellgrauen Stoff, lud zum Chillen ein. Davor stand ein Couchtisch aus Holz, auf dem ein paar Bücher verteilt lagen. Der Essbereich grenzte direkt an das Wohnzimmer und war durch eine offene Theke von der Küche abgetrennt. Die Küche selbst war kompakt und effizient gestaltet, mit Edelstahlgeräten und weißen

Schränken, die bis zur Decke reichten und viel Stauraum boten. Nachdem ich die Pizza bestellt hatte, beschloss ich, meiner Nachbarin Teddy als kleines Dankeschön für die Pflege meiner Pflanzen während meiner Abwesenheit ein Glas Erdbeermarmelade aus dem Dorfladen in Cornwall zu bringen. Sie liebte süße Leckereien, und ich wusste, dass sie meine Geste zu schätzen wissen würde. „Willst du mitkommen?", fragte ich Lilouan, der zögernd nickte. Mit dem Glas kornischer Marmelade in der Hand, klopfte ich an die gegenüberliegende Wohnungstür. Teddy öffnete prompt und fiel mir sogleich um den Hals.

„Debbie, du bist schon zurück? Ich freu mich so! Und wer ist dein charmanter Begleiter?" fragte Teddy neugierig, als sie sich aus der Umarmung löste. Ihr war anzusehen, dass sie ganz und gar nicht abgeneigt von ihm war, was ich ihr noch nicht einmal übelnehmen konnte. Lilouan war in der Tat eine Augenweide.

„Das ist Lilouan, er ist Franzose. Wir haben uns in Cornwall kennengelernt. Und das ist Teddy, meine wunderbare Nachbarin, ursprünglich aus Vietnam und natürlich die Retterin meiner Pflanzen," stellte ich vor, ehe ich ihr das Glas Marmelade überreichte.

„Oh, danke meine Süße, ich liebe Erdbeermarmelade! Das ist so nett von dir. Uuuh, und du bist also ein Franzose? Wie hinreißend. Kommt doch rein, ihr beiden," flötete sie überschwänglich und führte uns prompt in ihre kleine Küche am Ende des Flurs. Teddys Wohnung war ein wahrer Schmelztiegel ihrer vietnamesischen Herkunft und der Leidenschaft für bunte, elektrische Dekore. Überall leuchtete und funkelte es und es duftete wie immer nach Jasmin und Zitronengras, was ich sehr mochte. Eine Sammlung von traditionellen Lackarbeiten, darunter kleine Schalen und Tabletts, war kunstvoll auf offenen Regalen arrangiert. Ihre aufwendigen Muster zogen sofort den Blick auf sich. In einer Ecke stand eine Art kleiner Altar; komplett mit Räucherstäbchen, frischen Blumen und kleinen Opfergaben, die sie regelmäßig austauschte, wie Teddy mir einst erzählte. Es war tatsächlich ein wenig chaotisch, aber auf eine sehr einladende Weise. Teddy hatte ihre Wohnung so eingerichtet, dass sie einerseits ihre vietnamesische Kultur widerspiegelte und andererseits ihre quirlige Persönlichkeit zum Ausdruck brachte.

„Du siehst aus, als könntest du einer dieser französischen Maler aus einem Roman sein, der die Frauen verführt", scherzte sie mit Blick auf Lilouan, was ihn zum Lachen brachte. *Wenn sie nur wüsste*, dachte ich.

„Ich nehme das mal als Kompliment," erwiderte er charmant.

„Mit diesem Akzent dürfte das nicht allzu schwierig sein", fügte sie hinzu.

Teddy bot uns an, Platz zu nehmen, setzte sich mir gegenüber, lehnte sich entspannt zurück und betrachtete uns. „Weißt du, Debbie, ich dachte immer, du und Michael würdet irgendwann ein Paar werden. Ihr zwei wart immer so niedlich zusammen ... aber jetzt – ein Franzose. Und was für Einer! Toll!" Die Erwähnung Michaels ließ mich leicht zusammenzucken, und ich bemerkte, wie Lilouan bei dem Namen die Stirn runzelte.

„Michael? Etwa dein heimlicher Lover?" Ich biss mir auf die Lippe.

„Quatsch. Michael ist ein Kollege und alter Freund ... nicht mehr." War das die Wahrheit, oder belog ich mich selbst? Ich verdrängte nämlich nur zu gerne, was mit mir geschah, wenn er in meiner Nähe auftauchte. Die Schmetterlinge in der Magengegend, das Herzklopfen, die feuchten Hände. Er bedeutete mir viel und zumindest das war gewiss. Aber war Lilouan etwa eifersüchtig? Dabei war er es gewesen, der anderen Frauen trotz meiner Anwesenheit auf ihre üppigen Titten starrte. Lilouan lächelte zaghaft, während Teddy mir einen eher nachdenklichen Blick zuwarf.

„Ach, die Liebe ist doch immer so kompliziert," murmelte sie, bevor sie das Thema wechselte und uns von den neuesten Klatschgeschichten aus der Nachbarschaft erzählte. Wie sehr ich das vermisst hatte! Wir saßen noch eine Weile zusammen, unterhielten uns und ließen Lilouan von seinen Touren berichten, ehe wir in mein eigenes Apartment zurückkehrten. Kaum hatten wir die Wohnung betreten, klingelte es schon wieder an der Tür – die Pizza war da.

„Perfektes Timing!" sagte ich und platzierte die warmen Kartons auf dem Tisch. Lilouan öffnete die Pizzakartons, die augenblicklich den Raum mit dem Duft von frisch gebackenem Teig und Käse füllten.

„Ich verhungere" stellte ich mit Blick auf die scharfe Salami-Peperoni-Pizza fest.

War es eigentlich nicht langsam Zeit, meine Eltern über meine überraschende Rückkehr einzuweihen? Oder würde ich am nächsten Tag einfach so in der Destillerie auftauchen? Mit oder ohne Lilouan? Während wir unser Abendessen genossen, ließen mich diese Gedanken nicht mehr los. Die Möglichkeit, unangemeldet vorbeizuschneien, war verlockend, könnte aber auch für neue Streitigkeiten sorgen. Aber wollte ich darauf überhaupt Rücksicht nehmen? War nicht ich endlich mal an der Reihe?

„Ich denke darüber nach, wann ich meinen Eltern sagen soll, dass ich zurück bin," teilte ich Lilouan meine Überlegungen mit, der mich die ganze Zeit über beobachtete und sich möglicherweise fragte, was in mir vorging. Wahrscheinlich hoffte er immer noch, dass er mich an diesem Abend wieder flachlegen würde, doch daran dachte ich nicht einmal. Weder war ich in der Stimmung, noch hatte ich das Verlangen nach körperlicher Nähe. Alles, was ich wollte, war die Sache mit meinen Eltern schnellstens hinter mich zu bringen. Nachdem wir die letzten Stücke der Pizza verschlungen hatten und das Schweigen sich zwischen uns ausbreitete, verlor ich mich ein weiteres Mal in Gedanken; diesmal an Cornwall. Ich erinnerte mich an die herrliche Bepflanzung des Gartens, die meinen Traum, Floristin zu werden, wiederbelebt hatte. Als ich damals zum ersten Mal durch die blühende Landschaft lief, schien mein geheimer Berufswunsch greifbar. Ashleys Unterstützung, als ich ankündigte, nach Schottland zurückzukehren, hallte derweil noch immer schmerzhaft in meinem Herzen nach.

Hatte ich nicht doch einen Fehler gemacht, indem ich Cornwall verließ und damit auch meinen Traum von der Floristik? *Aber das hier ist nur vorübergehend*, besänftigte ich mich in Gedanken.

„Alles in Ordnung, Debbie?", fragte Lilouan, und seine aufmerksamen Augen suchten meinen Blick. „Du bist so ruhig."

„Entschuldige, bitte. Ich denke nur nach ... über einfach alles hier. Es ist so viel passiert", gestand ich.

„Ich bleibe dabei – du denkst zu viel nach“, bemerkte
er und wohl oder übel musste ich ihm auch mit dieser
Aussage recht geben.

Kapitel 13

Bardowie, Schottland

Am nächsten Morgen machten Lilouan und ich uns auf den Weg zur Destillerie. Die Sonne strahlte und spiegelte meine relativ gute Stimmung wider, wobei ich gespannt war, wie die Wiedervereinigung mit meinen Eltern verlaufen würde. Wir visierten den Parkplatz hinter dem Wohnhaus, wo mein Wagen schon einige Wochen unberührt gestanden hatte. Es war ein etwas älterer, aber zuverlässiger Kleinwagen, der mich schon durch alle Jahreszeiten Schottlands gebracht hatte. Ich drehte den Schlüssel, aber der Motor gab nur ein müdes Röcheln von sich, ehe er verstarb. Mein Herz sank ein wenig.

„Komm schon", murrte ich und versuchte es erneut. Diesmal begleitete das Röcheln ein klägliches Klicken, das nichts Gutes verhieß. Lilouan unterdrückte ein Grinsen. „Brauchst du vielleicht Hilfe? Soll ich mal nachsehen?", bot er an.

„Lass uns Spike noch eine Minute geben."

„Spike? So heißt dieser kleine Scheißer?" Er sah mich mit hochgezogenen Augenbrauen an, offensichtlich amüsiert über den Namen meines eigentlich so treuen Gefährts. Ich ignorierte seine scherzhafte Randbemerkung und wartete einen Moment, bevor ich es erneut versuchte. Mit einem zögerlichen, aber erfolgreichen Start kam der Motor endlich zum Laufen.

„Siehst du, der ‚kleine Scheißer' Spike hat es immer noch drauf!" Ich zwinkerte meiner Begleitung zu und steuerte den Wagen kurz darauf aus dem Wohngebiet heraus. Die Fahrt führte uns von den dicht bebauten Vorstädten Glasgows in die offeneren, ländlicheren Ortschaften. Die Umgebung veränderte sich merklich. Statt grauer Häuserreihen und gepflasterten Straßen, fanden sich nun grüne Felder und weitläufige Wiesen, die im Mai in voller Blüte standen. Die Straßen schlängelten sich durch malerische kleine Dörfer, deren Cottages mit ihren steinernen Fassaden, gedeckten Reetdächern und Gärten das Bild eines schottischen Landlebens zeichneten. Je weiter wir fuhren, desto mehr öffnete sich die Landschaft, und schließlich erreichten wir unser Ziel, Bardowie. Das Wasser des Lochs glitzerte unter der Frühjahrssonne, und die Oberfläche spiegelte die Wolken und das Blau des Himmels wider. Die Destillerie selbst lag idyllisch am Rande des Wassers, eingebettet zwischen einigen alten, knorrigen Bäumen, deren Blätter ein Rascheln von sich gaben, als eine Brise aufkam. Neben dem Hauptgebäude standen mehrere kleinere Nebengebäude, die alle aus dem gleichen Stein gefertigt waren und das Ensemble komplettierten. Die Anlage schien mit ihrer Umgebung zu verschmelzen, als wäre sie ein natürlicher Teil der Landschaft.

„Es ist wirklich schön hier," bemerkte Lilouan fast ehrfürchtig, als er über das Loch blickte. „Man könnte fast vergessen, dass dies ein Arbeitsplatz ist. Dein Arbeitsplatz." Als wir uns jedoch dem Eingang der Destillerie näherten, stieg Panik in mir auf. Die Vertrautheit und Schönheit des Ortes, die ich gerade noch bewundert hatte, schien plötzlich eine Last zu sein. Der Gedanke, wieder in die Rolle zu schlüpfen, die hier von mir erwartet wurde, ließ mein Herz schier aus dem Takt geraten. Ich versuchte zwar zu lächeln, aber es gelang mir nur halbherzig. Augen zu und durch, ermutigte mich meine innere Stimme. Ich öffnete die Tür und wurde auf der Stelle von der vertrauten Mischung aus Malz und Holz empfangen, die die Luft in der Destillerie füllte. Jeder Schritt tiefer ins Gebäude ließ die Erinnerungen lebendiger werden: Die langen Tage der Arbeit, die endlosen Diskussionen mit meinen Eltern und die vielen Ideen und Pläne, die ich in all den Jahren heimlich geschmiedet hatte. Dann machte mein Herz einen Satz. Michael kam uns eilig entgegen, scheinbar in sein Handy vertieft. Er trug seine Arbeitskleidung und sah richtig gut aus. Ich räusperte mich laut, um auf uns aufmerksam zu machen. Er hob den Blick und stoppte abrupt, als er mich erkannte. Ein überraschtes Lächeln breitete sich auf seinem Gesicht aus, und für einen kurzen Moment schien die Welt um uns herum stillzustehen.

„Debbie! Du bist es wirklich?!" Er schob hastig sein Handy in die Tasche, um mich in eine umfassende, herzliche Umarmung zu ziehen. Ich fühlte meinen Herzschlag wild pochen, fast so, als hätte ich Ewigkeiten auf diese Berührungen gewartet. Als er mich freigab, funkelten seine Augen vor Freude, aber auch einer leichten Verwirrung. „Das ist ja eine Überraschung. Wir hatten keine Ahnung, dass du zurückkommst. Wie ... und wann bist du überhaupt angekommen? Ist

Ed auch dabei?" Seine Fragen überstürzten sich, während sein Blick immer wieder zu Lilouan abschweifte, der etwas abseits stand und die Szene mit einer undurchdringlichen Miene beobachtete. Erkannte ich da schon wieder Eifersucht?

Ich schmunzelte zwar, fühlte mich aber unter Lilouans Blick unbehaglich. „Erst gestern. Es war alles ziemlich spontan." Ich wandte mich kurz zu meiner Begleitung Lilouan, der nur knapp nickte, bevor ich mich wieder zu Michael drehte. Die alte Vertrautheit mit ihm fühlte sich beinahe schon natürlich an und doch war es komisch, zwischen zwei so attraktiven, aber völlig verschiedenen Männern zu stehen.

„Nun, es ist wirklich toll, dich endlich wieder zu sehen, Debbie. Wir haben dich vermisst ... vor allem ich habe dich vermisst," fügte Michael leiser hinzu, während er einen weiteren bedeutungsvollen Blick austauschte, der eine gewisse Sehnsucht verriet. Diese unerwartete Offenbarung ließ ein leises Kribbeln durch mich hindurchfahren, das sich keineswegs mit der Hitze vergleichen ließ, die ich bei Lilouan fühlte. Es war irgendwie bedeutsamer. Tiefer. Für einen Moment erlaubte ich mir, in die Erinnerungen an frühere Tage einzutauchen, als die Dinge zwischen uns wesentlich unkomplizierter waren. Lilouan räusperte sich ein paar Mal, ein deutliches Zeichen seiner Anwesenheit.

„Vielleicht sollten wir eine kleine Tour machen? Ich bin sicher, Lilouan würde gerne mehr über die Destillerie erfahren. Er ist übrigens Franzose und als Backpacker unterwegs. Wir haben uns in England kennengelernt."

Michael schluckte, ehe er ein knappes „Willkommen!" hervorbrachte. Mein Vorschlag, die Destillerie zu begehen, war mehr für Lilouan als für mich gedacht; eine Art, ihn einzubinden und die aufkeimende Spannung zu mildern.

Michael schaltete in den professionellen Modus, doch ich war mir fast sicher, dass er innerlich kochte.

„Okay, dann los. Folgt mir." Während wir durch die Destillerie gingen, erklärte er die verschiedenen Prozesse und zeigte auf die unterschiedlichen Maschinen. Er machte das wirklich großartig und es war angenehm, ihm zuzuhören, wenngleich ich das meiste natürlich schon wusste. Lilouan hörte aufmerksam zu, stellte hier und da eine Frage, die vor allem technisches Interesse zeigte. Als wir in das Nebengebäude gingen, wo die Fässer reiften, bemerkte ich, wie er gelegentlich zurückblieb, um einzelne Bereiche genauer zu betrachten. Sein Interesse schien nun mehr den Sicherheitsvorkehrungen und den Layouts der Hallen zu gelten als dem Whisky selbst. Das offenbar anhaltende Fehlen jeglicher Innovation schürte derweil stille Wut in mir. Doch bevor sich mein Zorn weiter vertiefen konnte, führte uns Michael in ein weiteres Gebäude, wo zwei Männer standen. Einen davon kannte ich nur zu gut. Es war mein Vater, erkennbar an seiner gestreiften Schürze und der tiefen Falte, die sich konzentriert auf seiner Stirn abzeichnete, als er irgendein Dokument in seinen Händen las.

„Hey, Dad!"

Sein Gesicht hellte auf. „Debbie! Was für eine riesige Überraschung!", rief er strahlend, kam auf mich zu und umarmte mich herzlich. Seine Freude, mich wieder zu sehen, überforderte mich, immerhin war unser Abschied sehr frostig gewesen. Umso schöner, dass ich hier wirklich Willkommen war. Jegliche Sorgen fielen von mir ab und ich fühlte mich mit einem Mal entspannter. Nach der Umarmung trat er einen Schritt zurück und betrachtete mich mit einem prüfenden Blick.

„Du siehst gut aus, mein Kind. Die Seeluft hat dir gut getan! Ein Jammer, dass deine Mutter für ein paar Tage bei Tante Gretchen in Irland ist. Hätte sie gewusst, dass du kommst, dann …"

„Kein Problem, Dad", winkte ich ab. Ich wusste ja selbst nicht, dass ich so zeitnah nach Bardowie zurückkehren würde.

„Ich möchte dir gerne jemanden vorstellen. Das ist Dal, unser neuer Mitarbeiter." Dal, ein Mann mittleren Alters mit scharfen Gesichtszügen und wachsamen Augen, reichte mir höflich die Hand.

„Freut mich, dich kennenzulernen, Debbie. Ich habe schon viel über dich gehört." Meine Wangen röteten sich. Ob das gleichsam bedeutete, dass er nur Gutes gehört hatte? Dad wandte sich in der Zwischenzeit Lilouan zu und ich betete zu Gott, dass er ihm gnädig gesinnt war, immerhin hatte ein Fremder seine heiligen Hallen betreten. „Und wer ist das, wenn ich fragen darf?", hörte ich ihn mit einem Ton sagen, der mehr ein Abtasten als eine herzliche Begrüßung war.

„Ähm, das ist Lilouan, ein Backpacker und Freund, den ich in Cornwall kennenlernen durfte", erklärte ich hektisch, bemüht, eine Brücke zu bauen. Lilouan nickte meinem Vater respektvoll zu, was diesen jedoch nicht zu beeindrucken schien.

„Aye. Nun, es ist sehr ungewöhnlich, dass wir Besucher in den Produktionsbereichen haben, besonders ohne vorherige Ankündigung." Mein Vater warf einen kritischen Blick auf Michael, der schnell einwarf: „Ich dachte, es wäre in Ordnung, Sir. Debbie ist Ihre Tochter und der junge Mann war an ihrer Seite, also …"

„Natürlich ist sie das", murmelte mein Vater, während sein Blick zwischen mir und Lilouan hin und her ging.

Um die Stimmung zu lockern, wandte ich mich Dal zu. „Wie lange arbeitest du schon hier?"

„Erst seit wenigen Wochen", antwortete er. „Aber ich habe viel Erfahrung in der Whisky-Industrie und mir gefällt die Tradition eurer Destillerie sehr." Sein Kommentar traf einen Nerv. Das sogenannte „Festhalten an Traditionen" war nämlich genau das, was mich frustrierte. Das tat es immer noch. Die Innovation, die ich heimlich erhofft hatte, schien hier einfach kein Zuhause zu finden. Dal sprach weiter: „Und es ist spannend, Teil eines Teams zu sein, das solch einen tiefen Respekt vor seiner eigenen Geschichte hat. Immerhin ist das hier keine typische Destillerie, die schon seit vielen Generationen läuft. Noch nicht." Ich quälte ein Lächeln hervor. Würde ich meinen Vater eines Tages doch noch davon überzeugen können, dass Veränderungen nicht zwangsläufig das Ende seiner selbst erschaffenen Traditionen bedeuteten, sondern eine Möglichkeit waren, die Destillerie in die Zukunft zu tragen?

Diese Fragen schwirrten mir seit geraumer Zeit durch den Kopf … genau genommen beschäftigten sie mein Gehirn seit Jahren. Es war klar, dass die Herausforderungen, denen ich gegenüberstand, weit über ein einfaches Wiedersehen oder eine kurze Rückkehr hinausgingen. Sie berührten den Kern dessen, was ich für die Zukunft der Destillerie und für mich selbst ersehnte. Mein Vater, der das Gespräch aus dem Augenwinkel beobachtete, schien meine innere Unruhe jedenfalls zu bemerken. Sein Blick wurde nachdenklich, fast besorgt, als er sich zu Wort meldete: „Debbie, ich verstehe ja, dass du nach wie vor viele neue Ideen hast ..." Wow! Ich konnte mich nicht daran erinnern, dass er mir jemals so milde entgegenkam. Moment mal! Bildeten sich da soeben Schweißperlen auf seiner Stirn? „Aber du musst auch verstehen, dass Veränderungen Zeit brauchen. Wir können nicht einfach alles umwerfen, was wir aufgebaut haben." Ich war baff. Zum ersten Mal, seit ich denken konnte, hatte er meine Visionen, die ich noch nicht einmal angesprochen hatte, nicht einfach abgetan, sondern erklärt, dass der richtige Zeitpunkt dafür bis jetzt nicht gekommen war. Bedeutete das etwa, dass er vielleicht doch offen für Wandel war, nur vorsichtiger in seiner Herangehensweise? Ich spürte, wie ein kleines Feuer der Hoffnung in mir entfacht wurde, eine Wärme, die meine anfängliche Frustration zu lindern begann.

„Danke, Dad. Ich erwarte nicht, dass wir über Nacht alles ändern, das weißt du ja", erwiderte ich behutsam, bedacht darauf, seine Bereitschaft zur Diskussion nicht zu überfordern, schon gar nicht vor Zuhörern. Mein Vater nickte und die Schweißperlen auf seiner Stirn schienen mir nun weniger ein Zeichen von Stress als vielmehr von der Anstrengung zu sein, die es ihn kostete, sich meinen Ideen zu öffnen.

„Lass uns bei Gelegenheit darüber reden, Debbie."
Seine Stimme, obwohl immer noch zögerlich, trug einen Unterton von etwas, das ich lange nicht bei ihm
wahrgenommen hatte – Respekt.

„Zu gerne!" Mein Vater schaute mich einen Moment
lang an, als würde er wirklich überlegen, dann seufzte
er leicht – es klang fast wie eine Kapitulation gemischt
mit neuer Offenheit.

„So, und jetzt erzähle uns von Cornwall. Und von deiner Begleitung." Wir sprachen unbeschwert miteinander und ich war froh, dass sich meine größte Angst,
mich in einem Fiasko wiederzufinden, letztlich nicht
bestätigte. Dad war weniger steif als sonst, und ein kleines Lächeln spielte um seine Lippen, was ich lange
nicht bei ihm gesehen hatte. Er zeigte sogar echtes Interesse an Lilouan, was mich zunehmend verblüffte. Die
Zeit verging wie im Flug und ich fühlte mich mit jedem
Wort, das gesprochen wurde, wohler.

„Ach, Debbie, jetzt wo du wieder hier bist, könntest du
in den nächsten Tagen vielleicht ein bisschen aushelfen?", schlug Dad nach einer Weile vor. „Ich würde Michael gerne etwas entlasten; er hat Arbeit für zwei übernommen ..."

Ich blickte zu Michael und schnappte nach Luft. „Du
meinst, ich sollte direkt hier in der Produktion mithelfen?" Mein Vater bejahte. Ein Glücksrausch erfasste
meinen Körper wie eine Welle. Diese Möglichkeit,
meine Hände endlich wieder im Spiel zu haben und
den Prozess, den ich so liebte, zu beeinflussen, war genau das, was ich mir ersehnt, aber nach der Sache mit
der Anlage Ende letzten Jahres nicht erwartet hatte.

Doch Dad wusste meine Überschwänglichkeit just zu bremsen.

„Keine Experimente." Damit war ich einverstanden – bloß nichts wie raus aus dem Büro, das ich noch nicht einmal betreten hatte ... auch wenn ich dann auf Michaels Gesellschaft verzichten und Lilouan alleine losziehen lassen müsste.

„Geht das für dich in Ordnung?", fragte ich Lilouan vorsichtig. Er weitete etwas überrascht die Augen, aber sein Ton war gewohnt gelassen. „Das macht nichts. Ich bin es gewohnt, alleine unterwegs zu sein. Hauptsache, wir sehen uns abends wieder." Er zog mich an sich heran und gab mir einen flüchtigen Kuss. Das war mir vor meinem Vater fast etwas unangenehm, doch noch peinlicher waren Michaels betroffene Blicke, die ich auf mir spürte.

„Ich habe eine Wanderkarte mit einigen Insider-Tipps der Gegend, die ich dort selbst vermerkt habe. Kommen Sie mit ..." Dad führte Lilouan in Richtung eines Nebenraums und ich sah ihnen verdutzt hinterher. Es war fast so, als würde er sich freuen, Lilouan die Schönheit der schottischen Landschaft näherbringen zu können. Lilouan folgte meinem Vater interessiert, wobei sein Blick neugierig von den Wanddekorationen im Flur zu meinem Dad und zurück wanderte. Ich stand für einen Moment regungslos da und beobachtete sie, wie sie um die Ecke bogen und schließlich außer Sichtweise waren. War das wirklich mein Vater? So gut gelaunt und weltoffen? Und er gab mir tatsächlich diese Chance, in die Produktion zurückzukehren?

„Debbie, hättest du einen Moment? Ich würde gerne mit dir reden", sagte Michael und warf Dal einen Blick zu, der ihn unmissverständlich darauf hinwies, uns alleine zu lassen. Er verstand sofort.

„Dann mach ich mich wieder an die Arbeit. Hat mich gefreut, Debbie.“

„Aye, mich auch. Bis dann, Dal.“

„Es ist wirklich schön, dass du zurück bist“, begann Michael das Gespräch, und wippte nervös auf und ab. „Konntest du mit dem Whisky aus dem Paket etwas anfangen?“ Ich blinzelte vielsagend.

„Tausend Dank dafür! Aber deshalb wolltest du mich nicht sprechen, oder?“

„Nein, ich … ich falle einfach mit der Tür ins Haus … ich muss zugeben, dass es für mich etwas schwer ist, dich wieder zu sehen … mit ihm.“ Lilouan? Michael machte eine Pause, als müsste er die richtigen Worte finden. Sein Blick fixierte den Boden, bevor er wieder zu mir aufsah. Mein Herz schlug bis zum Hals. Gestand er mir soeben seine Liebe? Bitte nicht – das würde alles nur noch komplizierter machen. Und doch … beim Gedanken daran regte sich etwas in mir. Denn jedes Mal, wenn er in meiner Nähe war, fühlte ich mich ein bisschen mehr aufgeladen, als ob seine bloße Anwesenheit die Luft um uns herum zum Knistern brachte. Er hatte diese Art, sein Lächeln nur ein kleines bisschen länger auf mir ruhen zu lassen, als es vielleicht üblich war, und es schien so, als ob seine Augen dabei heller strahlten. Wärmer. Es war auch die Weise, wie er mir Fragen stellte, wie er wirklich zuhörte, wenn ich sprach. Tatsächlich fühlte es sich an, als ob jedes meiner Worte für ihn wichtig wäre. Seine Scherze und das Lachen, das er mir entlockte, schienen immer gerade an der Grenze dessen, was man als freundschaftlich betrachten

könnte. So oft hatte ich mich schon gefragt, was wäre,
wenn ... aber die Angst, einen Freund zu verlieren, hielt
mich stets davon ab, mehr zu wagen.

„Ich weiß, es steht mir nicht zu, darüber zu urteilen,
aber ich würde dich lieber an meiner Seite wissen als
an seiner ...“ Ich starrte ihn mit offenem Mund an, er-
schrocken über meine eigenen Gedanken, die ihm
kleine Herzchen zuwarfen.

„Michael, ich ...“, flüsterte ich, unsicher, wie ich auf
seine offene Emotionalität reagieren sollte. „Ich will
nicht, dass das komisch zwischen uns wird. Also sag
jetzt bitte nichts mehr ...“, fuhr ich fort, nur etwas
schneller als geplant. „Ich schätze unsere Freundschaft
sehr, und ich möchte, dass das so bleibt. Mach es nicht
kaputt.“ Aber dachte ich wirklich so? Oder wusste ich
mir nicht anders zu helfen? Denn dass mich seine Gefühle überforderten, war eindeutig. Oder waren es viel
mehr meine eigenen?

„Klar“, antwortete er ungewöhnlich sanft, dafür, dass
er soeben einen fetten Korb kassiert hatte. „Und danke
für deine Ehrlichkeit.“ Wenn der wüsste.

Wir standen noch einen Moment lang schweigend da,
jeder verloren in seinen Gedanken, während die Geräusche der Destillerie in der Ferne zu einem leisen Summen verschmolzen. Trotz der unerwarteten Gefühlsre-
gung fühlte ich mich dankbar, jemanden wie ihn an
meiner Seite zu wissen, einen Freund. Doch gleichzeitig
war da diese aufkommende Angst, falsche Entscheidungen zu treffen.

***

Als Lilouan und ich abends im Pub saßen, unsere Teller mit Haggis, Kartoffeln und Steckrübenpürree vor uns, griff er das „Thema des Tages" wieder auf – meine Rückkehr in die heiligen Hallen von Bardowie.

„Dein Vater hat dich also in die Produktion zurückgeholt, um Michael zu entlasten, richtig? Das scheint ein kluger Zug zu sein. Ich finde deinen Dad ziemlich cool."

„Ja, er ist eben ein Geschäftsmann. Michael hat sich wirklich reingehängt, seit Ed und ich weg waren. Es scheint, als wäre ich genau zum richtigen Moment zurückgekehrt, um ihm eine Pause zu gönnen. Dabei muss ich meinem Vater noch sagen, dass ich irgendwann wieder nach Cornwall zurückkehren werde. Klar, wahrscheinlich ist dann Charlie zurück und Ashley braucht meine Hilfe nicht mehr unbedingt, aber ..." Lilouan kaute etwas skeptisch auf seinem Haggis herum.

„Aber du möchtest dir trotzdem die Option offenhalten, zurückzugehen? Warum?" fragte er.

„Ich liebe die Arbeit hier, aber Cornwall ist mir auch wichtig. Ich habe dort die Ferien meiner Kindheit verbracht. Es ist über die Jahre wie eine zweite Heimat geworden, und die Verbindung zu Ashley und Charlie ist enorm ... Hinzukommend habe ich das Gefühl, nur dort einen Traum von mir ausleben zu können – die Arbeit mit Blumen."

„Du würdest also wegen Blumen deiner Heimat den Rücken kehren? In Schottland gibt es doch auch welche."

„Das stimmt. Es ist nur ... das Ambiente am Meer ist wunderbar, und Ashleys Garten ... er inspiriert mich. Wenn ich morgen wieder zu arbeiten anfange, ist es, als hätte ich die letzten Wochen nur geträumt." Ich stocherte nachdenklich in meinem Haggis herum.

„Unmöglich, Debbie, sonst wäre ich nicht hier. Ich bin dein wahr gewordener Traum", strahlte Lilouan, aber ich lächelte nur halbherzig zurück. Da war er wieder – dieser Gedanke, dass ich alles überstürzt hatte. Ich hätte Ashley nicht verlassen sollen. Dann wäre ich jetzt nicht in dieser Lage, die alles von mir abverlangte: Michael, Lilouan, mein Vater, die Blumen ... und eine Frage, die sich mir immer wieder stellte: Was verdammt noch mal wollte ich eigentlich?

Der Pub, in dem Lilouan und ich unser Gericht aßen, bestach durch seine düstere Atmosphäre. Schweres, dunkles Holz dominierte das Interieur, von den Deckenbalken bis zu den Tischen und Stühlen, die über Jahre hinweg von unzähligen Gästen abgenutzt worden waren. Die Wände waren mit Schwarz-Weiß-Fotos von lokalen Sehenswürdigkeiten, vergilbten Landkarten und Musikinstrumenten geschmückt. Das Licht war spärlich; hauptsächlich von Kronleuchtern und Wandlampen mit trüben Glühbirnen, die gerade genug Licht abgaben, um die Tische in ein schummriges Leuchten zu tauchen. Hinter der Bar stand eine große Auswahl an Whiskyflaschen, natürlich auch die meiner Familie. Der Barkeeper Donald tauschte sich angeregt mit Gästen aus. Die Stammgäste, lauter Einheimische, unterhielten sich im lautstarken Dialekt.

„Sorry, aber man könnte fast denken, du versuchst, in zwei Welten gleichzeitig zu leben. Wie eine Superheldin, die ihre Geheimidentität verbirgt. Cornwall hier, Schottland da. Wo ist die echte Debbie in all dem?", wollte er mit einem herausfordernden Funkeln in den

Augen wissen. Autsch! Das klang fast nach Ed, aber selbst der hätte es sympathischer rübergebracht.

„Oh, ich wusste nicht, dass das einen freiheitssuchenden Franzosen stört, der jedoch selbst rastlos durch die Länder zieht.“

Lilouan hob seine Augenbrauen und grinste. „Du verwechselst da etwas, ma chérie. Ich kehre immer wieder nach Hause zurück, egal, wie viel und weit ich reise. Aber du weißt ja überhaupt nicht, wo du hingehörst. So kommt es zumindest rüber.“

Sein Ton war spielerisch, aber unter der Oberfläche schwang eine gewisse Überheblichkeit mit, die ich von ihm bisher nicht kannte.

„Was soll ich sagen?“ Ich schmollte. War er womöglich doch nicht der, für den ich ihn anfangs gehalten hatte? Oder ging ihm meine Unsicherheit auf die Nerven? „Ich versuche nur, das Beste aus beiden Welten zu machen“, entgegnete ich schließlich, versucht, meine Fassung zu bewahren. „Ich hätte mir etwas mehr Zuspruch von dir als Weltenbummler erwartet.“

Sein Grinsen blieb, doch in seinen Augen lag ein Schimmer von Zweifel.

„Oui, wollen wir nicht alle Zuspruch? Ich kann dir schon folgen, Debbie. Aber manchmal frage ich mich, ob du es dir nicht unnötig schwer machst. Vielleicht brauchst du einfach nur einen festen Standort, um wirklich zu wachsen.“

Ich zog eine Augenbraue hoch.

„Wirklich wachsen? Wachstum ist doch nicht an einen Ort gebunden. Das solltest du am allerbesten wissen.“ Er zuckte die Achseln und nahm scheinbar sorglos einen Schluck von seinem Drink.

„Ich wollte dich nicht verletzen, Debbie. Vielleicht sehe ich die Dinge zu sehr aus meiner eigenen Perspektive“, sagte er endlich, nach einer unerträglichen Weile des Schweigens.

„Vielleicht“, stimmte ich zu, und ein schwaches Lächeln fand seinen Weg zurück auf meine Lippen. „Und vielleicht bin ich auch nur zu stur, um eine einfache Lösung zu akzeptieren.“

„Egal, jetzt bist du erst mal hier, oder?“

„Aye. Zurück in Bardowie.“

„Bardowie ... gefällt mir bisher übrigens gut. Es sind schöne Wanderwege, die dein Dad weiterempfohlen hat. Und eure Destillerie ist beeindruckend.“

„Das ist sie“, sagte ich mit Blick auf die hauseigene, ettikierte Whisky-Flasche hinter der Bar und ein Hauch von Stolz schwang in meiner Stimme mit. Mum und Dad hatten es wirklich geschafft. Sie hatten bei Null angefangen, aber ihr Traum, einen eigenen Whisky ins Leben zu rufen, war geglückt. Vielleicht sollte ich aufhören, etwas einzufordern, das mir nicht zustand. Es war schließlich ihre Brennerei, nicht meine. Konnte ich nach all den Jahren tatsächlich das Verständnis aufbringen, um das mich mein Dad immer gebeten hatte und mein innovatives Denken begraben?

„Ich denke, du brauchst einen Fick.“ Ich horchte auf.

„Wie bitte?“

„Ich denke, wir sollten es endlich wieder miteinander treiben. Es ist schon ewig her, seit mein Schwanz in deiner nassen ...“

„Okay, okay, mach mal halblang, ja? Mir ist im Moment nicht danach.“ Lilouan lehnte sich zurück und fasste sich beherzt in den Schritt.

„Das akzeptiere ich. Aber zu meiner Zunge zwischen deinen Schenkeln wirst du sicher nicht nein sagen, oder ...?“

***

Die kühle Morgenluft umhüllte mich, als ich Lilouan einige Tage später zur Bushaltestelle begleitete, der einen Ausflug nach Glasgow geplant hatte. Es war nicht mehr als ein in die Jahre gekommener Unterstand am Rande einer belebten Straße. Das Dach des Unterstands war mit Moos bedeckt, und die Plexiglasscheiben zeigten Kratzer und Graffiti. Ich ließ den Blick schweifen und musterte eine ältere Dame, die eine Einkaufstasche fest in der Hand hielt und unruhig auf ihre Armbanduhr sah. Ein junger Mann mit Knöpfen im Ohr und einem Rucksack tänzelte ungeduldig von einem Fuß auf den anderen, während er lautlos mit den Lippen zu der Musik sang, die nur er hören konnte.

„Der Bus wird sicher gleich kommen“, sagte ich zu Lilouan, der ungeduldig den Fahrplan studierte.

„Es ist also die Linie 6, ja? Und dann? Umsteigen auf die 2?“

„Nein, umsteigen auf die 3. Am Bahnhof. Im Bus kommt kurz vorher eine Ansage, du kannst den Umstieg also nicht verpassen.“

Wir beide wussten noch immer nicht, was das mit uns war. Zweifellos mehr als Freundschaft. Dass er vorübergehend bei mir wohnte, stellte kein Problem für mich dar. So konnten wir wenigstens herausfinden, ob etwas Ernstes daraus werden könnte. Ich fühlte mich nach wie vor zu ihm hingezogen, aber ich war vorsichtiger geworden. Etwas in mir wollte nicht noch mal enttäuscht werden. Und außerdem war da die Sache mit Michael, bei der ich nicht wusste, was richtig oder falsch war. Hatte ich Gefühle für ihn?

„Viel Erfolg heute", wünschte Lilouan mit seinem französischen Akzent und streichelte über meine Wange. „Du wirst das rocken!"

„Ich werde mein Bestes geben." Er gab mir einen sanften Kuss. Im selben Moment fuhr der Bus ein, der mit quietschenden Bremsen an der Haltestelle zum Stehen kam. Die Türen öffneten sich mit einem Zischen, und Lilouan verschwand im Gedränge der ein- und aussteigenden Menge. Ich blieb zurück, sah, wie der Bus wenig später davonrollte, und verspürte ein bittersüßes Ziehen in meiner Brust. Die Fahrt zur Destillerie kam mir an diesem Morgen länger vor als sonst, und meine Gedanken kreisten ununterbrochen um die bevorstehenden Herausforderungen. Ich musste es schaffen, nicht gleich wieder anzuecken. Ich wollte wirklich in der Brennerei und nur dort arbeiten, auch wenn das bedeutete, meine Ideen nicht noch einmal zu erwähnen. *Bleib stark*, Debbie. Als ich die Destillerie erreichte, parkte ich den Wagen, stieg aus und richtete selbstbewusst meine Schultern auf. Heute war mein erster Tag seit Langem in der Produktion. Die Whiskyfrau kehrte endlich zurück!

Kapitel 14

Kaum hatte ich in meiner Arbeitskleidung die Schwelle übertreten, umarmte mich das Rauschen der Maschinen wie eine Decke. Obwohl die Anlage nicht gerade klein war, beschäftigten meine Eltern nur wenige Mitarbeiter. Sie sahen die Destillerie eher als einen Familienbetrieb, in dem jeder Beteiligte alles geben musste, statt der großen Firma, die sie theoretisch hätte sein können. Ich machte einen kurzen Halt am Fenster und ließ meinen Blick über das Loch schweifen, das unsere Destillerie umgab. Natürlich war es hier anders als in Cornwall, aber deshalb nicht weniger schön, wie ich fand. Doch der Frieden an jenem Morgen dauerte nicht lange an. Ich wurde jäh aus meinen Gedanken gerissen, als ich das Fluchen einer Stimme vernahm, das verzweifelt am anderen Ende der Halle ertönte. Eilig näherte ich mich dem Geschehen, nur um zu sehen, wie eine blutjunge Brünette, es war Daisy Macbeth, neben einer stillstehenden Abfüllanlage stand. Sie atmete erleichtert auf, als sie mich sah.

„Gott sei Dank, du bist Debbie, oder? Wir haben uns Jahre nicht gesehen. Es … es war schon defekt, als ich vorbeikam, wirklich. Ich bin nur zufällig hier, und habe bemerkt, dass etwas nicht stimmt und bekam Panik, weil niemand hier war und ..."

„Schon gut, schon gut", unterbrach ich sie sachte.

Mein Herz raste. Nicht schon wieder! Das war ja fast wie bei Hangover Teil 2. Nur das es dort keine Whisky-Anlage war, die wiederholt streikte, sondern Bangkok anstelle von Vegas, wo ein Freund im Partyrausch verloren ging. Wie war es möglich, dass ich schon wieder in solch eine Situation schlitterte? War unsere Anlage dermaßen veraltet, dass die Gerätschaften immer wieder ihre Arbeit einstellten? Prompt erinnerte ich mich an meinen letzten Reperaturversuch einer defekten Maschine, der nur Schwierigkeiten nach sich zog.

„Ist niemand da, der helfen könnte? Vielleicht Dal?", fragte ich.

„Nein, heute Morgen leider noch nicht. Dein Vater war vorhin hier, aber er musste etwas Dringendes erledigen", hörte ich Daisy murmeln. Oh nein. Was sollte ich jetzt nur tun? Ich versuchte, Michael zu erreichen, aber er hob nicht ab. Klar, er hatte ja auch Urlaub. Dal ging nicht ans Telefon und die Handys meiner Eltern waren ebenfalls ausgeschalten. Puh. Sollte ich etwa, ...

„Du könntest doch nachsehen, Debbie." Alles in mir zog sich zusammen. Was hatte Daisy soeben gesagt? Ich war doch nicht lebensmüde. Mein letzter Versuch hatte nämlich die komplette Produktion stillgelegt. Im Endeffekt wären es nur wenige Handgriffe gewesen, aber ich hatte mich vollkommen überschätzt und ein Fiasko angerichtet, das weitreichende Konsequenzen für mich und die gesamte Destillerie nach sich zog.

„Ähm, ... ich denke nicht, dass ich das beherrsche", gestand ich kleinlaut.

„Aber dafür gibt es doch Fachleute wie dich." Fachleute wie mich? Na ja. Obwohl ich nicht die entsprechende Ausbildung hatte, zählte ich mich gewissermaßen dazu, aber das hier war echt eine Nummer zu groß. Oder? Ich besaß vielleicht ein gewisses technisches Verständnis und alles, was ich wusste und beherrschte, hatte ich bei Michael und Ed jahrelang abgekupfert. Aber es reichte eben nicht aus, um ...

„Wann wird mein Dad zurückkehren?" Ich blinzelte. Daisy hob unwissend die Schultern. Ich stöhnte, versuchte nun auch Ed anzurufen, vielleicht konnte er mir Tipps geben, aber wie alle anderen war er nicht erreichbar.

„Tja", ich kaute auf meiner Lippe herum. Ich würde doch nicht etwa ... oder doch? „Wenn das Teil nicht läuft, gibt es keinen Whisky. Es sieht wohl ganz so aus, als müsse ich da ran ..." Nein! So irre war nicht einmal ich. Nicht noch einmal. Trotzdem trat ich näher an die Maschine heran und betrachtete das Problem. Die schrillenden Alarmglocken in meinem Kopf blendete ich aus. Es war nämlich offensichtlich; die Abfüllanlage stand still, weil ein Teil des Mechanismus blockiert war. Garantiert. Meine Hände zitterten, als ich mich daran erinnerte, was beim letzten Mal passiert war. Doch diesmal fühlte ich, dass ich es schaffen würde. Ich musste es einfach versuchen.

„Okay, Daisy", sagte ich entschlossen. „Wir zwei Mädels müssen diese Maschine irgendwie wieder zum Laufen bringen."

Ich krempelte meine Ärmel hoch. Daisy sah mich mit großen Augen an. „Jetzt doch, Debbie?"

Ich nickte, obwohl ich selbst Zweifel hatte.

„Ja, wir müssen es einfach tun. Keiner ist erreichbar und wer weiß, wann die Herren der Schöpfung wieder hier eintreffen werden. Wenn das Ding zu lange still-steht, ist es auch nicht gut.“

Ich holte noch mal tief Luft und öffnete dann die Ab-deckungen der Maschine. Die inneren Mechanismen sahen vertraut aus, und ich konnte die blockierte Stelle schnell identifizieren. Ein kleines Stück Metall hatte sich in den Zahnrädern verfangen und den gesamten Prozess gestoppt. Vorsichtig griff ich nach dem Werk-zeugkasten, den Daisy gebracht hatte und holte eine Zange heraus.

„Licht“, bat ich Daisy.

Sie hielt die Taschenlampe, während ich versuchte, das Metallstück zu lösen. Es war schwierig, da es ziem-lich fest saß, aber nach einigen Minuten konnte ich es endlich herausziehen. Die Zahnräder drehten sich wie-der frei, und ein leises Summen erfüllte die Halle.

„Ich glaube, ich hab's geschafft“, freute ich mich.

Daisy strahlte. „Aye! Du hast es wirklich geschafft!“

Doch mein Triumph währte nicht lange, denn plötz-lich hörte ich eine wütende Stimme hinter mir don-nern.

„Deborah! Was zum Teufel machst du hier?!“

Ich drehte mich um und sah meinen Vater, der in die Halle gestürmt kam. Sein Gesicht war vor Zorn gerötet.

„Dad, ich … ich habe die Maschine repariert und dies-mal hat es sogar geklappt.“

„Du hast was!? Nach allem, was passiert ist, wagst du es, schon wieder an den Maschinen herumzufum-meln?“

„Aber sie läuft wieder“, versuchte ich zu erklären. „Es war nur ein kleines Problem, und ich habe es behoben.“ Mir erschien es klüger, Daisy nicht mit hineinzuziehen, weshalb ich ihren Namen nicht erwähnte.

„Das ist nicht der Punkt, Debbie!“ Sein Zorn war ungebrochen. „Was, wenn es wieder schiefgegangen wäre? Schon alleine der Versuch macht mich rasend. Ich habe dir tausend Mal gesagt, du sollst gefälligst die Finger davon lassen!“

„Es war niemand erreichbar. Nicht du, nicht Dal, nicht Michael. Nicht einmal Ed. Ich wollte nur helfen.“

„Helfen? Das nennst du helfen? Nach deinem letzten Fauxpas solltest du wissen, dass du dich von den Maschinen fernzuhalten hast!“ Er atmete schwer und ich fühlte mich klein und schuldig, obwohl ich wusste, dass ich diesmal das Richtige getan hatte.

„Es tut mir leid, Dad“, wimmerte ich. „Ich wollte nicht, dass die Maschinen stillstehen, deshalb musste ich einfach handeln. Ich wollte doch nur das Beste für die Destillerie.“

„Das Beste für die Destillerie ist, dass du dich an die verdammten Regeln hältst und nicht eigenmächtig handelst“, schnappte er. „Es war ein Fehler, dich in die Produktion zurückzuholen.“ Rumms. Das hatte gesessen. Bevor ich antworten konnte, sah ich Dal in die Halle hetzen.

„Dal! Gut, dass du da bist. Kannst du bitte sofort nach der Maschine hier sehen?“ Dal sah meinen Vater fragend an, der nur kurz nickte, bevor er sich wieder mir zuwandte. „Überprüfe bitte, ob die Maschine in Ordnung ist.“ Dal befolgte und inspizierte diese gründlich. Die nächsten Minuten fühlten sich wie Stunden an, während mein Vater mich mit seinem vorwurfsvollen Blick fixierte. Daisy und ich waren mucksmäuschenstill. Endlich wandte sich Dal uns zu.

„Die Maschine läuft einwandfrei. Das Problem scheint behoben zu sein. Was war denn los?", fragte er mich. Wahrscheinlich ahnte er, dass es Ärger gab. Kein Wunder, so wütend wie mein Vater war.

„Etwas hat die Zahnräder blockiert."

„Das ändert nichts an der Tatsache, dass du ohne Erlaubnis gehandelt hast, Debbie."

„Aye," bestätigte ich Dad leise.

„Sie hat es aber gut hinbekommen", sagte Dal mit einem kleinen Lächeln und rieb sich die Hände. „Ich hätte das nicht besser gemacht."

Mein Vater schnaubte. „Dal, Daisy. Lasst uns jetzt bitte alleine."

Die beiden nickten und verließen im Gleichschritt die Halle.

„Was hast du dir bloß dabei gedacht, Debbie? Ich kann es beim besten Willen nicht verstehen."

„Dad, wie schon gesagt, ich wollte nur helfen! Es war niemand da, und die Produktion hätte stillgestanden! Was gibt es daran nicht zu verstehen?"

„Das ist einfach nicht dein Job! Du bist eine Aushilfe, keine Fachfrau!" Er hob den Zeigefinger.

„Okay. Wenn du das so siehst." Ich versuchte, ruhig zu bleiben.

„Es geht nicht nur darum, ob sie wieder läuft oder nicht. Es geht darum, dass du unsere Regeln permanent missachtest und eigenmächtig handelst. Du setzt andauernd alles aufs Spiel. Wir sind keine Spielbank."

„Aber wenn ich meine Ideen äußere, dann ..."

„Deine Ideen? Immer wieder diese verdammten Ideen! Whisky mit Sirup, Führungen für Touristen, neue Produktlinien! Wir brauchen keine Experimente, Debbie. Wir brauchen Stabilität und Tradition! Und wir brauchen zuverlässiges Personal! Wenn du es nicht verinnerlichen kannst, lass es dir auf den Arm tätowieren." Ich stockte. Er war richtig böse.

„Warum hasst du mich eigentlich so?"

„Dich hassen? Oh bitte, ich hasse dich nicht."

„Egal, was ich tue oder sage, es ist immer falsch."

„Debbie, deine Emotionen sind völlig überladen. Du übersiehst gerade das Wesentliche!"

Ich spürte, wie Tränen der Frustration in meine Augen stiegen. „Dad, hörst du nicht? Ich glaube, du hasst mich. Und das ist das Wesentliche! Für mich ist es so …"

„Ich bin dein Chef, Debbie. Das hier hat nichts mit dir oder mir als Privatpersonen zu tun."

„Das hat es, denn wir sind ein Familienbetrieb. Ich will Verantwortung übernehmen, aber du lässt mich nicht! Du schiebst mich ins Büro ab, als ob ich dort nichts falsch machen könnte. Und selbst dann bist du mit mir unzufrieden!"

„Oh, Debbie. Es wäre wohl einfacher", sagte er plötzlich mit gesenkter Stimme, „wenn du die Hintergründe kennen würdest. Dann könntest du verstehen, warum ich manchmal so reagiere."

„Hintergründe?", wiederholte ich schluchzend. „Bin ich etwa nicht euer Kind?"

„Quatsch. Natürlich bist du unser Kind und wir lieben dich von Herzen. Es hat viel mehr mit der Destillerie zu tun, aber jetzt ist nicht der richtige Zeitpunkt, um das zu besprechen."

„Was? Was verheimlicht ihr vor mir? Dad! Ich will es sofort wissen, bitte!"

„Ich muss heute noch für drei Tage nach Edinburgh, ich habe dort wichtige Geschäftstermine. Lass uns in Ruhe darüber reden, wenn ich zurückkehre. Einverstanden?" Ich war nicht fähig ihm zu antworten. Nein, ich war nicht damit einverstanden. Was meinte er mit seiner Aussage? Es gab Gründe für seine überspitzten Reaktionen, okay. Das war ja schon mal ein gutes Zeichen. Aber welche Gründe waren das? Ich musste es einfach sofort wissen, war mir aber gleichzeitig bewusst, dass er nicht mit der Sprache rausrücken würde. Mum würde ebenso kein Sterbenswörtchen sagen, weil sie sich grundsätzlich raushielt. Dennoch hatte ich eine Idee, wer mir vielleicht weiterhelfen könnte. Michael.

***

Nach einem langen Arbeitstag, der sich schier endlos hinzog, fuhr ich nach Feierabend zu Michaels Hütte am Waldrand, entschlossen, ihn auszuquetschen. Vermutlich hatte er selbst keine Ahnung von Dads Geheimnissen, sonst hätte er es mir wohl längst erzählt, doch um absolut sicherzugehen, musste ich ihn einfach darauf ansprechen. Möglicherweise wusste er ja etwas von seinem Großvater Doug, der einst bei meinen Eltern in der Destillerie gearbeitet hatte.

Lilouan würde in meinem Apartment auf mich warten, sogar ein leckeres Gericht für uns zaubern, wie er am Telefon mitteilte. Ich versprach, mich zu beeilen, doch er sagte, ich könne mir alle Zeit der Welt lassen. Was er nicht wusste, war, dass ich zu Michael fuhr. Es erschien mir auch nicht erwähnenswert. Zum Schluss würde ich nur sinnlos Eifersucht schüren.

Mein Besuch bei Michael blieb unangemeldet. Besser … direkt mit der Tür ins Haus fallen und seine Reaktion abwarten, als ihn vorab auszufragen. So hatte er keine Gelegenheit, an einer Ausrede zu basteln, wenngleich ich ihm solch ein Verhalten eigentlich nicht unterstellen wollte. Aye, es war in der Tat ziemlich egoistisch von mir, aber ich musste erfahren, was es mit alldem auf sich hatte, und ich konnte beim besten Willen keine 3 Tage abwarten, wenn nicht gar 4 oder mehr, denn wer wusste schon, wann das Gespräch mit meinem Dad stattfand. Michaels Haus lag versteckt vor einem Waldstück; es war ein Erbstück seiner Großeltern und in meinen Augen der perfekte Ort, um ungestört miteinander zu sprechen. Ich parkte mein Auto, das glücklicherweise keine Zicken mehr machte, neben dem schlichten, aus Holz gebauten Cottage auf einem Kiesstreifen und atmete noch einmal tief durch. Das letzte Mal, als ich hier gewesen war, feierten wir Michaels Geburtstag nach. Wir hatten damals eine unglaubliche Zeit. Es war toll, zu seinem einzigartigen Zuhause zurückzukehren. Die Außenwände des Häuschens waren aus Holz, das mit den Jahren eine silbrige Patina angenommen hatte, die es fast unsichtbar machte zwischen all den mit Moos bedeckten Bäumen. Das Dach war mit Schindeln gedeckt, die hier und da von Flechten und Pflänzchen überwuchert waren. Vor der Hütte stand eine Biertischgarnitur. Ein Bachlauf schlängelte sich in unmittelbarer Nähe durch das Gelände. Es erinnerte mich ein bisschen an Ashleys Cottage, das ebenfalls in Alleinlage stand. Ich stieg aus dem Wagen und sog die erfrischende Waldluft ein. Dann spähte ich um die Ecke und entdeckte auch schon Michael, der im vorderen Teil des Waldes Holz hackte. Das Schlagen unterbrach die Stille. Sein Rücken war mir zugewandt, und die Muskeln spielten unter der Haut, als er keuchend die Axt schwang.

„Michael!", rief ich mehrfach, bis er die Axt ablegte und sich verwundert umdrehte.

„Debbie? Was machst du denn hier?", fragte er sichtlich außer Atem. Mit seinem Shirt tupfte er den Schweiß von seiner Stirn. Ich kam auf ihn zu, mein Herz klopfte bei seinem Anblick. Er war schon verdammt gutaussehend, dieser Whiskymann mit dem unverkennbaren Talent fürs Holzhacken.

„Ich muss mit dir reden. Dringend. Es geht um die Destillerie …" Er hing mir an den Lippen.

„Ist was passiert?"

Ich schüttelte den Kopf. Mir war klar, dass mein Auftritt nicht gerade optimal war. Ich kam an seinem freien Tag unangemeldet vorbei und dann war ich auch noch so frech, irgendwelche Forderungen zu stellen, statt mich vorsichtig heranzutasten. Er nickte verdutzt, wischte sich mit dem Rücken seiner Hand erneut die Stirn ab und deutete dann auf die Bierbank.

„Okay! Setz dich. Ich hole uns schnell was zu trinken." Das mochte ich an Michael besonders. Seine Art, sich problemlos auf unvorhergesehene Situationen einzulassen und dann auch noch nett und freundlich zu bleiben. Ich folgte ihm und nahm dankend Platz, während er kurz in sein Haus verschwand. Obwohl wir noch kaum miteinander gesprochen hatten, konnte ich spüren, wie die Anspannung in der Luft knisterte. Er kam mit zwei Flaschen Bier zurück, setzte sich mir gegenüber und fixierte mich mit einem durchdringenden Blick, der mir prompt eine Gänsehaut bescherte.

„Ohne deinen Franzosen hier?", fragte er mit spöttischem Unterton.

„Lass gut sein, Michael. Es geht um meinen Dad", erwiderte ich kühl.

„Okay?"

Er schob seine Bierflasche aufgeregt hin und her. „Und wie genau kann ich helfen? Hast du mich deshalb heute Morgen versucht zu erreichen? Ich wollte dich ja zurückrufen, aber leider habe ich hier draußen ziemliche Empfangsschwierigkeiten." Ich schüttelte den Kopf. Ich hatte ihn angerufen, weil ich seinen Rat wegen der kaputten Maschine gebraucht hätte, doch glücklicherweise konnte ich sie selbst wieder instand setzen.

„Nein, ... vergiss den Anruf ... es geht um was ganz anderes. Ich bin hier, weil ... du weißt ja, dass ich schon immer vergeblich versucht habe, den Betrieb in eine neue Richtung zu lenken. Führungen, neue Geschmacksvariationen, eine bessere Internetpräsenz ..."

Michael schaute kurz zu Boden, bevor er mir wieder in die Augen blickte und schmunzelte. „Aye, schließlich war ich es gewesen, der dir die Pakete zum Experimentieren nach Cornwall geschickt hat, nicht wahr?" Ich nickte beklommen. Er hatte sich mit dieser Aktion für mich weit aus dem Fenster gelehnt, keine Frage.

„Na ja, jedenfalls sagte mein Dad heute Morgen, wenn ich die Hintergründe wüsste, könnte ich seine Abneigung gegen meine Vorschläge verstehen. Hast du eine

189

Ahnung, was genau er damit meint?" Michael runzelte die Stirn.

„Absolut nicht, Debbie. Tut mir echt leid." Er spielte nun mit dem Etikett seiner Bierflasche, zupfte es in kleinen Rucken ab.

„Sicher, dass du nie etwas mitbekommen hast?", fragte ich ein weiteres Mal. Er schüttelte den Kopf.

„Nein …", seine Stimme brach kurzzeitig ab und er schien zu überlegen, „da ist echt nichts, woran ich mich erinnere …"

„Hm. Verstehe."

„Wieso fragst du ihn nicht einfach selbst?", wollte er wissen. „Das erscheint mir zielführender."

„Er ist für drei Tage verreist", bedauerte ich. „Ehrlich gesagt hatte ich die große Hoffnung, dass du irgendetwas aufgeschnappt hast in all den Jahren."

„Dann hätte ich es dir längst gesagt", beteuerte er und beim Blick in seine Augen wusste ich, dass er die Wahrheit sagte und dennoch konnte ich nicht locker lassen, was typisch für mich und nicht gerade eine meiner besten Eigenschaften war.

„Trotzdem, es muss doch etwas geben. Ich habe das leise Gefühl, dass da so viel mehr dahintersteckt und ich will es unbedingt herausfinden. Am besten sofort!"

Er seufzte tief und strich sich durch sein schwitziges Haar. „Debbie, ich würde dir gerne helfen, wenn ich nur könnte. Aber ich weiß von nichts."

„Aye. Vielleicht …" Ich zögerte, bevor ich den nächsten Satz aussprach. „Vielleicht gibt es aber etwas, das du nicht weißt, jedoch jemand anderes in deiner Familie."

„Was meinst du?"

„Dein Großvater. Er hatte doch bei uns in der Destillerie gearbeitet. Es könnte sein, dass er irgendetwas mitbekam, oder?“

Seine Augen verengten sich.

„Selbst wenn es so gewesen wäre, wie du sagst, hat er das mit ins Grab genommen. Und angenommen, er wusste tatsächlich was, wie soll dir das jetzt weiterhelfen?“

„Vielleicht hat er dir ja etwas hinterlassen“, beharrte ich. „Notizen, Tagebücher, irgendetwas.“

„Das klingt nach einer langen Suche. Dagegen erscheinen mir 3 Tage doch ziemlich kurz.“ Ich musste zugeben, dass meine Idee nicht gerade gut durchdacht war. Seufzend warf ich einen Blick auf die Uhr.

„Oh! Es tut mir echt leid, Michael, auch, dass ich hier so unangemeldet aufgetaucht bin. Ich wollte dich nicht ... nun, wie auch immer, ich muss jetzt los.“ Ich stand auf, aber Michael hielt mich sanft am Arm fest.

„Hey, warte. Du bist doch gerade erst hierher gekommen. Wir finden schon eine Lösung, okay?“

„Nein, ich muss wieder gehen. Lilouan wartet vermutlich schon auf mich.“

Seine Miene veränderte sich und ich ahnte, dass er gegen eine aufkeimende Eifersucht ankämpfte, doch trotzdem war es mir wichtig, ehrlich mit ihm zu sein.

„Er kocht für mich. Wir wollten zusammen essen“, fügte ich kleinlaut hinzu, obwohl ich befürchtete, mit dieser Aussage anzuecken.

Michael zog eine Augenbraue hoch und setzte sich wieder hin. „Na dann, schön für euch. Du kamst also wirklich nur wegen dieser einen Frage zu mir? Nicht mehr?“

„Ich weiß, wie blöd sich das für dich anfühlen muss. Es tut mir leid, Michael."

Er verschränkte beleidigt die Arme. „Ich wette, zum Nachtisch gibt es ein messerscharfes Rendezvous in deinem Bett?"

„Das geht dich überhaupt nichts an!", wetterte ich. „Bist du etwa eifersüchtig?"

„Aye, Debbie, das bin ich! Wir beide stehen uns näher, als wir zugeben wollen ... als du zugeben willst."

„Was möchtest du damit sagen?" fragte ich. „Glaubst du, ich bin hier, um dir etwas vorzumachen?"

„Dieser Typ ist einfach nicht gut für dich. Ich traue ihm nicht über den Weg." Seine Stimme blieb ruhig, aber ich konnte seine Halsschlagader pulsieren sehen.

„Du kennst ihn doch gar nicht."

„Was ich in der Destillerie gesehen habe, reicht mir schon." Michael beugte sich vor, seine Augen fixierten meine. „Dieser Kerl nutzt dich nur aus."

„Warum sagst du so etwas", platzte es aus mir heraus. „Lilouan ist bestimmt nicht so, wie du ihn hinstellst."

„Die Wahrheit ist: Ich sollte für dich kochen, nicht er!"

„Michael, bitte", murmelte ich, aber er unterbrach mich sofort.

„Vielleicht ist es Zeit, dass wir endlich ehrlich zueinander sind." Er erhob sich und trat einen Schritt auf mich zu. „Ich will dich nicht verlieren, Debbie."

Meine Wangen wurden heiß.

„Ich bin auch nicht hier, um dich zu verlieren, Michael."

Seine Finger streiften meine Lippen, ehe er die Arme um meine Hüfte schlang.

„Wir beide wissen es doch besser." Er schloss die Augen, kam näher und für einen Moment war ich gewillt, ihn zu küssen. Aber dann erinnerte ich mich daran, dass ich unsere Freundschaft um keinen Preis riskieren wollte.

„Du verstehst es nicht, oder?" Ich wich zurück. „Ich will diese Verbindung mit dir nicht aufs Spiel setzen!"

„Debbie, siehst du es denn nicht? Ich bin in dich verliebt."

„Nein! Hör auf so etwas zu sagen!" Ich funkelte ihn an, Tränen stiegen in meine Augen. „Denn wenn du das jetzt tust, ruinierst du alles zwischen uns."

„Debbie, ich liebe dich!"

„Nein, hör endlich auf damit!" Ich riss mich los und eilte schnellen Schrittes zu meinem Auto. Seine Rufe ignorierte ich.

Mit zitternden Händen startete ich den Motor, in dem Wissen, dass diese Liebe zwischen uns nicht sein durfte. Niemals.

Kapitel 15

Bardowie, Schottland

Nach diesem Tag, der sich in der Summe wie ein emotionaler Wirbelsturm anfühlte, brauchte ich nichts mehr. Bardowie und seine Bewohner gingen mir langsam, aber sicher auf die Nerven. Und dennoch wollte ich Antworten, am liebsten sofort. Warum gab es so plötzlich eine Erklärung für das Verhalten meines Vaters? Wieso hatte er all das nie zuvor erwähnt? Mir blieb wohl nichts anderes übrig, als das Gespräch mit ihm abzuwarten. Und Michael? Er hatte mir seine Liebe gestanden, ohne mit der Wimper zu zucken. Ich wollte am liebsten nicht weiter darüber nachdenken, egal, wie mollig warm sich diese Vorstellung an ihn anfühlte. Mit den Nerven am Ende parkte ich schließlich vor meinem Apartment.

„Nur noch nach Hause", flüsterte ich mir zu, als wäre es eine Art Mantra, das mich stützen könnte. Den geplanten Besuch bei meiner Mum hatte ich auf den nächsten Tag verschoben. Ich fühlte mich nicht in der Lage, ihr ins Gesicht zu blicken und so zu tun, als wäre zwischen uns alles in Ordnung, denn auch sie hütete ein Geheimnis vor mir.

Als ich die Tür zu meiner Wohnung aufschloss, empfing mich der Duft von frischem Knoblauch und gedünsteten Zwiebeln. Lilouan hatte wohl schon angefangen zu kochen, was mir ein Lächeln ins Gesicht zauberte. Nach allem, was vorgefallen war, konnte ich wenigstens eine Umarmung der französischen Küche gebrauchen.

„Hallo?", rief ich, bekam jedoch keine Antwort. Ich legte meine Sachen an der Garderobe ab und schlenderte in die Küche. Mit einem Grinsen im Gesicht malte ich mir aus, wie er bereits am Herd stand und gut gelaunt den Kochlöffel schwang, überrascht, mich vielleicht früher zu sehen, als erwartet. Meine Küche zeigte jedoch ein anderes Szenario. War das denn möglich? Die Küchenzeile war auf den ersten Blick ein stummer Zeuge eines kürzlich beendeten Abendessens. Konnte er nicht warten? Dann wurde ich jedoch stutzig. Auf der Arbeitsplatte standen zwei benutzte Teller, das Besteck achtlos darauf abgelegt. Zwei Weingläser standen daneben, noch halb gefüllt mit Rotwein, der im schwindenden Licht glänzte. Eine offene Flasche lag schief im Halter, als ob sie jemand in Eile dort abgestellt hätte. Ich ließ den Blick weiter umherschweifen, mit der Ahnung, dass hier etwas ganz und gar nicht stimmte. Auf der anderen Seite des Raums, neben dem Esstisch, war ein Stuhl zurückgeschoben, und darunter erkannte ich ein Paar Schuhe, das weder mir noch Lilouan gehörte. Meine Alarmglocken schrillten! Er würde doch nicht etwa … allein die Vorstellung, dass er hier, in meiner Wohnung, mit jemand anderem gesessen und gelacht hatte, schnürte mir die Kehle zu. Die Geräusche aus dem Schlafzimmer drangen jetzt deutlich zu mir durch.

Dieser abgefuckte Scheißkerl ... in meinem Bett!? Mit schweißnasser Hand griff ich nach der Türklinke, drückte sie herunter und der Anblick, der sich mir dann bot, als ich die Tür öffnete, war der schlimmste Abschluss dieses scheiß-Tages. Lilouan, halbnackt, mit einer unbekannten Frau mittleren Alters, deren blondes Haar auf meinen Kissen verstreut lag. Ihr erschrockener Blick traf den meinen, und noch ehe ich nach Luft ringen konnte, ballte ich die Fäuste.

„Was zum Teufel!? Wie konntest du das nur tun, du verdammter Dreckskerl? Hier, in meiner Wohnung!", schrie ich. Lilouan bedeckte seine Blöße und stammelte irgendwas Unverständliches, aber ich wollte keine billigen Ausreden hören. Ich hatte es so satt!

„Raus! Alle beide! Sofort!" Meine Hand gestikulierte wild Richtung Tür. Die Schockstarre wich seiner Hast, sich schnellstens anzuziehen, während die Frau fluchtartig und leicht bekleidet an mir vorbeistürmte. Lilouan wollte ebenfalls an mir vorbei preschen, doch ich passte ihn mit flacher Hand auf die Brust ab.

„Wie kannst du es bloß wagen?!", fuhr ich ihn an, mit hämmerndem Herzen und wässrigen Augen. „Ich sollte dir auf der Stelle meine Faust ..."

„Es tut mir leid, Debbie, wirklich ...", unterbrach er mich mit seinem französischen Akzent und wagte auch noch, dabei leicht zu grinsen. „Das sind eben meine Triebe ... ich bin doch nur ein Mann. Wenn wir mehr Sex hätten ... es hatte jedenfalls nichts zu bedeuten und kommt auch nicht wieder vor ..."

„Das tut es ganz bestimmt nicht! Weil ich dich nie wieder hier sehen möchte!"

„Aber, Debbie ... das hier war ganz harmlos. Wir Franzosen ticken nun einmal anders.“

„RAUS!“

Als die Tür wenige Augenblicke später hinter ihm ins Schloss fiel, schluchzte ich hemmungslos. Ich fühlte mich verletzt, hintergangen, zerrissen. Dieser scheiß Franzose! Ich war so geladen und aufgewühlt, dass ich nicht mehr klar denken konnte. Vielleicht sehnte ich mich regelrecht nach einem weiteren Stich ins Herz, als ich die Nummer meines Vaters wählte.

„Dad?“ Ich war bemüht, nicht allzu gequält zu klingen.

„Debbie? Was kann ich so spät noch für dich tun?“

„Was wolltest du mir sagen?“

Ich hörte, wie mein Vater nach Luft schnappte.

„Das ist jetzt wirklich nicht der richtige Zeitpunkt. Ich bin gleich noch verabredet ...“

„Dad! Ich muss es wissen!“ Meine Stimme bebte.

„Lass uns das bitte persönlich klären ...“

„Hey“, unterbrach ich ihn energisch. Ich hatte es so satt, ständig vertröstet zu werden. „Ich muss es jetzt wissen!“ Er seufzte schwer, ließ sich dann jedoch umstimmen und fing an, zu erzählen. Seine Stimme war leise, doch ich lauschte jedem seiner Worte, die mir so unglaublich und gleichzeitig erklärend erschienen, dass es weh tat.

Kapitel 16

Bardowie, Schottland

„Bist du noch dran?", fragte er, nachdem ich endlich alles erfahren hatte. Aber ich bekam kein Wort heraus. Stattdessen legte ich wie automatisiert auf und drückte seine Rückrufe weg. Das war einfach zu viel. Michael. Lilouan. Dad. Meine Familiengeschichte, eine einzige Lüge. Meine Mutter, die mich nie eingeweiht hatte. Ed, der vielleicht ebenfalls Bescheid wusste. Wem konnte ich noch trauen?

An nur einem Tag flog mir einfach alles um die Ohren. In diesem Moment wurde mir klar, dass ich hier keine Heilung finden würde, nicht nach all den Lügen, dem Verrat und den Halbwahrheiten, die mein Leben umgaben. Ich war nach Bardowie zurückgekehrt, um mit Lilouan zusammen zu sein. Um meinen Eltern zu beweisen, dass ich die geborene Whiskyfrau war. Um Michael nahe zu sein, der mir als Freund so viel bedeutete. Doch nun hielt mich nichts mehr. Ich packte noch in dieser Nacht ein paar Sachen zusammen, entschlossen, alles hinter mir zu lassen. Lilouans Zeug stellte ich achtlos vor die Tür, sollte es meinetwegen dort verrotten. Ich wollte nur noch weg. Weit weg von dem Chaos, das ich innerhalb kürzester Zeit zu spüren bekam.

Kapitel 17

Bardowie, Schottland, 2022

Es war ein lauer Sommerabend im August, als Ed und ich den Weg zu Michaels Party einschlugen. Die untergehende Sonne tauchte die Landschaft in Orange und Gold, und der Wind spielte mit den Gräsern der umgebenden Wiese, auf der sich Blumen wiegten. Die Laute fröhlicher Gespräche und das gelegentliche Lachen vermischten sich mit Musik, die durch die Fenster der Hütte nach außen drang. Von der Feuerstelle stieg Rauch auf und der Geruch von Gegrilltem, ließ mir das Wasser im Mund zusammenlaufen. Vor der Hütte hatte Michael eine Reihe von Bierbänken aufgestellt, die bereits von sämtlichen Gästen besetzt waren – Verwandte, Freunde, Mitglieder des Sportvereins ... Einige hielten ein Bier in der Hand, während andere in Gespräche vertieft waren. Michael, der in der Nähe des Kugelgrills stand und die Steaks bewachte, bemerkte unsere Ankunft und sein Gesicht hellte mit einem breiten Lächeln auf. Er ließ die Grillzange fallen und kam auf uns zu, die Arme weit geöffnet für eine herzliche Begrüßung.

„Debbie, Ed! Schön, dass ihr da seid. Macht es euch bequem, die meisten meiner Gäste kennt ihr ja schon", rief er gut gelaunt über das Gemurmel und Gelächter hinweg.

Ich drückte mich kurz an seine Brust und ließ dann meinen Blick über die Versammlung schweifen; da saßen Chuck, Ronan und Shawn, die wie Michael im örtlichen Tennisverein spielten. Ich erkannte auch seine Eltern, seine Cousine Elly und Miranda, Ellys beste Freundin sowie viele weitere mir bekannte Gesichter, denen ich jedoch keinen Namen zuordnen konnte. Mit fröhlichen Mienen mischten sich Ed und ich unter das feiernde Volk. Wir steuerten auf eine der Bierbänke zu, die locker im Halbkreis um die lodernde Feuerstelle angeordnet waren. Kaum hatten wir dort Platz genommen, reichte uns Chuck ein Bier. „Vielen Dank", sagten Ed und ich gleichzeitig.

„Okay, Leute! Jetzt, wo alle da sind, wünsche ich uns einen schönen Abend! Haut rein, trinkt was das Zeug hält, und fühlt euch wie Zuhause. Slàinte!"

„Slàinte", ertönte es laut im Chor, die Flaschen zum Anstoßen bereit.

Einige Zeit später, es dämmerte bereits, kam von irgendwo her eine Gitarre zum Vorschein, und Shawn, der schon einige Drinks intus hatte, ließ die Saiten klingen. Die Stimmung war elektrisierend, als die ersten Takte von Lewis Capaldi die Luft erfüllten, und spontan stimmte ein Teil der Gäste mit ein.

„Nicht schlecht, der Kerl", stellte Ed fest und wippte im Takt der Musik. Ich musste zustimmen, das Talent war unübersehbar. Während Shawn für uns spielte, gesellten sich andere Gäste dazu, einige mit ihren eingeschalteten Handylichtern, andere einfach nur mitsingend. Ich genoss diese sorgenfreie Feier, bei der es darum ging, Spaß zu haben und sich des Lebens zu erfreuen.

Die Nacht war in vollem Gange, und die Party brummte mit Leben. Nachdem Michael sich eine Weile unter die Gäste gemischt hatte, sah er zu mir und signalisierte, dass er mich sprechen wollte. Ich gab Ed Bescheid und folgte ihm hinter die Hütte.

„Brauchst du eine Pause?", fragte er aufmerksam, seine Stimme heißer und übertönt von der Musik und den Gesprächen.

„Aye, noch ein Bier mehr und ich kann nicht mehr geradeaus laufen", antwortete ich lachend. Der Gedanke, ein paar Minuten mit meinem Gastgeber zu verbringen, war mehr als einladend. Ich liebte die Ruhe und Sicherheit, die er ausstrahlte.

„Zieh dir was über, ich zeige dir etwas." Er reichte mir eine Fackel und führte mich weg von der Feier, hinunter zu einem kleinen Pfad, der in den angrenzenden Wald führte. Der Wald war bei Nacht tiefschwarz. Wir hörten die Musik nachklingen, Waldgeräusche, die ich keinem bestimmten Tier zuordnen konnte und das Knirschen unserer Schritte. Hätte ich ihm nicht bedingungslos vertraut, hätte ich mich sogar zeitweise gefürchtet.

„Wo gehen wir denn hin?"

„Du bist eine Frau und du liebst Blumen, oder? Lass dich überraschen." Blumen? Bei Nacht und mitten im Wald? Ich runzelte die Stirn, folgte ihm jedoch widerstandslos. Das Knistern unserer Schritte auf dem weichen Waldboden verstummte jäh, als wir eine Lichtung erreichten.

Sie war übersät mit herrlichen Blumen, deren Farben in der blauen Stunde wie gemalt wirkten. Purpurtöne, leuchtendes Gelb und reines Weiß hoben sich gegen das Grün des Grases ab. Es war, als hätte jemand einen Regenbogentopf umgestoßen und die Farben frei über die Wiese laufen lassen. Ich war geflasht.

„Das hier ist der magischste Teil des Waldes", sagte Michael leise, als er meinen Blick bemerkte.

„Wow! Es ist so wunderschön", flüsterte ich zurück. „Hast du die etwa angesät?" Er nickte und ich vernahm, wie sich ein liebevolles Lächeln auf seinem Gesicht ausbreitete. Mein Blick wanderte hinüber zu den Bäumen. Ringsum an den Zweigen hatte er über viele Tage hinweg Feenlichter befestigt, wie er mir stolz erzählte. Gläserne Gefäße, die an Ästen hingen und Lichter in die Nacht schickten. Jedes Licht hing an einem dünnen, kaum sichtbaren Draht, der es baumeln ließ. Sie schwangen leise hin und her, als würden sie zu einer geheimnissvollen Melodie tanzen. Es war, als hätten die Sterne selbst beschlossen, herabzusteigen und sich unter die Bäume zu mischen. Ich war zwar keine große Romantikerin, aber das hier war in der Tat hoffnungslos romantisch. Prompt rammte ich meine Fackel in den Boden und sank glucksend auf die blumenbedeckte Erde. Wie in Trance fing ich an, einige der Blumen zu pflücken.

„Was hast du vor?", fragte Michael kichernd und setzte sich zu mir, während ich geschickt begann, die Stiele zu einem Kranz zu flechten. „Ich wusste, dass dir dieser Ort gefallen würde", fuhr er beschwingt fort. „Du hast mir mal erzählt, dass du die Gabe hast, mit Blumen zu sprechen." Ich lachte. Mit schnellen Fingern verflocht ich die Blüten, wobei ich sie gelegentlich ins Licht der Fackeln hielt, um die Anordnung zu checken. Er war vielleicht nicht perfekt, doch für meine fast blinden Künste bei Nacht reichte es allemal.

„Für dich. Sieh es als eine Art Geschenk."

Er nahm grinsend den Kranz mit einer Bewegung, die halb überrascht, halb gerührt war und setzte ihn sich schmunzelnd auf den Kopf.

„Dabei hatte ich explizit erwähnt, dass ich keine Geschenke will", flötete er.

„Es steht dir ausgezeichnet", gackerte ich vergnügt. „Siehst aus wie ein Waldkönig." Ich schloss kurz die Augen und spürte, wie es in meiner Magengrube kribbelte. Alles in mir wollte, dass ich ihm um den Hals fiel und ihn endlich küsste. Es war perfekt, wie im Märchen! Die Stimmung, die Umgebung, das Gefühl ... doch die Angst, einen guten Freund zu verlieren, schwang mit und bremste mein Verlangen nach mehr.

„Nur wenn du meine Waldkönigin bist", erwiderte er scherzhaft und reichte mir schließlich seine Hand, um mir aufzuhelfen.

„Ich frage mich ... ob du das auch fühlst. Das zwischen uns beiden." Seine Augen ruhten auf mir und ich wich seinem Blick aus, um nicht schwach zu werden. Natürlich konnte ich es fühlen, aber ich war nicht bereit, es zuzulassen.

„Ich glaube, wir sollten jetzt zurückkehren", erwiderte ich leise. Michael nickte, unaufdringlich und verständnisvoll.

In diesem Moment fragte ich mich, ob er mein Dilemma wahrgenommen hatte. Wusste er, dass ich gegen meine Gefühle ankämpfte? Das, was ich an Michael am meisten schätzte, war seine Gelassenheit. Er hatte eine Art, Raum zu geben, ohne dass weitere Worte nötig waren, eine Fähigkeit, zu verstehen, ohne zu drängen. Er würde mich nie zu irgendetwas zwingen. In seiner Gegenwart fühlte ich mich sicher, frei von Erwartungen und Druck. Und während wir den Pfad zurück zur Hütte gingen, haderte ich mit meiner Entscheidung, ihn abzuweisen. Vielleicht wäre er mehr als perfekt für mich. Und wenn ich ganz ehrlich zu mir war, ließen sich die Schmetterlinge in meinem Bauch auch nicht verleugnen.

Kapitel 18

Ich saß an einem alten Tisch, den Ashley extra für mich in ihrem Garten platziert hatte, um mir meine Arbeit mit den Blumen zu erleichtern. Dass sie mich überhaupt noch willkommen hieß, nachdem ich spontan abgereist war, ließ mich die Last der letzten Wochen wenigstens ein bisschen leichter tragen. Meine Finger arbeiteten behände, als ich ein Blumenarrangement nach dem anderen band, gar so, als wäre ich besessen davon, meiner Gabe Stück für Stück wieder Leben einzuhauchen. Jedes Gesteck war ein stummer Ausdruck der Gefühle, die in mir tobten. Ich schnitt das Ende eines Lavendelstiels ab und fügte ihn zu einem Bouquet aus Wildrosen und Schafgarbe hinzu. Obwohl die beruhigende Routine meiner Hände dabei half, die Ereignisse in Bardowie kurzzeitig aus meinen Gedanken zu verbannen, kehrte die Bitterkeit immer wieder dorthin zurück. Das Geheimnis um die Destillerie, das mein Vater so hartnäckig gehütet hatte und der Verrat von Lilouan – ich war völlig aus dem Gleichgewicht geraten, fühlte mich betrogen von jenen, die ich liebte und denen ich blind vertraut hatte. Ein Fehler, wie sich herausstellte. Lediglich Michael schien mir wohlgesonnen zu sein, doch auch sein Liebesgeständnis veränderte alles. Ein Windstoß ergriff einige Blütenblätter, die tänzelnd um mich herumwirbelten, bevor sie schließlich zu Boden sanken.

„Das sieht traumhaft aus, Debbie", hörte ich plötzlich Ashley sagen, die leise hinzugekommen war. Ich sah auf, hob stumm die Schultern und vertiefte mich dann wieder in meine floralen Kreationen, die einzigen Trostspender in diesem emotionalen Chaos.

„Sag mal ... wie war das jetzt eigentlich mit Lilouan und dir?", fragte sie vorsichtig, als sie sich neben mich setzte. „Ich meine, er kam doch hierher zurück, um bei dir zu sein. Dann seid ihr zusammen nach Schottland und ... wart ihr ein richtiges Paar?"

Ich schüttelte den Kopf, während ich einen weiteren Lavendelstiel zwischen die Wildrosen flocht.

„Es war eher auf einer platonischen Ebene, weil wir sehen wollten, wohin es führt. Das war zumindest der Plan. Ich konnte ja nicht ahnen, dass er sich nebenher mit einer anderen vergnügt." Meine Stimme war ruhig, aber ein stechender Schmerz durchzuckte mich bei der Erinnerung, die beiden in meinem Bett vorzufinden. Wie dreist er doch war, dieser verlogene Franzose! Michael sollte also tatsächlich recht behalten ... Lilouan hatte mich nur ausgenutzt. Wahrscheinlich ging ihm das Geld aus und er benötigte eine kostenlose Unterkunft in Schottland, weshalb er auf halber Strecke zurückkehrte und mich darum bat, ihn in meine Heimat – sein nächstes Ziel – zu begleiten. Er wusste scheinbar, dass er mich leicht beeinflussen konnte. Warum war ich nur so verflucht naiv gewesen? Ashley legte eine Hand auf meine Schulter, als könnte sie meine inneren Vorwürfe hören. „Es tut mir so leid, dass du diese Erfahrung machen musstest. Das war wohl ein kurzer und aufreibender Aufenthalt in Bardowie.“

„Danke, dass ich trotz allem zurückkommen durfte und du mir meine überstürzte Abreise nicht verübelst.“ Ashley lächelte. „Natürlich nicht. Die Liebe lässt uns manchmal seltsame Dinge tun, nicht wahr?“ Liebe? Ich verbrachte zwar gerne Zeit mit Lilouan, doch dass ich ihn davon nur eine Sekunde lang von Herzen geliebt hatte, schloss ich aus. Wenn, ja wenn ich Liebe für jemanden empfand, war es wohl Michael. Doch das würde ich mir niemals eingestehen.

Ashleys B&B war gut angelaufen und ständig ausgebucht, weshalb ich bei Charlies Eltern, Gilbert und Mary O'Sullivan, in St. Ives untergekommen war. „Charlie kommt am Wochenende aus Schottland zurück, Ed reist direkt weiter nach Bardowie.“

„Na, hoffentlich bringt er neue Erkenntnisse über das Geheimnis seines Urururugroßonkels mit. Es wäre schon interessant zu erfahren, warum ein Earl sowohl in Schottland als auch hier in Cornwall gelebt hat.“

„Ja, die ganze Geschichte ist ziemlich mysteriös. Aber wer weiß? Solche Geheimnisse können manchmal Wahrheiten enthüllen, die wir uns kaum vorstellen können.“

„Aye, Geheimnisse. Meine Eltern haben jedenfalls eine ganze Menge davon“, bemerkte ich scharf. „Wer weiß, was sie noch so verbergen.“

„Das tut mir leid. Willst du darüber reden?“, fragte sie. Wieder schüttelte ich den Kopf. „Verstehe. Wenn du reden willst, bin ich jedenfalls für dich da. Und vielleicht braucht es nur etwas Zeit, um die Dinge klarzustellen.“

Ich lehnte mich zurück und strich über eine frisch gebundene Blumenkrone, die neben mir auf dem Tisch lag. „Ich verstehe nur nicht, warum sie es mir nie erzählt haben. Das hätte so vieles einfacher für mich gemacht."

„Zum Beispiel?"

„Mein Vater hat auf meine Ideen immer wütend und ablehnend reagiert."

„Du meinst also, dann hättest du die überspitzten Reaktionen besser nachvollziehen können?"

„Wie auch immer. Jedenfalls will ich mich jetzt voll und ganz auf die Sachen mit den Blumen konzentrieren. Zeigst du mir später mal den Marktwagen, von dem du erzählt hast?" hakte ich nach, endgültig ein neues Kapitel meines Lebens erahnend.

„Klar, gerne. Ich finde es fantastisch, dass du ihn nutzen möchtest, um deine Blumengebinde anzubieten. Das wird was!"

Wir saßen einen Moment schweigend da, wahrscheinlich beide gefangen in der Vorstellung, wie der alte Marktwagen im neuen Glanz erscheinen würde. Während Ashley sich zu ihren Gästen verabschiedete, widmete ich mich einem üppigen Bouquet, das ich noch nie zuvor gesteckt hatte. Die Herausforderung war reizvoll; jede Blume schien ihre eigene Persönlichkeit zu haben, und ich war darauf bedacht, jede einzelne in das Arrangement so einzufügen, dass ihre Schönheit optimal zur Geltung kam. Hierfür nutzte ich keine Anleitung, sondern steckte ganz nach Gefühl. Die tiefroten Rosen bildeten das Herz des Bouquets, umgeben von spritzigen orangefarbenen Gerberas, die einen Hauch von Leichtigkeit verströmten. Dazwischen fügte ich Lavendelzweige und Gänseblümchenlaub ein, das einen hübschen Kontrast zu den Farben bildete. Die Vielfalt der Texturen, die sich vor mir ausbreiteten, schufen ein visuelles Fest, das die Grenzen meiner Kreativität herausforderte. Die Blumen fügten sich nach und nach zusammen wie die Noten einer Symphonie, jede mit ihrer eigenen Tonhöhe und Klangfarbe. Der Tisch, auf dem ich arbeitete, war ein ausrangierter Esstisch, dessen Oberfläche von Kratzer und Wasserrändern gezeichnet war. Dort lagen nun Scheren, verschiedene Drahtstärken und Bindebänder, die überall verstreut waren. Jedes Mal, wenn ich mich über das Arrangement beugte, um eine Blume hinzuzufügen oder zu justieren, wurde ich von einer traumhaften Duftwolke empfangen, die mich für einen Moment alles vergessen ließ.

Und das war auch bitter notwendig, denn der seelische Schmerz war groß. Plötzlich surrte mein Handy. Es war eine Nachricht meines Vaters, die mich zusammenzucken ließ. Mit feuchten Händen entsperrte ich das Display und las seine Zeilen an mich.

Message von Dad, 13:11:
Hallo Debbie, du bist schon wieder abgereist? Ich möchte dringend mit dir sprechen. Lass uns telefonieren. Dad

Ich legte das Handy beiseite. Es war vielleicht nicht fair gewesen, einfach so zu verschwinden, aber ich konnte nicht anders. Ich musste weg. In meinem Kopf spielte sich die Szene ab, als ich meiner Mutter erklärte, dass ich wieder nach Cornwall gehen würde.

„Aber Kind“, hatte sie betroffen gesagt, „du bist doch gerade erst zurückgekehrt.“ Jaja. Sie wusste es eigentlich besser. Vielleicht wäre ich auch gar nicht abgereist, wenn das mit Lilouan nicht gewesen wäre. Oder eben das Geständnis von Dad, welches ich mehr oder weniger erzwungen hatte. Oder aber die Summe beider Vorfälle, die mich aus der Bahn warfen. Möglicherweise war ich jemand, der bevorzugt vor seinen Problemen weglief, das wollte ich nicht leugnen. Was für eine niederschmetternde Diagnose. Dass Ashley mich so herzlich empfing, stimmte mich derweil unendlich dankbar. Und auch die Möglichkeit, vorerst bei meiner Verwandtschaft in St. Ives zu wohnen, war ein Segen. Natürlich hätte ich mich auch in Bardowie mit Blumen beschäftigen können, zurückgezogen in meiner Wohnung. Aber es wäre dort anders gewesen. Hier hatte ich Freiheit, eine frische Meeresbrise, einen wundervollen Garten voller Möglichkeiten und Menschen, die mich unterstützten. In Bardowie hätte mir meine Passion jeder nur ausgeredet. Außer vielleicht Michael. Ich seufzte laut. Hatte ich überreagiert, als ich ihn nach seinem Liebesgeständnis einfach stehen ließ und mit dem Wagen davon brauste? Vermutlich. Seither herrschte jedenfalls Funkstille. Er mied mich, kein Wunder.

Aber eine Angelegenheit blieb beständig; wer war ich und was wollte ich erreichen? Während ich in Schottland die Whiskyfrau war, war ich in Cornwall die Blumenfrau. Und zwischen all dem? Diese Frage schwirrte in meinem Kopf wie eine orientierungslose Fliege, ehe ich mich wieder den Blumen zuwandte, suchend nach Antworten in ihrer stillen Schönheit. Nachdem ich den letzten Knoten in dem Bouquet gelöst hatte, stand ich auf und streckte meine steifen Glieder. Ashley, die gerade ihre Gäste verabschiedet hatte, kam wieder zurück und warf einen bewundernden Blick auf die Auslagen meiner floralen Kreationen.

„Bereit, den Marktwagen zu sehen?", fragte sie mit einem verschwörerischen Lächeln.

„Absolut", antwortete ich, ganz gespannt und kribbelig vor Aufregung.

Wir liefen gemeinsam durch den Garten, vorbei an Beetlandschaften und summenden Bienen, bis hin zu einem von Efeu umrankten Schuppen, der sich hinter einem Busch verbarg. Ashley öffnete die sperrige Holztüre und ich beschattete meine Augen, um den Marktwagen zwischen Gerümpel und alten Brettern besser erkennen zu können. Es war ein verwittertes Teil, dessen Lack abgeplatzte Stellen aufwies, darüber eine gestreifte Markise, die stellenweise rissig war und Stockflecke hatte. Die Räder, groß und robust, schienen zwar bereit, jeden Moment loszurollen, doch dann erkannte ich, das bei zweien die Luft raus war. Ashley öffnete die hölzerne Klappe, die wohl als Verkaufstheke diente, und enthüllte das Innere des Wagens, das mit Regalen und Schubladen relativ gut ausgestattet war.

„Meine Granny verkaufte hier früher ihr Brot, zusammen mit meiner Mum", sagte sie nostalgisch, während sie über das Holz strich. „Doch als meine Mum starb, hatte sie den Verkauf für immer eingestellt. Du würdest den Marktwagen nach all den Jahren wiederbeleben." Ihre Augen füllten sich mit Wasser.

Ich trat näher heran, nahm ihre Hand und strich ihr zärtlich über die Wange. „Es ist eine Ehre", erwiderte ich leise.

„Tja, wie du siehst, gibt es viel zu tun. Der Wagen braucht unbedingt einen neuen Anstrich und nicht nur das", fügte sie unter Tränen hinzu, ehe sie ihr Gesicht schluchzend in ihrem Ärmel verbarg.

Ich nahm Ashley fest in den Arm, entschlossen, den großen Fußstapfen der Marktwagens gerecht zu werden und ihn mit Lebenskraft zu füllen. „Wir werden ihn zusammen herrichten", versprach ich, „und er wird schöner sein als je zuvor."

Später am Abend erreichte ich das Anwesen der O'Sullivans in St. Ives, ein herrschaftliches Haus auf einem Hügel bei einem Neubaugebiet. Vor dem Haus stand ein Springbrunnen mit einer steinernen Nixe, die mir schon seit Kindheitstagen unheimlich war. Das Herrenhaus war das Erbstück des Earls aus Schottland und wirkte trotz seiner Größe und Pracht nie prätentiös, denn die O'Sullivans waren stinknormale Menschen. Gilbert O'Sullivan, der Stiefbruder meines Vaters, der auch einen Laden in St. Ives betrieb, in dem er recyceltes Treibgut verkaufte, und seine Ehefrau Mary, die in der Pflege tätig war, gaben mir stets das Gefühl, herzlich Willkommen zu sein. Das Abendessen wurde in einem Speisesaal serviert, der mit einer antiken Tafel und elegant gepolsterten Stühlen ausgestattet war. An den Wänden hingen Jagdtrophäen und Schwerter und es gab sogar zwei Rüstungen, die von Jahrhunderte alten Geschichten zeugten. Obwohl es anfangs stets etwas befremdlich wirkte, wusste ich, dass die Einrichtung zu diesem Haus gehörte, wie das Salz ins Meer. Während des Essens plauderten wir über allerhand Belangloses, und Mary erzählte begeistert von ihren Plänen, einen Teil des Gartens in ein kleines Heilkräuterbeet umzuwandeln, was ich mir sehr gut vorstellen konnte.

„Ashley erzählte uns, dass du den alten Marktwagen ihrer Granny Rose wiederbeleben willst. Was für eine wunderbare Idee." Ich strahlte über beide Ohren, als Onkel Gilbert meine Pläne begrüßte. Es tat so gut, Zuspruch zu ernten.

„Ja, oder? ich hoffe, dass meine Sträuße bei den Menschen gut ankommen. Es war schon immer ein Traum von mir, Floristin zu werden. Leider habe ich nicht die passende Ausbildung, aber vielleicht klappt es ja auf Umwegen, die Leute zu begeistern."

Mary, die sich gerade ein Stück Brot butterte, lächelte mich ermutigend an. „Ich bin da ganz bei dir. Du hast wirklich Talent, ich durfte einige deiner Werke schon begutachten. Blumensträuße sind etwas sehr Persönliches und ich bin mir sicher, dass diese Idee in der Gegend Anklang finden wird."

„Das wäre großartig."

„Du bringst wieder Leben in das alte Erbe von Rose. Das ist in der Tat eine schöne Art der Wertschätzung und Erinnerung. Aber war das wirklich der einzige Grund, wieso du hierher zurückgekehrt bist?" Onkel Gilbert spielte natürlich auf meine spontane Abreise von Bardowie an. Das Dilemma war nicht an ihm vorbeigegangen, gewiss hatte er auch schon mit Dad telefoniert und ihm versichert, dass ich okay war. Die Erinnerungen an meine turbulenten Tage in Bardowie flackerten just in meinem Kopf auf, dabei wollte ich am liebsten damit abschließen. Und dann fiel mir ein, dass zu allem Übel ein Telefongespräch mit Dad bevorstand ...

„Sagen wir so: Es war einer der Gründe“, antwortete ich nach kurzer Überlegung, meine Worte sorgfältig abwägend. Ich entschied mich dafür, nicht weiter in die Details zu gehen, besonders nicht in Anwesenheit von Mary, die ich nicht mit meinen persönlichen Liebesdramen zutexten wollte.

„Stress mit der Familie?“, fragte er behutsam und natürlich lautete meine Antwort: Aye. Und dann war es, als hätte jemand den Knoten gelöst und es sprudelte nur so aus mir heraus. Meine Unzufriedenheit in der Destillerie, der Wahnsinn im Büro, die ständigen Probleme mit meinen Eltern. Ich ließ nichts aus. Auch nicht das Geheimnis meines Vaters, welches gewissermaßen auch Gilbert bekannt sein könnte, der immerhin dessen Stiefbruder war.

„Es tut mir leid, dass du so viel durchmachen musst, Debbie“, sagte Mary sanftmütig. „Ich kann gut verstehen, dass du erst mal genug hast.“ Ich nickte, dankbar für ihr Verständnis.

„Vielleicht erinnert ihr euch noch an früher? Da habe ich gerne heimliche Mixture hergestellt, um den Whisky zu verfeinern und Dad hat jedes Mal getobt. Ich habe mir dieses Jahr zu Ostern sogar Pakete nach Cornwall liefern lassen, nur um ein bisschen herumzuprobieren. Das Zeug steht immer noch bei Ashley rum.“ Mary schenkte mir einen Blick, der irgendwo zwischen Entzücken und Mitleid lag. Es war offensichtlich, dass meine kleinen Eskapaden sie amüsierten, aber gleichzeitig auch nachdenklich stimmten.

„Dad hat es immer missbilligt, wenn ich experimentiert habe. Oder vorschlug, Führungen anzubieten. Er war gegen jede Art der Innovation", fuhr ich angefressen fort. „Jetzt weiß ich zwar, warum er das tat, aber ich frage mich, wieso er nicht von Anfang an mit offenen Karten gespielt hat." Vielleicht warf ich Onkel Gilbert in Gedanken vor, dass er ebenfalls darüber geschwiegen hatte, andererseits war es nicht seine Aufgabe gewesen, mich einzuweihen, sondern die meines Vaters. Wer wohl sonst noch Bescheid wusste? Ed? Charlie? Ashley?

Die Frage blieb in der Luft hängen, während wir uns weiterhin angeregt unterhielten, und ich konnte erkennen, dass auch Gilbert und Mary darüber nachdachten. Es war offensichtlich, dass diese Geheimnisse und unausgesprochenen Wahrheiten die Dynamik meiner Familie sehr stark beeinflussten.

***

Am nächsten Morgen machte ich mich früh auf den Weg. Der nächstgelegene Baumarkt war eine kurze Fahrt entfernt, und ich genoss die Morgenluft, die durch das Autofenster strömte. Wenig später parkte ich auf dem fast noch leeren Parkplatz und betrat den Baumarkt einer Kette. Zuerst ging ich zur Farbabteilung, immerhin brauchte der Wagen dringend einen neuen Anstrich. Die Wände waren mit Farbkarten tapeziert, ein Kaleidoskop aus Möglichkeiten. Es war großartig, dass Ashley mir die Chance bot, den Marktwagen nach meinen Vorstellungen zu gestalten. Ich

verbrachte einige Zeit damit, die Farbtöne zu vergleichen. Grundsätzlich stellte ich mir etwas Helles, Einla-
dendes vor, vielleicht ein zartes Rosa oder sanftes Pas-
tellblau. Letztendlich entschied ich mich dann aber für
Mintgrün, das sehr gut zur Umgebung passen würde.

Anschließend suchte ich Pinsel und Walzen aus. Ich
wählte einige hochwertige Pinsel in verschiedenen
Größen, die gut in der Hand lagen und eine gleichmäßige Farbverteilung versprachen. Ein Farbroller war
unerlässlich für die größeren Flächen, und eine
Schaumstoffrolle würde für die Feinarbeit nützlich
sein. Bei den Reparaturmaterialien nahm ich mir Zeit,
um die richtigen Schrauben und Nägel auszusuchen.
Ich wollte sicherstellen, dass sie rostfrei waren, um
dem englischen Wetter zu trotzen. Ein Mitarbeiter half
mir, die benötigten Größen zu finden, und empfahl mir
zudem eine Tube Holzleim. Oh yes! Dieses Projekt war
nicht nur eine Aufgabe, es war ein ganz neuer Anfang.

Kapitel 19

Bardowie, Schottland 2022

Ich schlenderte nach Feierabend mit Ed durch den Wald nahe der Destillerie. Es war so friedlich hier. Ich liebte es, in der Produktion auszuhelfen, und doch war es körperlich sehr anstrengend. Eine Runde im Wald zu drehen, war genau das, was ich brauchte, um mich zu erden.

„Michael hat heute wieder alles gegeben," sagte ich und sah grinsend zu Boden. Ich sah ihn vor meinem inneren Auge, wie er einem Lieferanten Rede und Antwort stand, der Fragen zur richtigen Lagerung hatte. Michael blieb stets höflich und geduldig. Das zeichnete ihn aus. „Sein Talent ist einfach unglaublich. Ich bewundere ihn. Für alles."

Ed schob kichernd einen Ast beiseite. „Klingt, als wärst du ziemlich verknallt."

„Ach was," winkte ich ab und hoffte, dass er nicht in mein Gesicht blickte. Oder bildete ich mir die aufsteigende Röte nur ein? „Wir sind bloß gute Freunde und er sieht das genauso."

„Bei seiner Gartenparty im August hatte ich aber einen ganz anderen Eindruck bekommen."

Ich blieb stehen. „So, hast du das, aye? Und welcher Eindruck war das?"

Ed legte mir behutsam eine Hand auf die Schulter und ich zuckte automatisch zusammen. „Debbie, komm schon. Ihr seid gemeinsam im Wald verschwunden.“

„Du hast das mitbekommen?“ fragte ich zögerlich.

„Das hat jeder mitbekommen. Du hast dich zwar abgemeldet, aber ich dachte nicht, dass es euch gleich in den Wald hinaus zieht. Na ja, dort konntet ihr wenigstens ungestört sein, hehe.“

„Rede keinen Unfug! Er hatte mir lediglich eine Blumenwiese gezeigt,“ erwiderte ich scharf.

„Eine Blumenwiese? Mitten im Wald? Klar doch!“

Ich seufzte und setzte meinen Weg fort. „Aye, er hat sie eigenhändig dort angesät. Jedenfalls waren wir nicht im Wald, um es miteinander zu treiben, falls du das denkst.“

Ed blieb dicht hinter mir und ich konnte seinen Atem hören. „Denke ich nicht. Dafür ist Michael nämlich viel zu anständig.“ Ich knurrte. Bedeutete das etwa, dass ich so unanständig war, dass Ed mir eine Nummer im Wald durchaus zutraute? Idiot!

„Jetzt mal ehrlich, wenn du ihn so bewunderst und ihr euch gut versteht, warum gehst du nicht den nächsten Schritt?“

„Wir sind Kollegen? Und Freunde. Das Risiko ist es nicht wert.“

„Risiko besteht immer,“ sagte er rechthaberisch. „Aber manchmal lohnt es sich, ein Risiko einzugehen. Du hast immer gesagt, dass Ehrlichkeit wichtig ist. Warum sollte das jetzt anders sein?“

Ich seufzte. „Es ist einfach kompliziert." Ich brach ab
und suchte nach den richtigen Worten. „Er ist so viel
mehr für mich. Ein Freund, ein Vertrauter."

„Und genau deshalb solltest du ehrlich zu ihm sein.
Und zu dir. Wenn er genauso fühlt, wird alles gut. Und
wenn nicht, dann werdet ihr einen Weg finden, damit
umzugehen."

„Wie ätzend," murmelte ich. „Alleine die Vorstellung,
dass sich etwas ändert, macht mir Angst."

„Veränderung ist nicht immer schlecht", antwortete
Ed. „Manchmal führt sie zu etwas Besserem. Denk an
die Blumenwiese, die er im Wald angelegt hat. Sie war
auch eine Veränderung, und sie ist wunderschön geworden. Sie hat diesen Teil des Waldes verbessert."

Ich musste lachen.

„Aye, sie ist wunderschön."

Er zog eine Grimasse und verstellte seine Stimme.
„,Michael, ich finde dich super, lass uns zusammen eine
Blumenwiese anlegen, und dann heiraten wir und le-
ben glücklich bis ans Ende unserer Tage!'"

Ich schlug mir die flache Hand gegen die Stirn und
kringelte mich vor Lachen. „Ach, Ed, was für eine großartige Ansprache. Aber was, wenn er mich nur schräg
ansieht und sagt: ‚Debbie, du hast wohl zu viel Whisky
getrunken'?"

„Dann sage ich ihm, dass er sich glücklich schätzen
sollte, von einer so klugen und hübschen Frau wie dir
begehrt zu werden," erwiderte er kühn und zwinkerte
mir zu. „Außerdem, wenn er ablehnt, kannst du ihm
immer noch eine Nase voll Kiefernnadeln geben."

Ich boxte ihn leicht in die Seite. „Du bist unmöglich,
weißt du das?"

„Aye, das habe ich schon öfter gehört. Aber im Ernst, du solltest es versuchen. Du hast nichts zu verlieren.“

„Außer meiner Würde,“ murmelte ich.

„Ach, die ist überbewertet,“ sagte Ed lachend. „Und wenn alles schiefgeht, kannst du immer noch in die Stadt ziehen und eine Katzenfrau werden.“

Ich schüttelte grinsend den Kopf. „Du bist so blöd.“

„Das bin ich nicht!“ Ed legte mir einen Arm um die Schulter. „Mal im Ernst, Debbie, du wirst nie wissen, was passieren könnte, wenn du es nicht versuchst.“

„Vielleicht hast du recht,“ sagte ich schließlich. „Ich werde es ihm trotzdem nicht sagen.“

Kapitel 20

Cornwall, England

Die Sonne brach durch die Wolken, als wir uns an die Renovierungsarbeiten machten. Ashley und ich standen vor dem Wagen, der uns viel Arbeit versprach.

„Na, dann wollen wir mal", keuchte Ashley, während sie den Eimer mit Grundierung auf dem Tapeziertisch abstellte. Das Gerät war schwer und hatte uns ins Schwitzen gebracht, als wir es aus dem Schuppen bis vor das Cottage gerollt hatten.

„Bin bereit", erwiderte ich und betätigte die Bremse des Wagens. Seit Tagen konnte ich es kaum erwarten, diesen alten Schatz wieder zum Leben zu erwecken. Wir betrachteten den Marktwagen, nahmen jedes Detail in Augenschein und planten unsere nächsten Schritte. Girlpower! Zuerst würden wir den alten Lack entfernen. Dann würden wir ihn streichen, die Räder und Markise erneuern, bevor der kreative Teil kam: Dekorationen, die den Wagen zu einem Hingucker machen würden.

Ashley und ich griffen zu Schleifpapier und einer Schleifmaschine, um konzentriert die Oberfläche abzutragen. Es war harte Arbeit, die unsere Arme schnell ermüdete, aber wir waren entschlossen, das Projekt abzuschließen. Der Klang der Maschine hallte durch die

Luft, während sie über den alten Lack surrte und ihn abrieb. Ein feiner Staub wirbelte um uns herum, und ich spielte mit dem Gedanken, eine Maske anzulegen. Es roch nach Metall, und ich schnüffelte an den Blümchen, um den Geruch zu neutralisieren.

Nachdem der Lack entfernt war, betrachteten wir den Wagen in seiner rohen Form. Einige Stellen waren noch von Rost oder Farbresten bedeckt, die wir nachbearbeiteten, um eine glatte Oberfläche zu erhalten. Als nächstes war die Neulackierung geplant – aber zuerst trugen wir eine Grundierung auf und ließen das Objekt über Nacht trocknen. Dann waren die Räder an der Reihe. Mit vereinten Kräften montierten wir diese ab, wobei das Metall quietschte und knarrte. Jedes Rad löste sich mit einem lauten Knacken von der Achse, und wir mussten Kraft aufwenden, um sie zu lösen. Trotz der Anstrengung nahmen wir uns die Zeit, jeden Reifen gründlich zu reinigen, indem wir Zentimeter für Zentimeter mit einem feuchten Tuch und Reinigungsmittel arbeiteten.

Nachdem wir eine kleine Pause gemacht hatten, war es Zeit, die Räder mit Luft zu füllen. Ich pumpte alle vier auf. Das Zischen der Luft, die in die Reifen strömte, zeugte von unserem Fortschritt. Als die Räder gefüllt waren, konnten wir sie wieder befestigen, und der Wagen stand endlich auf einer Geraden. Ein Meilenstein!

„Ich habe mir noch was überlegt. Ich könnte Flyer anfertigen, um auf mich aufmerksam zu machen ... was meinst du?" Ashley stimmte zu, ehe sie ihr Handy aus der Tasche zog. „Tolle Idee! Wir könnten Bilder von deinen Blumenarrangements verwenden und Informationen darüber, wann und wo man dich findet. Und vielleicht könnten wir auch ein paar Sonderangebote oder Rabattcodes hinzufügen."

„Perfekt!"

Ashley tippte eifrig auf ihrem Handy herum und fing an, erste Entwürfe für die Flyer zu machen. Ich schätzte ihre Entschlossenheit, sich für Herzensangelegenheiten einzusetzen. Ihre Finger flogen über das Display ihres Handys, während sie verschiedene Layouts und Designs ausprobierte.

„Ich habe schon ein paar coole Ideen, wie wir sie gestalten könnten."

„Du bist einfach die Beste!" Es war fast alles im Lot. Der Wagen war instand gesetzt, abgesehen von der fehlenden Lackierung und einer neuen Markise, die Alte war nicht mehr zu gebrauchen.

„Hey, was hältst du von denen hier?", fragte sie, während sie mir verschiedene Optionen präsentierte. Ich betrachtete die Bilder und Texte auf dem Bildschirm und war begeistert.

„Das sieht gut aus. Vielleicht passen wir die Schriftart an, aber sonst ..."

„Okay, lass uns das weiterverfolgen. Wir können die Flyer in den nächsten Tagen drucken lassen und verteilen."

Ich gab ihr einen High-five, rief juchzend aus, doch plötzlich durchbrach ein Geräusch die Stille des Vormittags. Verwundert wandten wir uns um und sahen eine Herde Schafe, die vom benachbarten Feld ausgebüxt war und auf uns zukam. Ashley prustete los.

„Was zum ...?" Ich riss ungläubig die Augen auf. „Schafe?!"

Das Stampfen ihrer Hufe bereitete mich auf eine außergewöhnliche Begegnung vor. Mein Herz schlug schneller, als ich den Ansturm der Tiere verinnerlichte.

„Der Wagen!", kreischte ich und hechtete schützend vor unser Projekt. Wir tauschten hilflose Blicke aus, während Ashley versuchte, nicht laut loszulachen. Ich würde dieses Ding mit meinem Leben verteidigen!

„Ich hoffe, sie haben eine Reservierung für dein B&B abgeschlossen", scherzte ich mit pochendem Herzen. Die neugierigen Schafe kamen näher, aber langsamer. Scheinbar hatten sie keine Angst vor uns, aber irgendetwas musste sie aufgescheucht haben. Mein Blick haftete auf einem besonders tapsigen Kerlchen, das mich ins Visier nahm, ehe ich mit einem kräftigen Ruck den Marktwagen beiseite schob.

„Nein, Freundchen ... da lass' ich dich nicht ran!", mahnte ich und achtete darauf, den wolligen Mähern nicht zu nahe zu kommen. Obwohl die Tiere harmlos aussahen, ahnte ich, dass sie es faustdick hinter ihren Öhrchen hatten.

„Vielleicht wollen sie ja nur eine Spritztour machen", bemerkte Ashley und konnte sich ein Lachen nicht mehr verkneifen, ehe sie ihr Handy zückte, um die Szene festzuhalten. Es waren mindestens zwanzig Schafe, die hier nichts zu suchen hatten.

„Husch, husch, weg mit euch", sagte ich laut und fuchtelte mit meinen Händen herum, stets darauf bedacht, den Wagen nicht aus dem Blick zu verlieren. Die Tiere blieben unbeeindruckt und erkundeten Ashleys Grundstück. „Wenn Ed nur da wäre ... bei seinem Anblick würden sie sofort umkehren ... oh, nein! Weg von meinem Wagen!" Ich verfolgte ein besonders aufmüpfiges Schaf, das es auf den Marktwagen abgesehen hatte. Todesmutig stellte ich mich mit verschränkten Armen vor das ‚Projekt auf vier Rädern'. Ashley lachte bei meinem Anblick noch lauter. Das Schaf ließ sich nicht beeindrucken und knabberte an den Grashalmen vor meinen Füßen.

„Hoffentlich ist es vegetarisch", murmelte ich. Ashley gluckste und fing an, die Schafe zu benennen, während sie Fotos machte. „Wer weiß, vielleicht suchen sie nach WLAN."

„Du meinst wohl eher MÄH-LAN." Ein Schaf hob den Kopf und starrte uns an, als ob es unsere Unterhaltung verstanden hätte. „Siehst du, die haben eine Spionageausbildung", flüsterte ich Ashley zu, die vor Lachen nicht mehr geradestehen konnte. „Wir sollten lieber aufpassen, was wir hier so von uns geben."

Schließlich sahen wir den Schäfer, der mit großen Schritten über die Wiese eilte, um seine Herde zusammenzutreiben.

„Der Arme Harry", hörte ich Ashley prusten.

„Es tut mir leid", keuchte Harry wenig später mit Blick auf die Schafe, die nun friedlich vor dem Cottage grasten. „Sie haben das Schlupfloch im Zaun gefunden, den wir erneuern." Harry war ein älterer Mann mit einem freundlichen Gesicht.

„Ist ja nichts passiert", antwortete ich, ebenfalls noch außer Atem vom Schieben des Wagens.

Die Herde war bunt gemischt, mit Schafen in verschiedenen Farben und Größen. Einige hatten flauschiges, weißes Fell, während andere dunkelbraun oder schwarz waren und mich schelmisch anblickten.

Unter den Schafen stach eines hervor: Ein kleines Lämmchen mit schwarzem Gesicht und weißen Flecken, das umherhüpfte.

„Das ist niedlich", flüsterte Ashley und deutete auf das kleine Lamm, natürlich nicht ohne es mehrfach zu fotografieren. „Das könnte aus einem Kinderbuch stammen."

„Aye, wirklich knuffig", stimmte ich zu, während ich das kleine Schäfchen beobachtete, das durch das Gras sprang und die anderen Tiere zu einem Spiel animierte.

Harry, dessen Atmung sich wieder normalisiert hatte, entschuldigte sich noch mal, ehe er die Schafe in Richtung des Feldes trieb. Die Herde folgte ihm widerstandslos, als hätten sie nur einen kurzen Ausflug gemacht.

„Das war cool", fand Ashley. „Wer hätte gedacht, dass unser Renovierungsprojekt von einer Schafherde besucht wird?"

„Es war skurril. Echt schräg", stimmte ich zu, bevor wir in Lachen ausbrachen.

***

Nach Tagen unermüdlicher Mühe und kreativer Inspiration thronte der restaurierte Marktwagen auf dem Dorfplatz von Zennor, bereit, seine Pracht der Welt zu enthüllen. Der Wagen war ein Hingucker geworden, ganz abgesehen von den Blumensträußen, die ich zum ersten Mal zum Verkauf anbot, was meine Aufregung steigerte. Der pastellgrüne Anstrich glänzte im Morgenlicht. Von altem Lack und Rost war nichts mehr zu sehen. An den Seiten des Wagens waren Blumenmuster, die die Blicke der Passanten auf sich zogen. Blumenranken schlängelten sich bis zu den Rädern und entlang der Seitenwände, als würden sie seine Bestimmung als mobiler Blumenladen unterstreichen. Die Vorderseite des Wagens war mit einem Schriftzug verziert – Flowerbox. Darüber thronte eine gefilzte Blume als liebevolles Detail.

„Bereit für den großen Moment?", flüsterte Ashley an meiner Seite.

„Bereiter als je zuvor", erwiderte ich. Dass ich von meinem Aufenthalt in Bardowie noch enttäuscht war, konnte ich zuletzt erfolgreich kompensieren. Stundenlang saß ich am Tisch in Ashleys Garten und verlor mich im Binden von Sträußen und Arrangements, die mir halfen, zu heilen. Und auch wenn zwischendurch ein Gedanke den nächsten jagte, fand ich mich voller Mut und Zuversicht wieder. Das Telefongespräch mit meinem Vater ging mir nahe, und ich wusste nicht, ob ich sauer über seine Verschwiegenheit oder enttäuscht darüber war, dass er seine Geschichte nie zuvor mit mir geteilt hatte. Aber ich schwor mir, es nicht zu nah an mich heranzulassen. Es war schon traurig genug, dass meine Familie nicht hier war.

Die Bewohner des Dorfes strömten herbei, und ich spürte, wie mein Herz vor Aufregung drohte, aus meiner Brust zu springen. Ashley wünschte mir viel Erfolg, ehe sie zu ihrem Cottage zurückkehrte, um neue Gäste zu empfangen. Wenn mein Marktwagen nur halb so gut laufen würde wie ihr B&B, war ich zufrieden. Es bildete sich ein belebtes Treiben auf dem Dorfplatz von

Zennor. Ich lauschte den Gesprächen der Menschen, lachenden Kindern und einem Klappern, das von einem benachbarten Marktstand zu mir herüberdrang. Umgeben von anderen Ständen, die Waren anboten, über Fisch bis zu Handarbeitsware, stand ich als einzige Anbieterin vor Blumensträußen. Ob mein Konzept aufgehen würde? Die Flyer, die wir verteilt hatten, gingen weg wie warme Brötchen. Ich nahm einen tiefen Atemzug, schloss kurz die Augen und genoss den Moment, den ich mir lange herbeigesehnt hatte. Ich hatte es geschafft! Ich war eine Blumenfrau! Voller Elan und Hingabe folgte ich diesem Traum und ließ mich von nichts abbringen, egal, wie holprig der Start war. Natürlich war es ein Wagnis, die Sträuße anzubieten, ohne eine Ausbildung zu haben, aber ich sah mich als talentierte Quereinsteigerin. Die Blüten in vielen Formen und Farben erstrahlten in der Morgensonne und zogen die Blicke der Passanten an.

Einige potenzielle Kunden blieben stehen, um die Sträuße zu bewundern, während andere entschlossen waren, sich eines meiner Werke zu sichern. Ich genoss die Anerkennung und das Lob von Fremden. Scheinbar hatte ich etwas Besonderes geschaffen und es fühlte sich gut an, dies zu teilen. Dass ich auf dem Marktplatz auf Lilouan getroffen war, verdrängte ich. Und als in der Menge vertraute Gesichter erschienen, mein Cousin Charlie und seine Eltern, wurde es mir warm ums Herz. Ein Teil meiner Familie war hier, um mich zu feiern!

„Gratuliere von Herzen, Kind", flötete Mary, die sich durch die Menge an meinen Stand zwängte und konnte sich an den Sträußen gar nicht sattsehen. „Auch der Wagen ist wunderschön geworden.“

„Ein Jammer, dass das deine Eltern nicht zu Gesicht bekommen“, hörte ich Onkel Gilbert sagen und ehe ich mich versah, hatte er schon ein Foto von mir hinter der Flowerbox geknipst. „Ich werde ihnen das Bild sofort zuschicken. Das heißt, wenn ich Empfang habe ... Oh, hallo, Greg ...“ Gilbert wandte sich einem älteren Herrn zu, der ihm auf die Schulter getippt hatte und ihn rasch in ein Gespräch verwickelte. Während Mary mich im Austausch mit einer Dame lobte, strich ich mir über die Wangen, um die aufsteigende Röte zu verstecken.

„Und? Genießt du die Aufmerksamkeit?“, fragte Charlie kichernd, lief um den Wagen herum und drückte mir einen Kuss auf die Wange. „Ich freue mich für dich, Cousinchen. Vielleicht sollten wir uns bald wieder dem Whisky zuwenden, dann kannst du die fertigen Mixture ebenfalls hier verkaufen.“ Ich lächelte müde. Da die Basis der Mixture unser Whisky aus Bardowie war und mein Vater dagegen war, schloss sich dies leider aus.

„Und? Hattest du Erfolg in Schottland? Wer war denn nun der Earl?“

„Oh, in der Tat. Wir haben so Einiges herausgefunden. Das erzähle ich dir aber mal in Ruhe.“

„Ich bin gespannt.“

„Danke noch mal, dass du Ashley Starthilfe geleistet hast.“

„Um ehrlich zu sein, hätte ich viel mehr tun können. Stattdessen bin ich zurück nach Bardowie, was sich als großer Fehler herausgestellt ...“ Doch ich wurde unterbrochen, als die Dame, die sich zuvor mit Mary unterhalten hatte, meine Beratung wünschte. Und in diesem Augenblick tat ich nichts lieber, als meine Fachkenntnisse zum Besten zu geben.

Kapitel 21

St. Ives, Cornwall

Der frühe Sommer hing wie ein Versprechen über St. Ives, während wir die Straßen des Küstenstädtchens entlangschlenderten. Die Junisonne spielte im Wasser der Bucht, die sich wie ein glitzernder Teppich zum Horizont erstreckte. Überall um uns herum blühten die Gärten in einem Feuerwerk aus Farben: Dahlien, Petunien und Gladiolen, die sich gegen den Wind stemmten. In meinem Kopf band ich sie alle zu Sträußen.

Die schmalen Gassen waren gesäumt von Fischerhäusern, deren weiß getünchte Wände im Sonnenlicht strahlten. Die blauen und grünen Fensterläden waren aufgeworfen, und aus manchem Fenster wehte der Duft von frisch gebackenen Scones. Charlie und ich liefen den gepflasterten Weg hinunter zum Hafen, wo die Fischerboote im rhythmischen Schlagen der Wellen schaukelten. Seile und Netze lagen auf dem Holz der Docks verteilt, bereit, bei der nächsten Fahrt wieder hinaus aufs Meer zu segeln. Möwen kreischten über unseren Köpfen und stürzten sich in die Luft, immer auf der Suche nach dem nächsten Happen.

Am Strand drängten sich die Leute weniger dicht als erwartet, verstreut in Gruppen, die die Ruhe und Brise genossen. Kinder bauten Sandburgen, während ihre Eltern sich entspannten, die Augen geschlossen, das Gesicht der Sonne zugewandt.

Wir setzten uns auf eine Mauer, die den Küstenweg vom Meer trennte. Die Rufe der Möwen verloren sich im Brausen der Wellen. Charlie, der eine Muschel drehte, sah mich mit einem Grinsen an. „Jetzt erzähl mal ... was war das eigentlich mit dir und Lilouan? Immerhin bist du seinetwegen zurück nach Bardowie." Ich schnaubte. Das war nicht gerade mein Lieblingsthema.

„Aye. Ich trug wohl diese rosarote Brille." Meine Lippen formten sich zu einem Strich. „Er hat mich betrogen. In meiner eigenen Wohnung."

Charlies Augen weiteten sich, bevor er sich räusperte und ein Prusten von sich gab.

„Oh, Debbie, das ist ja fast schon filmreif! Ich meine, wer macht denn sowas? Wart ihr ein richtiges Paar?"

Ich konnte nicht anders, als trotz meiner Frustration kurz zu lächeln. „Nein, ich glaube nicht."

„Tja, dann war es auch kein Betrug, oder?", neckte Charlie, aber seine Augen wurden sanfter, als er meine Hand leicht drückte. „Aber mal im Ernst, das tut mir echt leid für dich. Das ist schon mies."

„Vertrauen ist so eine zerbrechliche Sache. Vielleicht hätte ich einfach auf Ed hören sollen, er war ja von Anfang an skeptisch. Oder auf Michael." Ich schaute auf das Meer hinaus, wie die Wellen sich brachen und wieder zurückzogen. Michael. Ich hatte ihn wohl für immer verloren.

„Hm. Du bist zweifellos besser dran ohne jemanden, der dein Vertrauen missbraucht."

„Aye. Aber meine Eltern ... sie haben mein Vertrauen auch missbraucht. Vielleicht gibt es da draußen niemanden mehr, dem ich trauen kann." Ich schluchzte.

„Oh, ja, diese Sache ...", seine Miene versteinerte. „Vielleicht versuchst du mal, es anders zu sehen? Die beiden hatten sicher ihre Gründe ..."

Ich sah ihn vorwurfsvoll an. „Du nicht auch noch." Die frisch geflickten Wunden schienen wieder aufzureißen, und das Salz in der Luft fühlte sich plötzlich beißender an, fast so schmerzhaft wie die Erinnerungen selbst.

Charlie bemerkte wohl, dass er einen Nerv getroffen hatte, und seine sonst so leichte Haltung wich einer ernsteren. „Debbie, ich bin auf deiner Seite. Immer. Ich wollte nur sagen, dass Menschen manchmal Fehler machen, nicht weil sie böse sind, sondern sich nicht anders zu helfen wissen."

„Ich weiß, Charlie. Es ist nur ... manchmal fühlt es sich so an, als ob ich die Einzige bin, die versucht, alles richtig zu machen, und am Ende bin ich diejenige, die verletzt wird. Ich bin immer der Idiot." Meine Stimme war leise, fast verschluckt vom Wind und ich hasste mich dafür, dass ich schon wieder mit den Tränen kämpfte.

„Das ist das Risiko, wenn man sich anderen öffnet. Aber du darfst deswegen nicht aufhören, Menschen zu vertrauen. Schau mich an, ich bin immer noch hier, oder? Und deine Eltern lieben dich. Du weißt das."

„Aye." Ich wusste es. Wir saßen eine Weile schweigend da und mir wurde klar, dass Charlie wohl recht hatte. Nicht jeder würde mich enttäuschen. Es gab immer noch Menschen wie ihn, die wie Leuchttürme in der Dunkelheit meiner Erfahrungen standen. Obwohl wir uns so lange aus den Augen verloren hatten, schien unser Band nun fester zu sein als je zuvor. Und wahrscheinlich stimmte es sogar, dass mein Vater mich nicht verletzen wollte. Mum genauso wenig. Das musste ich zumindest in Erwägung ziehen.

„Komm", sagte Charlie schließlich und stand auf, „lass uns weitergehen. Wenn du willst, können wir meinem Dad helfen. Er sammelt unten am Strand Müll für neue Werke. Glaub mir, das macht den Kopf frei." Ich nickte. Nach dieser sehr emotionalen Unterhaltung fühlte ich eine Mischung aus Erleichterung und Schwere. Eine Ablenkung kam wie gerufen. Bald darauf erreichten wir den Parkplatz, auf dem Charlies Pick-up stand. Er öffnete mir die Tür.

„Heute gar nicht mit dem Bentley unterwegs?"

„Nun, der wird nur noch zu besonderen Anlässen gefahren. Und dazu gehört ganz bestimmt nicht, Müll aufzusammeln." Ich lachte. Charlie hatte eine eigene Wohnung in St. Ives, war aber die meiste Zeit in Zennor, bei Ashley.

„Gehst du eigentlich noch Fischen, wie früher?"

„Dazu fehlte mir zuletzt die Zeit, aber vielleicht steche ich demnächst wieder in See." Denn obwohl Charlie aus gutem Hause kam, war er fleißig und keineswegs arbeitsscheu. Als Fischer verdiente er mit harter Arbeit sein eigenes Geld, doch die Nachforschungen bezüglich seines Urururuuronkels in Schottland hatten ihm zuletzt eine Art Zwangspause auferlegt. Er nahm es mit Humor und so war er mir sowieso am liebsten. Witzig und gut gelaunt. Er kletterte hinter das Steuer und warf mir ein Grinsen zu, ehe er den Motor startete und den Pick-up aus dem Parkplatz manövrierte. Die Fahrt zum

Strand war kurz, und ich inhalierte die Luft, die durch das Fenster wehte.

„Schön, dass wir uns so gut verstehen", sagte ich, während ich die Landschaft betrachtete. „Kaum zu glauben, dass wir uns fast aus den Augen verloren hätten."

Er nickte. „Stimmt. Das haben wir nur deinem Whisky-Mixture zu verdanken. Whisky verbindet. Wird Zeit, dass wir das Experiment fortführen." Ich stimmte ihm zu. Als wir am Strand ankamen, begrüßte uns eine Gruppe von Freiwilligen, die mit Müllsäcken beschäftigt waren. Onkel Gilbert winkte, und wir gesellten uns zu ihnen. Ich zog die Handschuhe an, die mir Charlie reichte, und wir machten uns nach einer Einweisung auf, den Strand von Treibgut und Unrat zu säubern. Der Sand unter unseren Füßen war kühl, durchsetzt mit Muschelstücken und Tangresten, die die letzte Flut zurückgelassen hatte. Plastikflaschen, deren Etiketten von der Sonne ausgeblichen waren, zerknüllte Chipstüten und verlorene Flip-Flops lagen verstreut. Jedes Stück, das wir aufhoben, hinterließ eine kleine Delle im Sand, die schnell von einer neuen Welle geglättet wurde. Der Geruch des Meeres war intensiv, durchdrungen von einem fauligen Unterton, der von abgestorbenem Seegras und vielleicht auch von Fischresten herrührte.

Ich grub tiefer, um kleinere und schwerere Gegenstände zu erreichen, die sich dort verirrt hatten. Ein zerrissenes Fischernetz, das teilweise im Sand vergraben war, erforderte gemeinsame Anstrengungen, um es freizulegen und zu entfernen. Als wir es herauszogen, wirbelten Sand und kleine Steine auf, und ein unangenehmer Gestank von verrottendem Material stieg uns in die Nase. In der Nähe eines Felsens entdeckte ich eine verrostete Dose, umgeben von Glasscherben, die im Sonnenlicht glitzerten. Vorsichtig sammelte ich jedes Stückchen ein, bedacht darauf, nichts zu übersehen, was einem barfüßigen Strandgänger schaden könnte.

Neben all dem Müll fand ich jedoch auch Schätze des Meeres: eine perfekt erhaltene Seeschnecke und einen kleinen, glatten Stein, der so rund war, dass er fast künstlich wirkte. Die Arbeit war mühsam, aber jeder von uns schien eine stille Zufriedenheit daraus zu ziehen. Vor allem ich. Es war, als würde ich nicht nur den Strand, sondern auch ein Stück von mir selbst reinigen. Der Sand wurde sauberer, die Luft frischer und das Gefühl der Erfüllung wuchs mit jedem weiteren Müllsack, der zum Sammelplatz geschleppt wurde. Als wir schließlich einen Moment innehielten, um durchzuatmen, war der Mief fast schon verschwunden. Unfassbar, dachte ich mit Blick auf die übervollen Säcke, was wir unserem Planeten zumuten.

Die körperliche Arbeit war therapeutisch. Mit jedem Stück Unrat, das ich aufhob und in den Sack warf, fühlte ich, wie ein Teil der Anspannung und Enttäuschung von mir abfiel. Es war, als würde ich symbolisch die Reste meiner Sorgen und Fehler wegräumen. Und vergeben.

„Siehst du", sagte Charlie, als er einen verhedderten Fischernetzhaufen aufhob und mich dabei musterte, „manchmal muss man nur alles Alte und Kaputte entfernen, um Platz für neue Ansichten zu schaffen."

Nachdem Charlie und ich die letzten Müllsäcke verstaut hatten, näherte sich Gilbert uns mit einem breiten

Lächeln. Seine Haare standen in alle Richtungen ab, und seine Kleidung war genauso bunt und verschlissen wie der Kram, den er aus dem Müll zog und in Kunst verwandelte.

„Großartige Arbeit, ihr beiden!“ rief er aus, während er seine Handschuhe in die Jackentasche stopfte. Sein Blick fiel auf den kleinen Stein, den ich in der Hand hielt, und seine Augen leuchteten. „Oh, ein perfekter Kandidat für mein nächstes Projekt! Darf ich?“ Ich bejahte. Gilbert drehte den Stein in seinen Händen, betrachtete ihn aus verschiedenen Winkeln. „Weißt du, jeder dieser Steine erzählt eine Geschichte, genau wie wir. Sie durchreisen Meere, überstehen Stürme und landen schließlich hier an unserem Strand. Manchmal denke ich, sie sind wie kleine Juwelen, die nur darauf warten, entdeckt zu werden.“

Seine Worte ließen mich nachdenklich werden.

„Das ist eine schöne Art, zu philosophieren“, sagte ich.

„Ja, und genau das versuche ich in meiner Kunst zu vermitteln. Es geht darum, das Verborgene und Übersehene zu schätzen“, fuhr Gilbert fort, ehe er den Stein behutsam in seine Tasche steckte. „Und das kann ein Stein, aber auch Müll sein. Nun, wie sieht es aus? Habt ihr Lust, mir beim Sortieren der Fundstücke zu helfen? Ich könnte wirklich Unterstützung gebrauchen. Mary ist heute leider beschäftigt.“

Charlie und ich tauschten einen Blick, und ich konnte sehen, dass er genauso begeistert war wie ich.

„Warum auch nicht?“, sagte ich. „Ein Tag Blumenpause kann nicht schaden. Vielleicht finde ich hier neue Inspiration.“

„Wunderbar!" Gilbert führte uns eine halbe Stunde später zu einer kleinen Werkstatt, die er aus Paletten und recyceltem Material gebaut hatte. Überall um uns herum waren seine Kunstwerke ausgestellt, die es noch nicht in den Verkauf geschafft hatten: Skulpturen aus Treibholz, Glasmosaike und allerlei kuriose Objekte, die er dem Meer und dem Strand abgerungen hatte. Als wir anfingen, die gesammelten Materialien zu sortieren, erzählte Gilbert Geschichten über die Entstehung einiger seiner Lieblingsstücke. Seine Freude war ansteckend, und ich fühlte mich inspiriert durch die Kreativität und Leidenschaft, die er in seine Arbeit steckte. Es war, als hätte er eine magische Fähigkeit, die Welt um sich herum in etwas Schönes und Bedeutungsvolles zu verwandeln.

„Ihr seht", bemerkte Gilbert, der ein besonders knorriges Stück Holz hochhielt, „manchmal ist es die imperfekte, unerwartete Schönheit, die am meisten inspiriert. Es erinnert uns daran, dass auch im scheinbar Gewöhnlichen etwas Außergewöhnliches steckt."

Die Zeit verging schnell, und bevor wir es merkten, war der Nachmittag vorüber. Gilbert hatte recht: Es gab Schönheit in den Überresten, eine Geschichte in jedem Bruchstück. Und auch mein Vater hatte mir einen Teil seiner Geschichte erzählt, die ich eines Tages begreifen wollte. Ich musste nur die Stücke zusammensetzen.

***

Ich fühlte mich wohl in Cornwall. Nicht nur, weil ich familiären Anschluss und mit Ashley eine gute Freundin gefunden hatte, sondern auch, weil meine Blumenarrangements gefragt waren. Mein Marktwagen stand bald jedes Wochenende in einem anderen Dorf, und die Sträuße waren meist schnell ausverkauft. Ich galt sogar als ‚Geheimtipp‘ der Gegend.

Ashleys Garten war im Frühsommer ein Paradies für Blumenliebhaber. Die Vielfalt an Pflanzen war beeindruckend. Ich verbrachte viele Stunden dort, tauchte meine Hände in die Erde und wählte Blumen für meine Arrangements. Ich konnte ihr nicht genug dafür danken, dass ich mich auf ihrem Grundstück austoben durfte. Eines Morgens, als ich gerade neue Gestecke für den Markt vorbereitete, kam eine ältere Dame mit dem Rad vorbei. Sie hatte von meinen Blumenarrangements durch ihre Tochter gehört, die bei einem meiner Märkte ein Gesteck kaufte. „Ihre Arbeit ist exquisit“, lobte sie, und ihre blauen Augen schimmerten vor Begeisterung. „Es ist selten, solch ein natürliches Talent zu finden.“

Ihre Worte wärmten mein Herz. Es war immer noch surreal für mich, als echte ‚Floristin‘ betrachtet zu werden, da ich nie eine formelle Ausbildung in diesem Bereich genossen hatte. Dennoch, die positive Resonanz auf meine Arbeit bestätigte, dass ich auf dem richtigen Weg war.

Mein Erfolg gab mir die nötige Zuversicht und das Selbstvertrauen, kreativer und mutiger in meinen Designs zu werden. So fing ich an, lokale Wildblumen zu integrieren, die ich auf meinen Spaziergängen durch die Hügel von Zennor fand. Diese Mischung aus klassischen und wilden Blumen machte meine Gestecke noch begehrter. Während die Gäste ihr Frühstück im

Freien genossen, richtete ich meinen Marktwagen her, stellte die bunten Gestecke und Sträuße zur Schau und bereitete mich auf den Ansturm der Kunden vor. Ashley unterstützte mich, gab Tipps, welche Blumen gut zusammenpassten, und sorgte für frischen Kaffee, der mir durch die frühen Morgenstunden half.

So gesehen war alles perfekt, bis auf die Tatsache, dass meine Eltern und Ed nicht locker ließen. Sie bombardierten mich täglich mit Nachrichten und Anrufen, baten darum, dass ich nach Schottland zurückkäme. Es schmeichelte mir, dass sie befürchteten, ich könnte in Cornwall sesshaft werden, und ich hätte gelogen, wenn ich es nicht in Erwägung gezogen hätte. Es war gut zu wissen, dass mich meine Eltern vermissten, obwohl zuletzt so viele Probleme zwischen uns standen. Die Arbeit mit den Blumen gab mir so viel – und es kam noch mehr zurück! Etwas, das ich in Bardowie schmerzlich vermisste. Mit Mum und Dad pflegte ich meinerseits nur sporadischen Kontakt; die beiden durften ruhig spüren, dass ich wütend und dennoch in der Lage war, mich selbst zu verwirklichen. Sie litten sicher darunter, dass ich mich rar machte, und doch fiel es mir schwer, über meinen Schatten zu springen und zu vergessen, auch wenn ich mir das schon unzählige Male vorgenommen hatte.

An diesem Nachmittag, als ich gerade ein kniffliges Gesteck zusammenstellte, klingelte mein Telefon unermüdlich. Es war Ed, schon wieder. Ich hob ab.

„Debbie, bitte, komm endlich wieder zurück. Wie lange willst du das noch durchziehen?", flehte er am anderen Ende der Leitung, ohne ‚Hallo' zu sagen. Seine Stimme klang verzweifelt, fast gebrochen, was mein

Herz schwer machte. Und Michael, der offenbar neben ihm stand, fügte hinzu: „Du fehlst hier. Dein Tatendrang fehlt hier." Ich presste die Lippen zusammen und hätte gelogen, wenn mich seine Bitte kalt gelassen hätte. Endlich hörte ich wieder von ihm, dabei dachte ich, er hätte mich schon abgeschrieben.

Wach endlich auf, Debbie, hörte ich eine Stimme in mir mahnen, du bist Michael wirklich wichtig! Ich betrachtete Ashleys Garten, der fast ein zweites Zuhause für mich war. Die Bienen summten um die Blüten, Schmetterlinge tanzten durch die Luft und die Sonne wärmte meine Haut. „Ich vermisse euch ja auch", gab ich zu, „aber das, was ich hier erleben darf, kann mir Bardowie nicht geben. Ich bin unabhängig, frei und erfolgreich." Verdammt, fühlte sich das gut an, diese Worte auszusprechen.

„Aber wir sind deine Familie, Debbie. Dein Platz ist bei uns, in Schottland."

„Ich weiß, dass ihr das denkt", antwortete ich schroff, „aber mein Platz ist dort, wo ich glücklich bin. Ich muss tun, was für mich am besten ist. Das habe ich endlich verstanden."

Die Diskussion ging noch eine Weile hin und her, wobei jedes Wort schwerer wog als das vorherige. Ich verstand die Sorgen meiner Familie und fühlte mich geehrt, dass sie mich vermissten, erkannte aber auch, dass ich die Freiheit hatte, mein eigenes Glück zu wählen. So entschied ich mich an diesem Abend, einen langen Brief an meine Eltern und Ed zu schreiben. Ich erklärte meine Gefühle und meine Notwendigkeit, in Cornwall zu bleiben. Ich erzählte von Ashley, Charlie und dessen Eltern, aber auch dem Marktwagen, dem

Garten und all den kleinen Freuden, die mein Leben hier erfüllten. Außerdem erwähnte ich die Enttäuschungen und den Schmerz, den ich mit meiner Heimat verband.

Liebe Mum, lieber Dad, lieber Ed,
in letzter Zeit ist so vieles geschehen, dass ich oft nicht mehr weiß, wo mir der Kopf steht. Einige Dinge zwischen uns sind unausgesprochen, und unsere Herzen verletzt. Gerne möchte ich euch heute aus meiner Sicht berichten, um eventuell euer Verständnis für meine Entscheidungen zu bekommen: Seit ich nach Cornwall gegangen bin (2.0), habe ich eine Erfüllung gefunden, die mir zuvor unbekannt war. Blumen waren schon immer Teil meines Lebens, aber ich weiß auch, dass ich von euch disbezüglich nie ernst genommen, sondern eher belächelt wurde. Der Respekt und die Bewunderung, welche mich hier täglich erreichen, sind ein Geschenk. Aber der Weg, den ich bestreite, ist dennoch nicht frei von Schmerz. Ich weiß, dass meine Entscheidung, ohne ein Wort nach Cornwall zurückzukehren, euch schwer enttäuscht hat. Ich verstehe das. Aber, wie vorhin schon erwähnt, wurde mir alles zu viel. Es war jedoch nie meine Absicht, mich von euch zu entfernen oder euch das Gefühl zu geben, ich würde meine Familie in Schottland nicht schätzen. Wie glaubt ihr, fühle ich mich? Soll ich es euch sagen? Ich fühle mich verarscht. Verraten. Gedemütigt. Wie oft habe ich Anschiss kassiert, nur weil ich Ideen und Träume hatte? Wieso habt ihr mir nie die Wahrheit erzählt? Ich hätte es verstanden. Andererseits bin ich froh, dass Dad überhaupt in Erwägung zog, darüber zu sprechen. Dass das am Telefon geschah, war auf meine Ungeduld zurückzuführen. Okay, das war rückblickend nicht eine meiner

Glanzleistungen, aber jetzt ist es auch schon passiert. Ich hoffe, dass wir alle Missverständnisse ausräumen und eines Tages neu beginnen können.
Eure Debbie

Als ich den Brief Tags darauf abschickte, war ich erleichtert. Es war ein weiterer Schritt in Richtung Selbstbestimmung, ein Akt der Ehrlichkeit gegenüber mir selbst und meiner Familie.

Kapitel 22

Cornwall, England

Ich griff nach dem letzten bereitgestellten Korb, gefüllt mit einem prachtvollen Arrangement aus Dahlien und wilden Margeriten, deren Tautropfen im Morgenlicht glitzerten wie kleine Diamanten. Doch gerade als ich den Korb auf den Wagen hob, durchbrach ein scharfes, knackendes Geräusch meine Vorfreude auf den bevorstehenden Markt im Nachbarort. Das Holz unter der Last ächzte bedenklich, und noch bevor ich reagieren konnte, brach die linke Achse des Marktwagens mit einem lauten Krachen zusammen. Panik ergriff mich, als ich sah, wie meine sorgfältig arrangierten Blumen unter dem kaputten Gestell begraben wurden. Einige der Gestecke wurden unweigerlich zerquetscht, ihre Blütenblätter zerstreut und die Stiele umgeknickt. „Nein, nein, nein …", schimpfte ich verzweifelt und schon standen mir die Tränen in den Augen. All die Arbeit, die Mühe, die Liebe, die ich in diese Kreationen und mit Ashley zusammen in den Marktwagen gesteckt hatte, waren in nur einem klitzekleinen Moment ruiniert. Ich stand vor den Scherben meiner Träume. Da Ashley an diesem Morgen einen Arzttermin hatte, rief ich in meiner Verzweiflung Charlie an.

„Der Marktwagen … er ist zusammengebrochen. Ich … die Blumen … sie sind überall. Ich weiß nicht, was ich tun soll", stieß ich hastig heraus.

„Okay, okay. Jetzt mal ganz ruhig, Debbie. Ich mache mich gleich auf den Weg zu dir. Wir kriegen das schon irgendwie hin."

Wahrhaftig, keine zwanzig Minuten später hörte ich das Geräusch von Charlies Pick-Up, der den Kiesweg entlangfuhr und neben dem zerstörten Marktwagen zum Stehen kam. Er sprang heraus und eilte zu mir, sein Blick über das Chaos schweifend.

„Oh, da hast du in der Tat nicht zu viel versprochen. Dann schauen wir mal, was wir noch retten können", sagte Charlie, bevor er sich neben mich kniete.

„Wir müssen das irgendwie hinkriegen!"

Vorsichtig fingen wir an, die noch intakten Gestecke aus dem Durcheinander zu bergen. Er versuchte, die Stimmung etwas aufzulockern, was ihm mal mehr, mal weniger gut gelang. „Da hast du wohl deine eigene Version eines Blumenbetts geschaffen", scherzte er unter anderem.

„Ich dachte eigentlich, heute würde ein guter Tag werden. Zu früh gefreut …" Charlie boxte mich freundschaftlich in die Seite. „Noch ist nicht alles verloren. Sieh mal, diese hier sind noch ganz. Und du hast noch etwas Zeit bis zum Markt." Er stand auf und zog sein Smartphone aus der Tasche. „Ich rufe jetzt ein paar Leute an. Wir organisieren etwas, um deine Ware sicher zu transportieren und ordentlich zu präsentieren." Ich nickte hoffnungsvoll und half ihm, die weniger beschädigten Blumensträuße aufzusammeln, ehe er tatsächlich jemanden an die Strippe bekam und sich ein paar Schritte von mir entfernte, um besseren Empfang zu suchen. Ich wickelte derweil Folie um die empfindlichen Blumen und stellte sicher, dass sie noch einigermaßen ansprechend aussahen. Ob ich meine Werke in diesem Zustand verkaufen könnte? Abgesehen davon, war es ein Jammer, dass der Marktwagen kaputt gegangen war. Nicht nur, weil so viel Mühe und Arbeit in der Renovierung steckte, sondern auch, weil es ein Erbstück von Ashleys Granny war. Sie verband ihre ganz persönliche Geschichte damit. Es tat mir im Herzen weh, dass seine Präsenz auf diese Weise endete. Hatte ich ihn mit meinen Arrangements überstrapaziert? Ich ahnte bereits, dass ein einfaches Flicken des alten Gestells nicht mehr ausreichen würde.

„Alles klar, ich habe uns Unterstützung organisiert. Will und ein paar andere kommen mit Werkzeugen und anderem Material. Wir können den Wagen provisorisch für heute zusammensetzen und dann einen Plan machen, wie wir ihn komplett restaurieren können."

Das gab mir Hoffnung.

„Das ist super von dir, vielen Dank. Echt klasse, dass deine Jungs schon in aller Früh bereit sind, zu helfen."

„Hm, bei Will habe ich sowieso noch etwas gut … sogar mehr als das."

„Okay! Jetzt müssen wir es nur noch Ashley beibringen."

Mit Charlies Hilfe und der Unterstützung seiner Freunde schafften wir es tatsächlich, den Wagen so weit zu stabilisieren, dass ich ihn zumindest für diesen Tag benutzen konnte. Sie brachten wie versprochen Holz und Werkzeug mit, und zusammen bauten wir eine provisorische, aber stabile Struktur, die es erlaubte, die tauglichen Sträuße sicher zu transportieren. Sogar die neue Markise konnte noch genutzt werden. Die Sorge um Ashleys Reaktion trieb mich derweil um. Der Wagen war für sie viel mehr als nur ein Mittel für den Transport; er war ein Stück ihrer Familiengeschichte, und ich wusste, wie viel er ihr bedeutete. Sie hatte ihn mir anvertraut und nun war er ausgerechnet unter meinem Kommando zerbrochen. Es war zum Haare raufen. „Wir müssen es ihr möglichst vorsichtig sagen", murmelte ich, als wir die letzten Schrauben festzogen. Charlie nickte. „Lass uns das später gemeinsam machen. Ich bin sicher, Ashley wird verstehen, dass es ein Unfall war und sehen, dass wir alles daran setzen, um den Wagen wieder zusammenzuflicken."

Mit dem provisorisch reparierten Wagen machten wir uns auf den Weg zum Markt. Die Fahrt war nervenaufreibend, jeder Ruckel ließ mich zusammenzucken, aber das Provisorium hielt. Am Marktplatz angekommen, hievten die Jungs die Flowerbox 2.0 aus dem Anhänger und richteten sie aus. Die Tische, die Will mitgebracht hatte, waren dabei eine große Hilfe. Wir entschieden uns deshalb, das demolierte Teil lieber zu schonen und nur wenige Sträuße darauf anzuordnen. Der Marktwagen, oder besser das, was davon übrig war, sorgte somit eher für einen Wiedererkennungswert, statt als Verkausstand. Auch an diesem Tag dauerte es nicht lange, bis die ersten Kunden kamen, um die Blumen zu bewundern und zu kaufen.

„Siehst du, es läuft doch", strahlte Charlie, während er einem älteren Paar half, ein Gesteck auszuwählen.

„Aye. Und als Verkäufer machst du dich auch nicht schlecht." Trotz der anfänglichen Katastrophe wendete sich alles zum Guten. Ich lud die Jungs anschließend auf ein Getränk ein. Ohne sie hätte ich es an diesem Tag nicht geschafft! Als der Markt gegen Mittag seinen Höhepunkt erreichte, war mein Stand fast leergeräumt. Meine Sträuße waren nach wie vor der Hit, und viele Kunden lobten sogar die Notlösung meines Standes.

„Lieber so, als gar nicht zu erscheinen, nicht wahr? Ich hatte nämlich schon fest mit Ihnen gerechnet", erwähnte eine Kundin sichtlich erfreut, und entschied sich dann für ein dufte Sommergesteck. Ich hatte die Schwierigkeiten des Morgens schon fast wieder vergessen, als plötzlich eine vertraute Gestalt in der Menge erschien, mit der ich im Leben nicht gerechnet hätte. Mein Herz setzte einen Schlag lang aus, als ich erkannte, wer sich da durch die Besucher schlängelte. Es war Michael. Moment mal, war er es wirklich? Ich trat beiseite, streckte mich und versuchte, einen Blick auf die Person zu erhaschen, die mir so bekannt vorkam. Aye! Er war es ganz eindeutig. Michael aus Bardowie drängte sich über einen vollgestopften Markt in Cornwall. Er sah ziemlich überfordert aus; es war vermutlich sein erstes Mal in der Gegend und er schien unsicher zu sein, ob er tatsächlich richtig war. Sein Augenpaar schweifte besorgt hin und her, doch als er mich erspähte, fiel die Sorge wie ein Schleier. Breit lächelnd steuerte er direkt auf mich zu und mir verschlug es wortwörtlich die Sprache, als er in Fleisch und Blut vor mir stand.

„Debbie! Da bist du ja. War gar nicht so einfach, dich hier zu finden." Ich stand wie angewurzelt da und war nicht in der Lage, zu sprechen. Er war nur meinetwegen hier! Seine Augen hielten einen Hauch von Nervosität verborgen, als ob er sich auf sehr schwieriges Terrain wagte.

„Michael, was ... was machst du denn hier?", brachte ich endlich hervor, wobei ich die Antwort eigentlich kannte.

„Ich ... ich musste dich sehen. Und ich dachte, ich könnte mal abchecken, was du jetzt so machst", erklärte er in schneller Wortfolge und staunte über meine Ware. „Hast du das alles selbst gemacht? Ich meine, ... wow! Das ist so viel mehr, als ich erwartet hätte. Versteh mich nicht falsch, ich ... hatte ja keine Ahnung."

„Danke", antwortete ich zaghaft.

„Ich ... ich bin auch hier, weil ich möchte, dass du wieder nach Bardowie zurückkommst." Seine Augen suchten meine, als wollte er in ihnen lesen, was ich darüber dachte.

„Ist das der Wunsch von dir, oder eher von meiner Familie ..."

„Ich denke, von uns allen. Lass uns bitte in Ruhe über alles sprechen, einverstanden?" Ich nickte. Noch einmal würde ich ihn nicht zurückweisen, zudem er extra aus Schottland angereist kam.

„Wo wirst du schlafen?"

„Ich habe ein Hotel in St. Ives."

„Wie hast du mich gefunden?" Er blinzelte, sah an mir vorbei und fixierte Charlie, der just den Kopf senkte. Was hatte mein Cousin denn damit zu tun? Mein Blick wanderte zwischen Michael und Charlie hin und her, ehe ich das Zusammenführen dieser zwei verschiedenen Welten begriff. Charlie, der offensichtlich eine Rolle in Michaels unerwarteter Ankunft gespielt hatte, schaute nun entschuldigend in meine Richtung.

„Ich habe mit Ed gesprochen, und er hat mir erzählt, wie sehr sie dich alle vermissen. Ich dachte, es wäre gut, wenn ihr endlich eine Chance hättet, alles zu klären. Ed sah das genau so und Michael ... nun, ja ...“

„Du hast das alles eingefädelt? Hast du mir deshalb mit dem Wagen heute Morgen geholfen? Um mich schon mal zu besänftigen?“

Ich war verwundert, überrascht und gleichzeitig etwas verärgert über Charlies Einmischung, konnte aber auch seine guten Absichten erkennen, zumindest wenn ich zwei Augen zudrückte. „Charlie, das hättest du vorher mit mir besprechen können“, zischte ich, bemüht, meine Frustration nicht offen zu zeigen. Ich wollte Michael mit meiner Reaktion keineswegs verletzen.

„Ich weiß, es tut mir auch leid“, antwortete Charlie reuig. „Aber ich glaube, dass es gut für dich wäre, gewisse Dinge aus der Welt zu schaffen. Michael wollte von sich aus kommen. Unsere Absichten gehen also Hand in Hand.“

Michael nickte bestätigend und fügte hinzu: „Debbie, es ist mir wirklich wichtig. Wir beide haben einiges zu klären, findest du nicht auch?“ Seine Stimme klang aufrichtig, und seine Augen trafen meine mit einer Intensität, die mich wieder daran erinnerte, dass ich meine Gefühle für ihn zwanghaft unterdrückte. Dabei war es längst klar, dass auch ich in ihn verliebt war.

„Okay. Reden wir. Aber nicht hier, nicht jetzt. Später, nach dem Markt.“

„In Ordnung", erwiderte er dankbar. „Ich werde die Gegend erkunden und du schreibst mir einfach, wenn es für dich passend ist, einverstanden?" Ich nickte stumm.

Als sich Michael aufmachte, wandte ich mich wieder Charlie zu. „Undercover, ja?"

„So wie es bisher war, könnt ihr jedenfalls nicht weitermachen. Hilfe zur Selbsthilfe."

„Ich weiß, dass du gute Absichten hattest, Charlie. Aber das sind meine Angelegenheiten. Du hättest mich wenigstens involvieren können, bevor du irgendwelche Pläne schmiedest."

„Ein Schubser in die richtige Richtung hat dir noch nie geschadet, Cousinchen. Hätte ich dich gefragt, hättest du abgelehnt." Ich war fast erleichtert, als der Markt zu Ende ging und ich die Zeit hatte, über die bevorstehende Unterredung mit Michael nachzudenken.

Nachdem ich alle meine Sachen verstaut und auf den Hänger verladen hatte, verbaschiedete ich mich von Charlie und seinen Helfern, die mir an diesem Tag den Arsch gerettet hatten. Dann wollte ich auch gar nicht länger warten. Wenn Michael schon extra angereist war, mussten wir uns endlich aussprechen.

Debbie:
Bereit, wenn du es bist.

Michael:
Wo willst du mich treffen?

Debbie:
Komm zu Ashleys Cottage. Ich warte dort im Garten.

Ich schickte ihm die Koordinaten mit und drückte auf „Senden".

Als ich das Cottage erreichte, brachte mich meine Nervosität fast um. Nicht nur das bevorstehende Gespräch mit Michael bereitete mir Kopfschmerzen. Ich fragte mich auch, wie Ashley wohl auf den kaputten Marktwagen reagieren würde. Der Garten, in dem ich so viele Stunden mit ihr verbracht und an meinen Blumenarrangements gearbeitet hatte, schien jedenfalls der perfekte Ort für ein ernstes Gespräch zu sein. Mit einem Mann, der mir sehr am Herzen lag. Die Blumen, die Meeresbrise, die Ruhe ... er würde sicher schnell verstehen, warum ich hier nicht mehr weg wollte. Natürlich war mir bewusst, dass er auch wieder auf seine Gefühle zu Sprechen kam. Aber ich war vorbereitet. Ich ließ mich also auf eines der Holzsofas, als eine neue Nachricht einging:

Charlie:
Ich habe mit Ashley gesprochen und ihr von dem Marktwagen erzählt. Mach dir keinen Kopf. Alles cool.

Ich atmete erleichtert auf. Im selben Augenblick trat Michael durch das kleine Gartentor. Sein Blick fiel sofort auf die vielen blühenden Blumenbeete und die beiden Waldsofas mit Meerblick. Seinem Gesichtsausdruck zufolge hatte es ihm die Sprache verschlagen und ich erinnerte mich just an meine eigene Reaktion zurück, als ich den Garten in seiner ganzen Pracht zum ersten Mal erblickte.

„Hi, Debbie", begrüßte er mich fröhlich. „Hier verbringst du also deine Freizeit?"

„Aye. Kann man mir nicht verübeln, oder?" Er verneinte. Dann setzte er sich zu mir, und für einen Moment herrschte Stille, nur unterbrochen vom Kreischen der Möwen und dem fernen Rauschen des Meeres.

„Nun, jetzt bist du hier", bemerkte ich, nicht bereit, um den heißen Brei herumzureden.

„Wie wir damals auseinandergegangen sind, war keine gute Sache. Es tut mir leid, dass ich dir meine Gefühle aufgedrängt habe." War das denn wahr? Ich war aufgesprungen und abgehauen, was nicht gerade für Empathie stand.

„Ich habe überreagiert, das war mein Fehler. Die Sache mit meinem Dad hatte mich zu diesem Zeitpunkt rasend gemacht. Als du dann plötzlich von Liebe geredet hast ... nun, was soll ich sagen?"

„Aye", er nickte. „Ich weiß auch nicht, was das sollte. Entschuldige, bitte."

Ich atmete tief durch. „Es gibt nichts, wofür du dich entschuldigen musst."

„Doch, ich denke, ich habe dich bedrängt. Meine Gefühle für dich fuhren Achterbahn. Und dann war da diese Sache mit dem Franzosen und ich bin schier ausgeflippt vor Eifersucht. Es war im Nachhinein völlig hirnlos von mir, ihn vor dir schlecht zu reden, das gebe ich zu. Das ganze Timing war für den Arsch. Aber ich dachte an die Feier im Sommer zurück, als wir auf der Lichtung saßen und uns fast ... na ja, wie auch immer, ich hatte wohl einfach gehofft, du würdest mir ebenfalls deine Liebe gestehen. Stattdessen hast du mich mit irgendetwas konfrontiert, das mir vollkommen fremd war. Dubiose Geheimnisse deines Vaters ..." Sein Geständnis durchbrach die dünne Schicht der Fassung, die ich mir mühsam aufgebaut hatte. Ich fühlte mich schuldig, weil ich ihn so abrupt sitzen gelassen hatte, obwohl er so mutig gewesen war, seine Gefühle für mich zu offenbaren. Zugleich fühlte ich mich geschmeichelt, dass er jetzt hier saß, ehrlich und verletzlich, bereit, sämtliche Missverständnisse auszuräumen.

„Michael, es tut mir so leid", flüsterte ich voller Reue. „Ich hätte nicht einfach davonlaufen sollen. Ich ... ich habe mich überwältigt gefühlt, nicht nur von dem, was du gesagt hast, sondern auch ... ich hatte vor meinen eigenen Gefühlen Angst. Meinen Gefühlen für dich."

Er schluckte. „... Du bist nämlich nicht der Einzige, der sich verliebt hat. Der große Unterschied ist, dass ich Schwierigkeiten habe, es zuzugeben."

Er lächelte. „Es bedeutet mir unglaublich viel, das von dir zu hören, Debbie. Allein deshalb hat es sich gelohnt nach Cornwall zu kommen."

Ich spürte, wie mein Herz sich bei seinen Worten zusammenzog.

Die Böen des Windes fegten sanft über die Klippen Zennors, trugen den salzigen Duft des Ozeans mit sich und ließen die wilden Gräser um uns herum leise rascheln. Wir saßen nahe genug beieinander, dass ich die Wärme seines Körpers spüren konnte, und mich sicher und geborgen fühlte.

„Ich verstehe jetzt besser", sagte ich leise. „Es war eine schwierige Zeit. Für uns beide. Ich war verletzt und verwirrt, und habe das alles auf dich projiziert. Außerdem habe ich meine Gefühle verdrängt, weil ich Angst hatte, meinen besten Freund zu verlieren. Und das mit Li-louan ... du hattest recht. Mit allem. Vergib mir bitte."

Michael drehte sich zu mir, sein Gesicht halb im Schatten der blühenden Hecken. „Mach dir keinen Kopf darüber, Debbie. Ich bin nur froh, dass der Franzose endlich weg ist."

„Ich auch", gab ich grinsend zurück, während ich einen tiefen Atemzug nahm, den kühlen, salzigen Wind einatmend, der meine Sinne wiederbelebte. „Aber weißt du ... es gibt für mich so viele Baustellen in Bardowie. Das fängt in der Destillerie an und hört bei dem Stress mit meinen Eltern auf. Und meine Arbeit mit den Blumen hier ... das ist wie Urlaub für meine geschundene Seele. Ich möchte das nicht aufgeben."

„Aye", sagte er, sein Blick traf wieder meinen, intensiv und durchdringend. „Ich muss sagen, dass du unfassbares Talent hast. Ich habe zwar längst nicht alles gesehen, aber der Glanz in deinen Augen, wenn du nur davon sprichst, reicht mir schon, um zu erkennen, dass das dein Weg ist. Zweifellos." Ich spürte, wie sich in meiner Brust eine warme Empfindung ausbreitete, ein Gefühl des Verständnisses, das ich lange nicht mehr wahrgenommen hatte.

„Es ist mein Weg. Aber ich muss auch zugeben, dass ich sehr an der Destillerie hänge."

„Du bist dort quasi aufgewachsen", antwortete er zwinkernd und hatte damit natürlich recht. „Die Arbeit dort wird immer ein Teil von dir bleiben. Denkst du, es gibt gar keinen Weg zurück?"

„Das muss ich mit meinem Dad klären", nuschelte ich.

„Willst du mir eigentlich erzählen, was vorgefallen ist? Das wohlgehütete Geheimnis?" Ich schätzte Michael dafür, dass er an meinem Seelenfrieden interessiert war. Dennoch lautete meine Antwort an diesem Abend knapp bemessen: „Nein. Nicht heute. Es tut mir leid."

Er gab mir zu verstehen, dass das überhaupt kein Problem für ihn darstellte, so lange wir ab jetzt ehrlich zueinander waren. Und während ich ihn so ansah, seinen friedvollen Blick erwiderte, fühlte ich, wie ein zartes Kribbeln durch meinen Körper zog. Ja. Ich war in ihn verliebt.

„Es ist traumhaft hier", bemerkte er, seine Augen nun auf die Möwen gerichtet. „Ich kann verstehen, warum du das hier nicht freiwillig aufgeben möchtest."

Die Schmetterlinge in meinem Bauch flatterten wilder bei seinen Worten.

„Es ist in der Tat ein kleines Paradies. Ashley und Charlie haben wirklich alles gegeben."

„Dein Cousin schätzt dich sehr. Er war sofort davon angetan, als Ed ihm berichtete, dass ich nach Cornwall reise, um dich zu treffen."

„Aye. Dafür hat er auch schon eine Menge Ärger kassiert", erwiderte ich grinsend.

„Autsch! Der Arme", hörte ich ihn lachen.

Dabei sollte ich Charlie dankbar sein. Für alles.

Kapitel 23

St. Ives, Cornwall

Am nächsten Abend lud ich Michael in das Anwesen von Onkel Gilbert ein, der darauf bestand, ihn kennenzulernen. Da auch Ashley und Charlie anwesend waren, war die Stimmung gewohnt locker. Das herrschaftliche Haus war so beeindruckend gestaltet, dass Michael schier die Luft wegblieb. Die großen Fenster boten einen atemberaubenden Blick auf den gepflegten Garten, der im Abendlicht sanft glühte. Onkel Gilbert empfing uns mit seiner charakteristischen Herzlichkeit und führte Michael sofort in eine lebhafte Diskussion über die Geschichte des Anwesens und seine zahlreichen Restaurierungsprojekte. „Er hat ihn augenblicklich um den Finger gewickelt", feixte ich und Ashley nickte kichernd.

„Das kann er gut, keine Frage. Ich erinnere mich noch, als ich zum ersten Mal hier war. Es war erschreckend schön."

„Ach herrje. Das war doch dieses furchtbare Weihnachtsfest, an dem es Burger zu essen gab und meine bucklige Verwandtschaft aus Schottland anwesend war." Meine Augen blitzten auf.

„Wann genau soll das denn gewesen sein, Charlie?"

„Ich rede doch nicht von deiner Blutlinie, sondern von Elizabeth aus Stirling."

„Oh Gott", entgegnete ich und verdrehte die Augen. Diese Person war in der Tat eine Nummer für sich. Nach der Begegnung mit Elizabeth hatte Ashley wohl die Feuertaufe überstanden.

Ich folgte Charlie in den Speisesaal und beobachtete vergnügt Michael, der ungläubig die Ritterrüstungen musterte. Für jemanden, der nicht wusste, was ihn im Haus der O'Sullivans erwartete, war es in der Tat eine Mischung aus befremdlich und fantastisch. Nach dem wir Platz genommen hatten war es Charlie ein Anliegen, mehr Leichtigkeit zu versprühen.

„Erinnert ihr euch an das letzte Ostern, als mein Vater beschlossen hat, echte Hühner im Speisesaal freizulassen, um das ‚natürliche Gefühl' des Frühlings zu verstärken? Fällt mir gerade so ein", gluckste er, während er sich fast an seinem Getränk verschluckte.

Ashley lachte. „Ja, und eines der Hühner ist auf Marys Schoß gelandet, als wir mit der Vorspeise anfangen wollten."

„Hihi. Ich muss zugeben, das war eine sehr ... lebhafte Erfahrung. Und das Huhn war wirklich gut erzogen." Michael, der sichtlich amüsiert von der Geschichte war, warf mir einen vielsagenden Blick zu. „Unfassbar, wie lässig die hier drauf sind. Das würde man beim Anblick des Hauses gar nicht meinen."

„Oh, du hast noch nicht mal die Hälfte des Hauses gesehen", erwiderte Gilbert mit einem schelmischen Grinsen, der wohl zugehört hatte. „Ich führe dich nach dem Essen gerne etwas herum. Es gibt sogar ein Musikzimmer mit einer Harfe. Äußerst sehenswert." Michael stimmte erfreut zu.

Die Gespräche flossen leicht und fröhlich, und die Zeit verging schnell.

„Heute Abend servieren wir euch frischen Hummer aus Cornwall, gekocht in einer delikaten Kräuterbutter mit einem Hauch von Knoblauch und Zitrone. Doch zuvor habe ich noch eine Überraschung." Wir sahen ihn erwartungsvoll an. Onkel Gilbert war immer gut für Überraschungen. Ich dachte dabei an eine Eisbombe als Vorspeise, die Möglichkeit, den Hummer selbst auszuwählen, oder aber Konfettibomben und laute Musik, die den Speiseaal in eine 80er Party verwandelten. Doch als die Tür aufging und meine Eltern den Speisesaal betraten, wurde mir ganz anders. Die anfängliche Schockstarre wich schnell einem Strudel aus Enttäuschung, Wut und einer unerwarteten Erleichterung. Meine Augen trafen die meiner Mutter und dann die meines Vaters. Sie waren leger gekleidet, hielten sich fest an den Händen und es schien, als wären ihre Herzen schwer vor Kummer.

„Wow. Schon wieder eine Begegnung ohne Vorwarnung", murmelte ich mit rauer Stimme, und blickte vorwurfsvoll zu Charlie, der energisch den Kopf schüttelte und mir versicherte, diesmal nicht involviert zu sein. Auch Michael versprach, nichts von alldem gewusst zu haben. Meine Mutter trat vor, die Hände leicht zitternd. „Debbie, Darling, wir ... wir wollten dich nicht so überrumpeln. Aber wir mussten dich wiedersehen. Es gibt so vieles, das wir besprechen müssen. Wenn du nicht zurück nach Schottland kommst, ist es nur fair, wenn wir zu dir kommen. Findest du nicht auch?" Ihre Stimme brach fast, und ich fühlte, wie ihre Worte meine Mitte erreichten, trotz der Mauern, die ich errichtet hatte. Mein Vater stand etwas abseits, seine Haltung angespannt, aber sein Blick fest auf mich gerichtet. „Wir sind nicht hier, um alte Wunden aufzureißen, Debbie. Darauf hast du unser Wort", sagte er leise. „Wir sind viel mehr hier, um vielleicht einen Weg zu finden, voranzuschreiten. Zusammen. Als Familie."

Die Stille, die seinen Worten folgte, war erdrückend.

„Ich ... Ich weiß nicht so recht, was ich jetzt sagen soll", gestand ich schließlich.

Gilbert griff ein. „Um ehrlich zu sein, war es meine Idee. Es ist an der Zeit, dass ihr euch aussprecht. Ihr habt starke Charaktere in eurer Familie, was jedoch auch bedeutet, dass niemand so wirklich bereit ist, über seinen Schatten zu springen und den ersten Schritt zu wagen." Ich hob die Schultern, nicht in der Lage, ihm Kontra zu geben.

Er bat derweil meine Eltern, Platz zu nehmen und wies den Bediensteten an, das Essen zu servieren.

Das Knacken der Hummerschalen und das Klirren des Bestecks füllten wenig später den Raum, doch für mich bedeutete jeder Bissen nur ein mühsamer Versuch, Normalität zu simulieren. Das Abendessen verstrich somit in einer seltsamen Mischung aus höflicher Konversation und betretenen Pausen. Die Anwesenheit meiner Eltern, so plötzlich und unerwartet, warf dunkle Schatten über die zuvor so fröhliche Runde. Ob mein Onkel diesmal den Bogen überspannt hatte?

„Du hast so ein unleugbares Talent", hörte ich meine Mutter nach einer Weile fast reuevoll sagen. „Wir hatten ja keine Ahnung. Onkel Gilbert hat uns die Fotos von deinem Stand gezeigt ..." Ich nickte. Es war ja schön, dass sie meine Kunst anerkannten, aber das löste keineswegs unsere Probleme. Doch vielleicht war es ein erster Schritt. Ashley übernahm das Wort und ich war dankbar, dass sie sich wieder einmal als Stütze erwies.

„Debbie hat hier nicht nur ein Hobby gefunden, sondern eine echte Berufung, die sie zum Leuchten bringt. Jeder, der ihre Arbeit sieht, kann die Liebe dahinter erkennen, die sie in jedes einzelne Arrangement steckt. Die Leute reißen sich um die Ware."

Sie erzählte bildhaft von den Märkten, an denen ich teilgenommen hatte. „Es ist mehr als nur das Arrangieren von Blumen", fuhr sie fort. „Es ist eine Kunst, die Debbie beherrscht wie keine andere. Sie hat mein Cottage und auch den Garten mit so viel Schönheit gefüllt, dass es jedem meiner Besucher den Atem raubt."

Mein Vater hörte interessiert zu, sein Gesichtsausdruck nachdenklich, während meine Mutter gelegentlich nickte, offensichtlich beeindruckt von Ashleys umfangreichen Beschreibungen.

„Ich wusste nicht, dass es dir so viel bedeutet", sagte meine Mutter leise, und ihre Stimme war durchdrungen von einer Spur Bedauern.

„Aye. Ich hingegen wusste es, als ich zum ersten Mal Ashleys Garten betrat", antwortete ich gefasst. „Cornwall hatte ich schon immer mit Blumen verknüpft und was soll ich sagen? Es ist Balsam für meine Seele."

Die Atmosphäre am Tisch wurde nachdenklicher, als die Gespräche sich von den üblichen Höflichkeiten zu tieferen, ehrlicheren Diskussionen wandelten. Gilbert beobachtete das Geschehen mit einer gewissen Zufriedenheit, offenbar erfreut, dass seine Intervention zu einem Austausch führte.

„Und dennoch will ich, dass du nach Bardowie zurückkehrst", gestand mein Vater. „Gleichzeitig weiß ich, dass du dich nicht im Büro siehst."

„Und ich weiß, dass du mich nicht in der Destillerie siehst", warf ich müde ein. Ich war dagegen, das Gespräch fortzuführen, denn es würde nur wieder auf das Gleiche hinauslaufen, doch mein Onkel bestand darauf, dass wir uns endlich aussprachen. Und zwar mit einem Schiedsrichter und vor Zeugen!

Mein Vater räusperte sich und dann fing er an, langsam zu sprechen, als wollte er sicherstellen, dass jedes Wort, jede Silbe richtig verstanden wurde. „Deine Leidenschaft für Blumen und deine Talente sind unbestreitbar, Debbie. Aber ich habe meine Gründe, warum ich skeptisch gegenüber den Veränderungen war, die du in der Destillerie vornehmen wolltest oder willst. Du kennst die Gründe bereits, da du darauf bestanden hast, dass ich sie dir am Telefon erläutere. Allerdings kennst du nur die halbe Geschichte. Dann hast du urplötzlich Bardowie verlassen, ohne mir die Möglichkeit zu geben, dich persönlich zu sprechen und die Lage ausführlich zu erklären. Jedes Gespräch, das ich anschließend gesucht habe, hast du abgelehnt." Ich schluckte. Das war die Wahrheit. Er pausierte kurz, sein Blick wanderte über den Tisch, als würde er die richtigen Worte suchen. „Mein Vater, dein Großvater, besaß auch eine Destillerie. Das wissen nicht viele und ehrlich gesagt verheimliche ich es gerne, da sie sang- und klanglos in die Insolvenz schlitterte. Er war womöglich ein Pionier in seinem Feld, immer bereit, Neues zu versuchen. Doch genau das wurde ihm zum Verhängnis." Die Stimmung am Tisch verdichtete sich, Charlie und Ashley tuschelten angeregt miteinander und Michael sah meinen Dad mit offenem Mund an. „Auch mein Vater experimentierte mit verschiedenen Getreidesorten und Infusionen, einige davon waren ziemlich radikal, möchte ich sagen. Anfangs war es ein großer Erfolg. Die Leute waren begeistert von den neuen Aromen. Aber er übernahm sich. Die ständige Innovation, das Risiko – finanziell und auch in Bezug auf die Reputation – wurde zu viel. Letztendlich ging die Destillerie pleite. Dein Verhalten, deine Ideen, dein Freigeist ... in all dem erkannte ich deinen Großvater wieder."

„Ich hatte ja keine Ahnung. Als du am Telefon sagtest, es gab schon einmal eine Destillerie in deiner Familie, obwohl du es nie zuvor erwähnt hattest, war es für mich schon vorbei. Ich sah dich als Lügner und Verräter deiner eigenen Blutlinie. Ich wusste ja nicht, dass ...", konterte ich mit erstickter Stimme.

„Ich bin in dem Bewusstsein aufgewachsen, dass Vorsicht besser ist als Wagemut, Debbie. Ich habe gesehen, wie unsere Familie beinahe alles verloren hat und welche Mühen es benötigte, all das wiederaufzubauen. Deshalb war ich gegen deine Vorschläge, den Whisky mit ungewöhnlichen Zutaten zu mischen. Ich hatte Angst, dass die Geschichte sich wiederholt. Ich wollte dich und die Destillerie vor einem ähnlichen Schicksal bewahren. Nicht, weil ich dich nicht schätze oder respektiere oder, wie du einst meintest, nicht liebe.“

Ich hörte ihm zu, und meine Wut wich zum ersten Mal Verständnis und Vertrauen in seine Ansichten. „Ich wusste das alles nicht, Dad. Das wirft ein anderes Licht auf die Situation.“

„Ich dachte, es wäre besser, wenn du dich auf bewährte Methoden konzentrierst. Ich wollte dich nicht belasten mit Geschichten über Fehler, die vor deiner Zeit passiert sind. Abgesehen davon, will ich dieses dunkle Kapitel lieber nicht breittreten.“

Mary, die bis dahin still gewesen war, nickte verständnisvoll. „Manchmal ist das, was wir als Schutz meinen, nicht das, was die anderen brauchen. Debbie hat hier in Cornwall gezeigt, dass sie Risiken managen kann, ohne sich zu übernehmen. Ich verstehe deine Sorge, aber das junge Mädchen hier ist nicht dein Vater.“

Gilbert, der die Unterhaltung aufmerksam verfolgt hatte, fügte hinzu:

„Es ist wichtig, dass wir aus der Vergangenheit lernen, ohne uns von ihr lähmen zu lassen. Diese Aufklärung hier war bitter nötig. Kein Telefongespräch der Welt kann eine persönliche Unterhaltung ersetzen. Debbie, deine Kreativität und dein Unternehmergeist sind genau das, was die Destillerie vielleicht braucht, um in der modernen Welt zu bestehen. Ich pflichte dir da vollkommen bei. Gleichzeitig verstehe ich deinen Vater, der die Innovation fürchtet, weil sie ihm einst seine Familie genommen hatte.“

„Deshalb seid ihr also Stiefbrüder. Deine Mutter verließ ihren Mann, weil er sich übernommen hatte und das finanzielle Desaster die Familie zerstörte", begriff Charlie. Mein Vater nickte mit hochrotem Kopf. Diesmal nicht vor Wut, sondern vor Verzweiflung und Scham. In der Stille, die sich nach Dads Enthüllung über die familiären Verhältnisse ausbreitete, sammelte ich meine Gedanken. Es war eine Menge zu verarbeiten, aber inmitten all dieser neuen Informationen und Offenbarungen, fühlte ich eine gewisse Klarheit über meine nächsten Schritte.

„Ich verstehe jetzt, warum du so reagiert hast, Dad. Ich kann die Angst nachvollziehen, die dich angesichts von Risiken und Neuerungen begleitet hat. Aber Mary hat recht – ich bin nicht dein Vater. Ich habe gelernt, mein Risiko zu managen, und ich habe eine Vision, die, wie ich glaube, sicher und erfolgreich sein kann. Nicht nur für mich, sondern für uns alle. Ich wollte dem Betrieb immer nur helfen. Was, wenn du die Destillerie ins Aus stürzt, nur weil du Versagensängste hast?"

Mein Vater sah mich überrascht an, aber in seinen Augen lag auch ein Funke Hoffnung. „Was schlägst du vor, Debbie?"

„Ich möchte nicht wählen müssen zwischen meiner Familie und meiner Leidenschaft", erklärte ich. „Ich möchte beides integrieren. Die Destillerie könnte von einem frischen Blickwinkel profitieren, vielleicht sogar von einer neuen Produktlinie, die sich an den Prinzipien der Nachhaltigkeit und Innovation orientiert, ohne die Traditionen, die sie groß gemacht haben, zu verleugnen. Das war immer mein Wunsch. Gleichzeitig will ich hier bleiben und meinen eigenen Weg gehen."

„Ihr könntet eine Art Brücke zwischen deinen floralen Kreationen und den Destillerie-Produkten schlagen", schlug Michael vor und ich war ihm dankbar, dass er sich für mich stark machte. „Wir könnten beispielsweise limitierte Editionen von Whisky einführen, die mit botanischen Noten angereichert sind. Diese könnten wir in kleinen Mengen produzieren, um das Risiko gering zu halten. Wir könnten sogar Themen rund um die Jahreszeiten oder spezielle Anlässe nutzen."

Ashley, die bisher nur zugehört hatte, sprang begeistert auf. „Und ich könnte bei der Gestaltung der Etiketten und der Präsentation helfen. Deine Blumenarrangements sind unglaublich beliebt. Stell dir vor, wir nutzen ähnliche Designs für die Flaschen – das könnte wirklich etwas Besonderes werden."

„Ich finde, das klingt wirklich nach einer wunderbaren Idee. Ich glaube, das würde nicht nur neue Kunden anziehen, sondern auch die Traditionen der Familie ehren. Wir sollten ihr eine Chance geben."

„Und es würde zeigen, dass wir aus der Vergangenheit lernen können, ohne von ihr beherrscht zu werden", fügte Gilbert hinzu, zufrieden, dass sein Eingreifen zu einer konstruktiven Diskussion geführt hatte.

Mein Vater biss sich auf die Unterlippe. „Ich würde zumindest darüber nachdenken. Aber bist du überhaupt noch daran interessiert, zurückzukehren? Oder ist dein Platz längst hier, in Cornwall?" Ich senkte den Blick. Diese Frage ließ sich in der Tat nicht so einfach beantworten. Was mich jedoch fröhlich stimmte, war die Tatsache, dass mein einstiges Fiasko an der Anlage endlich kein Thema mehr war.

Kapitel 24

St. Ives, Cornwall

Nach dem Abendessen führte ich Michael die Treppe hinauf zu meinem Zimmer. Die Wände des Flures waren mit alten Familienporträts und Landschaftsgemälden geschmückt, die im Schein der Wandlampen eine behagliche Atmosphäre schufen.

„Das ist also dein Reich?", fragte er, als wir die Tür zu meinem Zimmer öffneten. Die Vorhänge waren zurückgezogen, und das Mondlicht tauchte das Zimmer in Silber.

„Aye, ist es", antwortete ich und schloss die Tür hinter uns. „Ich vermisse meine Wohnung in Schottland fast gar nicht. Teddy kümmert sich um alles. Lediglich Netflix fehlt mir ab und zu. Und das WLAN im Haus ist auch nicht der Knaller." Er grinste. Mein Zimmer war liebevoll eingerichtet, mit einem großen Bett, einem antiken Schreibtisch und Regalen voller Bücher und getrockneter Blumenarrangements. Unter dem Bett lagerte ich die Whisky-Mixture, die ich mit Charlie gemischt und mittlerweile hierher umgezogen hatte. Michael erkannte die herausblitzenden Pakete sofort.

„Du konntest es also nicht lassen, was?" Er grinste breiter.

„Es ist eben ein Teil von mir. So wie die Blumen. Und so wie du.“

„Weißt du, ich habe auch Angst, Debbie. Angst, dich an diesen Ort zu verlieren. Ich dachte, wir könnten eine Chance haben, aber ich nehme an, du wirst vorerst hier bleiben.“ Er kam näher.

„Ich weiß nicht mehr, was richtig ist.“

„Kann ich wirklich erwarten, dass du das alles aufgibst? Nein. Das würde ich niemals tun“, flüsterte er und kam noch näher.

„Vielleicht müssen wir gar nicht wählen. Vielleicht gibt es eine Möglichkeit, beides zu haben. Dich zu haben.“

Wir rückten zusammen, bis ich seinen Atem auf meiner Haut spüren konnte.

„Ich habe dich gerade erst wieder gefunden. Es würde mir das Herz zerreißen, dich erneut zu verlieren“, flüsterte er, bevor er sich vorsichtig nach vorn beugte und seine Lippen meinen Mund berührten. Ich erwiderte seine sanften Küsse, die mich auf Wolke sieben trugen. Verdammt nochmal. Ich liebte ihn. Und ich wollte ihn haben! In dieser Nacht, in meinem kleinen Zimmer in einem Herrenhaus in Cornwall, fühlte ich, wie all die Sorgen und Ängste in den Hintergrund rückten. Glücklich zu sein war so einfach, wenn man es zuließ. Er gab mir Sicherheit und ich wurde bedingungslos geliebt, mit dem Versprechen, gemeinsam alle Herausforderungen zu meistern.

***

Die letzten Tage waren von Emotionen, Erkenntnissen und Entscheidungen geprägt, doch nun, da ich vor der Fensterfront des Anwesens meines Onkels Gilbert stand, fühlte ich eine seltsame Ruhe über mich kommen. Draußen regnete es, und die Dämmerung breitete sich über Cornwall aus, tauchte alles in ein verträumtes Licht, bekannt als die blaue Stunde.

„Du hast viel nachgedacht, nicht wahr?", erkundigte sich Gilbert, der leise hinter mich getreten war.

„Ja, das habe ich", erwiderte ich und drehte mich zu ihm um. Ich sah in seine wachen Augen, die mich aufmerksam musterten. „Erst war ich ziemlich sauer, dass du Mum und Dad nach St. Ives geholt hast, ohne mich vorher einzuweihen. Aber jetzt denke ich, dass es das Richtige war. Schräg, oder?" Gilbert gluckste zufrieden.

„Es ist manchmal besser, dich vor vollendete Tatsachen zu stellen, da du sonst womöglich die Flucht ergreifst. Weißt du nun, wie dein künftiger Weg aussehen könnte?"

„Ich will eine Balance zwischen meinen zwei Welten finden", gab ich nachdenklich zurück. „Ich möchte sowohl in Schottland als auch hier in Cornwall leben. Nur so kann ich beides haben. Die Frage ist nur – wie?"

„Was hältst du davon: Im Frühling und Sommer bist du in Cornwall und widmest dich den Blumen. Im Herbst und Winter kehrst du zurück nach Bardowie und stellst Whisky her. Dein Herz gehört zu beiden Orten, und das ist dein größter Vorteil. Also nutze ihn. Was denkst du darüber?"

Ich schätzte Gilberts Rat sehr, denn er hatte immer einen Weg, die Dinge klar zu sehen und abgesehen davon, war seine Idee gut durchdacht. Warum war ich nicht von selbst darauf gekommen? „Danke, Onkel Gilbert. Ich hatte Angst, dass es viel zu kompliziert wird, aber du siehst es aus einem anderen Blickwinkel.“

„Ich schätze, es wird sich lohnen. Du hast die Fähigkeit, etwas Großartiges zu schaffen, und jetzt hast du auch die Freiheit, es auf deine Weise zu tun.“ Mein Vater, der sich uns zwischenzeitlich anschloss, legte seine Hand auf meine Schulter. Seine Reaktion überraschte mich. „Ich bin stolz auf dich, Debbie. Und ich bin bereit, dir in der Destillerie eine Chance zu geben. Deine Ideen für neue Projekte ... nun, wir werden sie ernsthaft in Erwägung ziehen.“ Ich drehte mich zu ihm und fiel meinem Dad überglücklich um den Hals. War es plötzlich wirklich so einfach? Wie kam es, dass sich mir auf einmal Türen öffneten, die zuvor jahrelang verschlossen waren?

Ich erzählte nun auch meinem Vater von den Plänen, als Saisonarbeiterin in der Destillerie zu fungieren und war sehr erleichtert, als er zustimmte, wenngleich er auch etwas Nachdruck von Gilbert benötigte, als es um meine Blumenpläne in Cornwall ging. Trotzdem gab Dad mir endlich die Möglichkeit, mich zu entfalten und mein Können unter Beweis zu stellen. Ich war zwar schon alt genug, selbst zu entscheiden, aber es fühlte sich besser an, den Segen meines Vaters zu erhalten, zudem er ja offiziell mein Chef war. Die Spannungen, die zwischen uns geherrscht hatten, schienen sich endlich zu lösen, wobei mir bewusst war, dass die Heilung Zeit brauchen und nur langsam voranschreiten würde. Der Grundstein für eine friedvolle Zukunft unserer Familie war jedoch gelegt. „Danke, Dad. Das bedeutet mir sehr viel.“

Kapitel 25

Zennor, Cornwall

In den ausklingenden Tagen des Sommers, zwischen Regen und Sonnenschein, fand ich mich mit Michael am Ufer des Meeres wieder. Das Rauschen der Wellen bildete die Kulisse für das Gespräch, das wir führen mussten – eines, das unsere Zukunft definieren würde. „Hör zu, ich weiß, dass du nicht ewig hier bleiben wirst." Ich strich gedankenverloren über den Felsen, auf dem wir saßen. „Ich habe mir viele Gedanken gemacht. Über dich. Über mich. Über uns. Ich möchte sehr gerne mit dir zusammen bleiben. Du tust mir gut." „Das will ich doch auch", hauchte er und drückte mir einen Kuss auf die Wange.

„Aber ich muss mir selbst treu bleiben. Ich kann und will nicht zwischen dir und meinen Träumen wählen." Ich machte eine Pause, ließ die Worte im Wind verwehen, bevor ich fortfuhr. „Ich werde Zeit in Schottland verbringen, um in der Destillerie zu arbeiten und meine Ideen umzusetzen. Aber mein Herz und meine Seele bleiben auch hier, in Cornwall, mit den Blumen und dem Meer. Diese Entscheidung ist mehr als nur eine Idee. Und ich habe sie gefällt."

„Ich verstehe dein Anliegen, Debbie. Aber ich weiß nicht, ob wir in der Lage sind, eine Fernbeziehung zu führen."

„Es bedeutet ja nicht, dass wir nicht zusammen sein können, Michael. Nur, dass wir beide flexibel sein müssen. Wir können zusammen eine Brücke zwischen diesen beiden Welten bauen. Denn ich will, dass du Teil davon bist. Aber, bitte, zwinge mich nicht zu entscheiden. Denn ich gebe diesen Traum hier nicht auf." Ich wusste, dass ich viel von ihm abverlangte. Ich wollte ihn, aber ich wollte auch meine Blumen. Ausleben, was ich mir erschaffen hatte und in Zukunft weiter ausbauen würde. „Du bist mir sehr wichtig, Debbie. Und wenn das bedeutet, dass wir manchmal voneinander getrennt sind, dann werde ich wohl lernen, damit umzugehen. Solange ich weiß, dass du zurückkommst und dich nicht von irgendwelchen Franzosen verführen lässt." Ich boxte ihn zärtlich in die Seite. Dann legte ich meinen Kopf an seine Schulter und schaute auf das Meer hinaus. „Ich komme immer wieder zu dir zurück", versprach ich.

***

Tage später versammelten wir uns zum Abschied meiner Eltern im Garten von Ashleys B&B. „Ich weiß, dass es heute nicht um mich geht, aber ich habe Neuigkeiten zu verkünden." Ich hing aufgeregt an Ashleys Lippen. „Nächstes Jahr starte ich ein neues Projekt. Es wird einen mobilen Bäckereistand geben." Ihre Augen funkelten vor Freude. „Ich plane, an den Wochenenden in den Dörfern Cornwalls zu stehen und Selbstgebackenes zu verkaufen. Es wird Kuchen, Cupcakes und vielleicht auch saisonale Leckereien geben. Inspiriert hat mich in erster Linie natürlich Debbie, die mit ihrer Flowerbox die Herzen der Menschen im Sturm erobert hat. Vielleicht könnten wir beide uns für künftige Projekte zusammentun", fragte sie vorsichtig an mich gewandt. Ich war geehrt und warf ihr einen Luftkuss zu. „Das klingt super, Ashley. Ich sehe uns schon neue Pläne schmieden. Den kaputten Marktwagen haben wir bis dahin auch wieder auf Vordermann gebracht. Ich bin dabei!" „Und es passt ausgezeichnet zu dir. Deine Backkünste sind nämlich unübertroffen", bemerkte Charlie und nahm seine große Liebe fest in den Arm. Ich spürte, wie auch Michael seine Hand sanft um meine Taille legte und mich zärtlich an sich heranzog.

„Okay, ähm, da wäre noch etwas ... Michael, bist du bereit?" Charlie löste sich aus der Umarmung mit Ashley und fast gleichzeitig ließ Michael von mir ab und nickte ihm zu. Dann sah ich, wie Charlie das Paket mit unseren Whisky-Mixture mehr oder weniger aus dem Nichts hervorzauberte. Natürlich waren diese noch nicht perfekt abgeschmeckt und sie hatten zuletzt keine Aufmerksamkeit mehr genossen, doch offenbar war es ihm wichtig, meine Eltern von meinem Können zu überzeugen. Dass es dann jedoch Michael war, der für mich einstand, ließ mein Herz dahinschmelzen. Noch nie hatte er gegenüber seinem Chef das Wort für mich ergriffen. Bis jetzt.

„Ich möchte euch etwas präsentieren", kündigte er mit fester Stimme an, als er das Paket auf meinen Arbeitstisch platzierte. „Das hier sind nicht einfach nur

Flaschen mit Whisky. Jede dieser Mixture ist ein Beweis für Debbies Hingabe und ihren Einsatz, sowohl in Schottland als auch hier in Cornwall. Sie hatte einige Bestellungen aufgegeben, noch bevor sie mit Ed nach Zennor gereist ist. Ich nahm diese Pakete für sie in Empfang und als ich erfuhr, was darin war, hatte ich keine Sekunde gezögert und ihr alles zukommen lassen, was sie brauchte, um sich auszutoben. Sirup, Hilfsmittel, zwei Flaschen Ihres Whiskys, Mr. Gregory ...“ Ich bemerkte, dass Dads Gesicht rot anlief, was für Wut stand, und ich vermutete, dass Michael im Nachhinein Ärger bekommen würde. Doch das nahm er cool auf sich und sprach weiter.

„Jede dieser Kreationen wurde von Debbie durchdacht und zubereitet. Sie hat experimentiert, gemischt und getestet, und das oft heimlich, weil sie wusste, dass nicht jeder ihre Vision sofort verstehen würde. Soweit ich weiß, tat sie das sogar schon als kleines Mädchen.“ Ein amüsiertes Kichern ging durch die Runde. Lediglich mein Vater ließ sich nicht dazu hinreißen. „Hier war sie mit ihrem Cousin Charlie am Werk und ich habe erfahren, dass es die beiden zusammengeschweißt hat. Wie immer, wenn sie etwas Verbotenes taten.“ Das Kichern wich einem Lachen. „Ich weiß, dass Debbie euch schon viel erzählt hat über das, was sie tut. Aber vielleicht vermittelt das hier nochmals, wie ernsthaft sie ihre Leidenschaften verfolgt. Sie kämpft für das, was sie liebt, und sie ist bereit, Risiken einzugehen, um etwas Neues und Einzigartiges zu schaffen. Dafür verdient sie unseren Respekt!“

Dann öffnete er eine der Flaschen und schenkte jedem ein Schlückchen ein, mehr war nicht verfügbar.

„Ich lade euch ein, zu probieren und selbst zu erleben, wie viel Herz und Seele in jedem Tropfen dieser Mixture steckt. Als ausgebildeter Destillateur mit jahrelanger Erfahrung kann ich sagen, dass diese Whiskys echte schottische Qualität haben, die mich sofort überzeugt hat. Auf solchen Ideen kann man aufbauen, keine Frage. Slàinte Mhath.“

Meine Eltern nahmen die Gläser entgegen, etwas zögerlich, aber beeindruckt von Michaels ernsthafter Art, den sie als ihren Mitarbeiter sehr schätzten. Sie nippten am Whisky, und ich konnte sehen, wie ihre Gesichter eine Mischung aus Überraschung und Anerkennung zeigten. Das ich das noch erleben durfte! Nach all den Jahren hatten sie es endlich getan! Sie hatten eine meiner Kreationen probiert und waren noch nicht mal dran gestorben.

„Es ist wirklich außergewöhnlich“, sagte mein Vater, der neugierig die Flaschen betrachtete. „Ich hätte nicht gedacht, dass es so außergewöhnlich ist.“ Was das wohl bedeutete? Außergewöhnlich war immer noch besser als ungewöhnlich, oder? Ich trat nervös auf der Stelle. Es würde noch einige Zeit brauchen, ihn zu überzeugen, aber er war auf einem guten Weg.

Meine Mutter nickte in meine Richtung. „Ich bin beeindruckt, Debbie. Und ich bin froh, dass Michael uns das gezeigt hat. Es macht deine Visionen greifbarer.“ Und für diese Erkenntnis hat sie beinahe ein ganzes Jahrzehnt gebraucht? Michael legte den Arm wieder um mich, und ich lehnte mich dankbar an ihn. „Ich will, dass ihr wisst, dass ich Debbie in allem unterstütze, was sie vorhat. Sie ist eine innovative und kluge junge Frau, und ich bin stolz darauf, an ihrer Seite zu stehen." Meine Eltern tauschten angeregte Blicke aus. Dass Michael und ich ein Paar waren, mussten sie wohl erst verdauen, immerhin war er stellenweise wie ihr eigener Sohn. Aber auch das würden sie hinbekommen.

Mary und Gilbert hatten derweil wie immer eine gehörige Portion Lob und Freude für mich übrig und nahmen mich fest in den Arm. „Ich bin froh, dass wir das endlich geklärt haben. Und ich bin bereit, diese Herausforderung mit dir anzunehmen, Debbie. Auch wenn das bedeutet, dass wir manchmal getrennt sind, bin ich überzeugt, dass unsere Verbindung stark genug ist, um das auszuhalten." Ashley fiel mir um den Hals, und ihre Stimme bebte vor Freude. „Und ich freue mich darauf, mit dir gemeinsam an dem mobilen Bäckereistand zu arbeiten und nebenbei deine Florisitk voranzutreiben. Es wird großartig, unsere Projekte zu verbinden. Deine Blumen und meine Backwaren – das wird die Leute umhauen!" Charlie klopfte mir anerkennend auf die Schulter.

„Sieht so aus, als ob wir alle neue Abenteuer vor uns haben. Ich kann es kaum erwarten, zu sehen, was ihr beiden da auf die Füße stellt." Michael grinste und hielt mir sein MacBook unter die Nase. „Da möchte dir noch jemand gratulieren."

Es war Ed, den er per Videotelefonie zugeschalten hatte. Er saß im Büro der Destillerie, gut gelaunt und grinste mich an. „Debbie! Herzlichen Glückwunsch! Mum hat mich auf dem Laufenden gehalten. Wie es aussieht, kannst du deine Träume endlich ausleben! Großartig!" Eds Stimme klang durch das Tablet verzerrt, und sein Bild flackerte, was der schlechten Verbindung geschuldet war. „Aye, Bruderherz, ich danke dir für deine Wünsche. Und du sitzt im Chefsessel und übst schon mal?" Ed lehnte sich zurück und lächelte. „Aye, das kann man so sagen. Ich habe alles im Griff, Mum und Dad können noch ein paar Tage in England bleiben." Er lachte kurz und schwenkte dann die Kamera, um mir einen Stapel unbearbeiteter Rechnungen zu zeigen. „Die hier hebe ich für Mum auf. Etwas, worauf sie sich freuen kann, wenn sie wieder daheim ist. Daisy ist noch nicht so weit. Sie ist schon mit dem Telefondienst überfordert." Michael und ich tauschten belustigte Blicke aus. „Ach, und bevor ich es vergesse, ich muss dir noch von einem kleinen Zwischenfall mit Lilouan erzählen." „Bitte was?!" Mir fiel fast das MacBook aus der Hand. Lilouan? Ed? „Ich habe ihn neulich im Pub angetroffen, ganz zufällig natürlich. Da hat dieser Idiot doch tatsächlich damit geprahlt, eine Tussi übers Ohr gehauen zu haben. Dich!" Ich fletschte die Zähne. Ich? Eine Tussi? Übers Ohr gehauen? Ed machte eine Pause, bevor er fortfuhr. „Tja, ich fand schnell heraus, dass dieser Typ Lilouan hieß. Ich konnte einfach nicht anders und habe ihm deutlich gemacht, dass er sich mit der falschen Familie angelegt hat." Eds Grinsen wurde breiter. „Es kam jedenfalls zu einem kleinen Handgemenge. Nichts Ernstes, nur ein Schlag in seine Fresse, um ihm seinen Platz zu zeigen." Ich war beeindruckt. Charlie, Ashley und Michael brachen in Gelächter aus. Ed war eindeutig der Held des Tages. „Manchmal muss man eben direkter sein, um seine Botschaft klar rüberzubringen. Und ich bin stolz darauf, dass ich ihm eine runtergehauen habe. Es fühlt sich gut an, zu wissen, dass ich meinen Twin beschützt habe." „Oh, Ed, du Verrückter. Bist wirklich der Beste. Danke, dass du mich gerächt hast!"

„Entschuldigen Sie bitte?", eine fremde Stimme ließ uns aufblicken. Plötzlich stand eine fremde Frau im Garten, ihre Blicke eilten über die versammelte Gruppe, bis sie mich schließlich fand. Ihr Kleid wehte leicht im Wind, als sie auf mich zukam. „Tut mir leid, wenn ich hier so hereinplatze. Sie sind die Floristin, richtig? Debbie?" Alle Augen richteten sich nun auf mich, während ich aufgeregt bejahte. „Kann ich Ihnen helfen?", fragte ich. „Davon bin ich überzeugt. Mein Name ist Gwendolyn Henderson. Ich habe von Ihren Blumenarrangements gehört und sie auf den Märkten bewundert ... in der Gegend gibt es nichts Vergleichbares. Nun, ich habe eine Bitte." Sie zögerte kurz. „Meine Schwester Eve heiratet in drei Wochen und ich würde mich sehr freuen, wenn Sie den Brautstrauß gestalten könnten. Es wäre mein Traum, etwas Einzigartiges und Persönliches für sie zu haben." Mein Herz machte einen Satz. Das war mein erster richtiger Auftrag als Floristin! Und dann gleich ein Brautstrauß! „Natürlich, das ... das würde ich liebend gerne machen. Haben Sie bestimmte Vorstellungen oder Lieblingsblumen?", fragte ich, mein Kopf bereits voller Ideen.

„Eve liebt Wildblumen und vielleicht etwas Rustikales, aber mit einem Hauch von Eleganz. Ich vertraue Ihnen voll und ganz, etwas Wunderschönes zu kreieren."

„Okay, ich ... wow, wir sollten in Ruhe über die Details sprechen", entgegnete ich und konnte meine Aufregung kaum noch verbergen. „Ich werde sicherstellen, dass Ihr Brautstrauß genau so wird, wie Sie ihn sich für Eve vorstellen." Die Dame nickte und gab mir ihre Nummer. „Ich bin so froh, dass ich sie persönlich antreffen konnte, Debbie. Ich war sowieso gerade in der Gegend ... oh, solch ein Glück ..."

„Und vielleicht könnte dein Brautstrauß ja der erste sein, der neben meinen Cupcakes auf einer Hochzeit präsentiert wird", hörte ich Ashley kichern und konnte nicht anders, als mit ihr zu lachen. Auf einmal zückte Charlie noch eine weitere Überraschung. Aus einem Weidenkörbchen zauberte er ein Kätzchen hervor und überreichte es glucksend seiner Freundin Ashley. „Für dich, damit du nicht alleine bist, wenn ich wieder öfter auf dem Meer unterwegs bin." Ihre Augen strahlten vor Freude, und das Kätzchen schnurrte zufrieden in Ashleys Armen. Es war grau getigert mit einem braunen Fleck auf der Nase. „Oh, Charlie, das ist so süß von dir! Ich liebe Katzen und habe mir eine gewünscht. Danke dir, wirklich!" Er küsste schmunzelnd ihre Stirn.

„Wie soll es denn heißen?", fragte ich neugierig und strich über das weiche Fell.

„Wie wäre es mit ,Whisky'?", schlug Michael vor. Alle lachten, „Whisky, das gefällt mir. Willkommen in der Familie, Whisky."

Auch meine Eltern schienen sich nun endlich zu entspannen und das Zusammensein zu genießen. Michael, Charlie und Ashley plauderten bereits über die besten Standorte für den mobilen Bäckereistand.

„Ich hätte da schon ein paar Ideen", sagte Charlie, das schnurrende Kätzchen in Ashleys Armen stolz im Blick. Ich lauschte ihrem Gespräch und spürte eine wohlige Wärme in mir aufsteigen. Die Unterstützung und die

Gemeinschaft, die ich hier erfahren hatte, war sehr wertvoll. Mit Michael, Ashley und Charlie an meiner Seite fühlte ich mich bereit für alle kommenden Herausforderungen. Und natürlich mit Ed. Was die Zukunft auch brachte – ich wusste, dass ich nicht allein war.

Kapitel 26

Bardowie, Schottland, einige Wochen später

Es war ein regnerischer Nachmittag Anfang Herbst, als ich mich auf den Weg machte, nach Schottland zurückzukehren. Ich hatte hier, in Cornwall, so vieles erleben dürfen. Den Brautstrauß, den ich für Eves Hochzeit anfertigte, kam sehr gut bei der Braut an. So gut, dass ich für das kommende Jahr weitere Aufträge für Hochzeiten ergattern konnte. Auf den Märkten in der Gegend war mein Stand in den sonnigeren Monaten nun nicht mehr entbehrbar und auch im Bed & Breakfast half ich gerne mit, wenn es meine Zeit hergab. Mein Erfolg gab mir recht. Ich hatte alles richtig gemacht, als ich mich für beides entschied. Es waren Wochen verstrichen, seit ich Michael das letzte Mal gesehen hatte, und die Sehnsucht nach ihm war überwältigend. Er war zurück nach Schottland gegangen, um in der Destillerie zu arbeiten, während ich in Cornwall blieb, um mich um die Flowerbox und mein zweites Standbein zu kümmern. Mit Anrufen und Nachrichten hielten wir uns auf dem Laufenden. Er gab mir Freiraum und klammerte nicht, was ich sehr schätzte. Die Vorstellung, ihn nun zu überraschen, ließ mein Herz hüpfen.

Als ich nach einer langen Fahrt in Schottland und einige Zeit später an seiner Hütte ankam, war es dort genauso idyllisch, wie ich es in Erinnerung hatte. Sie lag versteckt in einem kleinen Waldstück, umgeben von hohen Bäumen und einem Bach, der leise vor sich hin plätscherte. Kaum war ich ausgestiegen, öffnete sich seine Haustür und er kam mir mit offenen Armen entgegen.

„Debbie," sagte er glücklich, als er mich fest in die Arme schloss. Er roch so gut. „Ich habe dich vermisst", flüsterte er.

„Ich dich auch, Michael," entgegnete ich, während ich mich an seine starke Brust schmiegte und seinem aufgeregten Herzschlag lauschte. Der Moment war perfekt, und für einen Augenblick schien die Welt stillzustehen. Dann zog er mich lächelnd mit sich in seine Hütte. Ein Feuer prasselte dort, und der Geruch von Rauch und frisch geschlagenem Holz erfüllte den Raum.

„Du musst mir alles erzählen," sagte Michael und führte mich zu einem bequemen Sessel. „Einfach alles."

So erzählte ich ihm von meinen neuen Projekten in Cornwall, von der Flowerbox und anderen Ideen, die ich entwickelt hatte. Aber erst, nachdem wir ausgiebig miteinander geknutscht hatten.

„Ich bin froh, dass wir wieder zusammen sind," sagte ich und drückte seine Hand. „Es ist nicht dasselbe ohne dich."

Er sah mir tief in die Augen. „Ich liebe dich, Debbie. Egal, an welchem Ort."

***

Ich war schrecklich nervös, als ich an der Destillerie ankam. Es war so weit; einer meiner Träume nahm Form an. Und diesmal war ich keine einfache Urlaubsvertretung. Mein Vater hatte sich dazu entschieden, mir eine echte Chance in der Produktion zu geben. Die Fahrt durch die malerische Landschaft hatte mir zwar etwas die Aufregung genommen, aber jetzt, wo ich wieder vor der Destillerie stand, spürte ich mein Herz schlagen. Als ich die schwere Tür zur Destillerie öffnete, empfing mich der vertraute Duft von Malz und Holz. Ed war der erste, der mich begrüßte und ich fiel ihm juchzend um den Hals.

„Debbie! Willkommen zurück!" Er umarmte mich herzlich. „Und? Bist du bereit für dein Abenteuer? Scheint so, als hättest du dich endlich durchgesetzt."

„Ich denke ja," antwortete ich stolz. Dann höre ich die vertraute Stimme meines Vaters.

„Debbie, da bist du ja. Heute beginnen wir mit einer offiziellen Einführung in die Produktion. Es wird in den kommenden Wochen nicht leicht werden, aber ich bin sicher, dass du es schaffst. Sofern du dich an die Regeln hältst." Ich grinste. Die nächsten Stunden waren sehr intensiv. Mein Vater erklärte mir jeden Schritt des Prozesses, von der Auswahl der Gerste bis zur Lagerung der Fässer. All das war mir vertraut und das meiste wusste ich natürlich schon, aber da ich in seinen Augen quasi bei 0 anfing, war ich bereit, alles nochmal durchzugehen. Das war okay für mich, denn ich wusste, dass mein Vater großen Wert auf einen geregelten Ablauf legte. Währenddessen bemerkte ich auch Michael, wie er konzentriert bei der Arbeit war. Er sah auf, als er meine Stimme hörte, und lächelte sanftmütig. Ich war so dankbar, dass das mit uns beiden funktionierte. Das er mich unterstützte, selbstlos und mit vollem Herzen.

„Hey, Debbie", sagte er und formte mit seinen Händen ein Herz. „Hey, Michael." Ich strahlte zurück.

***

Später am Tag, als der Großteil der Arbeit erledigt war, kam Ed auf mich zu.

„Lass uns noch in den Lagerraum gehen. So wie früher." Kurz darauf betraten wir das Nebengebäude, und der Duft von hölzernen Fässern umfing uns wie eine Umarmung. Ich sog den vertrauten Geruch ein und fühlte mich wie auf Wolken. „Weißt du noch, wie wir uns damals immer hier reingeschlichen haben?" fragte Ed nostalgisch.

„Aye, und wie wir dann erwischt wurden, weil du die alten Fässer inspizieren wolltest," antwortete ich. Er schmunzelte und deutete auf ein großes Fass in der Ecke, das quasi zum Inventar gehörte. „Apropos alte Fässer, erinnerst du dich an dieses hier?" Ich nickte. „Klar! Das ist das Fass, in das du fast hineingefallen bist, weil du dachtest, es wäre leer."

„Stimmt", sagte er und wuschelte sich durchs Haar. „Aber inzwischen *ist* es leer und immer noch mein Lieblingsfass. Es hat eben Charakter. So wie ich." Und dann hatte er diesen schelmischen Ausdruck im Gesicht, den ich nur allzu gut kannte. „Was hast du vor, Bruderherz?" fragte ich misstrauisch.

„Lass uns eine kleine Geschwisterherausforderung machen, um zu sehen, ob du überhaupt würdig bist, wieder durch die heiligen Hallen zu wandeln“, flötete er und zeigte erneut auf das Fass. „Wer es schafft, oben auf dem Fass zu balancieren, ohne runterzufallen, gewinnt.“ Ich zog ungläubig die Augenbrauen hoch. „Ed, das ist ja verrückt! Aber es ist verboten ... also werde ich natürlich mitmachen.“ Er kletterte auf das Fass und streckte die Arme aus, um sein Gleichgewicht zu halten. „Siehst du, ganz easy,“ sagte er stolz. Ich kletterte nun ebenfalls hoch und stellte mich neben ihn. Wir standen da, bemüht, nicht das Gleichgewicht zu verlieren, als plötzlich ein lautes Knacken zu hören war und wir zusammenzuckten. Das Fass begann zu kippen, und in einem panischen Versuch, nicht herunterzufallen, klammerte ich mich an Ed, der sich ebenfalls an mir festhielt.

„Fuck,“ riefen wir im Chor, während wir wild auf dem Fass hin und her wogen. Schließlich kippte das Fass, und wir stürzten in einem Haufen auf den Boden. Lachend und keuchend lagen wir auf dem Boden, als die Tür aufging und Michael hereinkam. „Was macht ihr zwei denn da?“ fragte er belustigt und ich dankte Gott, dass es nicht mein Dad war, der soeben in den Lagerraum kam. Er wäre ausgerastet. „Nur eine kleine Art der Geschwisterherausforderung,“ sagte ich zwischen den Lachanfällen.

„Sieht eher aus wie ein Geschwisterunfall,“ bemerkte Michael und half uns wieder auf die Beine. Ed klopfte mir anerkennend auf die Schulter. „Gut gemacht. Du bist demnach würdig.“ Ich nickte lachend. „Definitiv. Hey, vielleicht solltest du das nächste Mal auch mitmachen, Michael. Dann hätten wir noch mehr Spaß.“

„Ähm, ich werde darüber nachdenken," gab er vorsichtig lächelnd zurück. „Aber jetzt sollten wir das Fass wieder aufrichten, bevor noch jemand merkt, was hier passiert ist." Unter Gelächter und mit vereinten Kräften, hievten wir das leere Fass wieder nach oben und stellten es an seinen Platz zurück. Ich wischte mir Tränen der Freude aus den Augen. Was für ein gelungener Auftakt in der Destillerie! Michael verabschiedete sich kurze Zeit später wieder, während Ed und ich im Lagerraum zurück blieben. „Du hast doch noch mehr Unsinn im Kopf, oder?" fragte ich amüsiert als ich seine Mimik musterte.

„Vielleicht," entgegnete er und tippte sich mit dem Finger auf das Kinn. „Erinnerst du dich an die Mehl-Schlachten, die wir als Kinder gemacht haben?"

„Oh nein, Ed, da mache ich ganz sicher nicht mit," protestierte ich, konnte aber das Lachen nicht zurückhalten. Dann strich ich über eines der Fässer. „Whisky, mein lieber Bruder, ist so viel mehr als flüssiges Gold. Es ist eine Lebensphilosophie. Eine Kunst." An dieser Annahme hatte sich nie etwas geändert und ich sog den holzigen Duft der Fässer ein, in denen unser Whisky seit etlichen Jahren reifte. Ich vergötterte diesen einzigartigen Ort, seit ich denken konnte, wenngleich das vielleicht die Frage aufwarf, ob es möglicherweise toxisch war, sein Herz an Whisky zu verlieren. Aber ich hatte mein Herz nicht nur an Whisky verloren. Sondern auch an die Florisitk. Und an Michael. „Bist eine gute Destillateurin, Debbie", bemerkte mein Zwillingsbruder stolz und ich war überglücklich, dass er es endlich beim Namen nannte. Ich war in der Tat die geborene Whiskyfrau. Aber nicht nur das. Ich war auch eine geborene Blumenfrau. Die Tatsache, dass ich es endlich geschafft hatte, meine Herzenswünsche zu vereinen und sie auf ihre jeweils eigene Art ausleben konnte, zeigte mir, dass nichts auf dieser Welt unmöglich war, egal, wie unmöglich es auf den ersten Blick auch erschien.

Es gab kein geht nicht, gibt's nicht, funktioniert nicht. Dafür gab es Hoffnung, Ehrgeiz und das Festhalten an Träumen. Ja, ich war bereit, nach den Sternen zu greifen und meine Träume nicht nur zu verwirklichen, sondern auch sie endlich zu leben. Angefangen mit der Stimme in meinem Herzen und dem inneren Antrieb, der mich die ganze Zeit über niemals aufgeben ließ. Es war ein Versprechen an mich selbst. Das Leben zu leben, dass ich für mich begehrte. Als Whiskyfrau. Als Blumenfrau. Aber vor allem als unabhängige Frau, die alles schaffen konnte, was sie sich in den Kopf gesetzt hatte. Angefangen im kleinen Bed & Breakfast der Träume.